# レディ・ヴィクトリア

## ローズの秘密のノートから

篠田真由美

JN054394

講談社
タイガ

イラスト――下村富美
デザイン――大岡喜直（next door design）

# レディ・ヴィクトリア　ローズの秘密のノートから　目次

## 登場人物

ヴィクトリア・アメリ・シーモア（ヴィタ）——先代シーモア子爵夫人、小説家。
ローズ・ガース——メイド、デヴォンシァ出身。
ミス・シレーヌ——レディズメイド、フランス人らしい。
ミスタ・ディーン——執事《バトラー》、アイルランド人らしい。
モーリス——従僕《フットマン》、インド人。
リェン——料理人《コック》、中国人。
ベッツィ——キッチンメイド、アメリカ南部生まれ。

# レディ・ヴィクトリア

## ローズの秘密のノートから

# 第一章

# 鍵《かぎ》のかかる小さな部屋《ブドワール》

ロンドンの冬は暗く長い。復活祭《イースター》が過ぎても、近づくはずの春の足音は心細いほど遠く途絶えがちだ。骨身にしみとおる寒さと、昼も暗い霧の幕に飽き疲れて、誰もが心から春を待ちわびる。神経痛の老貴族は夜ごと脚の痛みに呻吟《しんぎん》し、ハウスメイドは水仕事の合間に血の滲《にじ》むあかぎれの手を抱《かか》えて涙をこらえる。

(五月になれば、この痛みも和らぐだろう——)

(春が来てくれれば、なにもかもずっとましになるはずだ……)

思いの切実さだけは老若男女、身分の上下を問うまい。

だが、季節はようやく掛け値無しの花咲く春だった。なにより日脚が延びて、地を照らす陽差《ひざ》しの明るさもはっきりと違う。風が暖かく、かぐわしくなり、その風が家々の窓の中まで、クロウタドリの陽気なさえずりを運んでくる。

昼の食事の片付けも済んで、夕べのための仕事が始まるには早い、テラスハウスの内が穏《おだ》やかな静けさに満たされる時刻。メイドのローズ・ガースは、使用人《サーヴァンツ》ホールの白木のテーブルに向かって、独《ひと》り座っていた。

ここはシティの西郊チェルシー地区、アンカー・ウォーク六番地。ローズが仕える、レディ・ヴィクトリア・アメリ・シーモアのお住まいだ。アンカー・ウォークはテムズ河も程近い、西が古びたローマン・カトリック教会で行き止まるささやかな袋小路《ふくろこうじ》だが、そこには南北に、ほとんど同じ造りのテラスハウスが向かい合って建っている。

赤褐色の煉瓦《れんが》の壁、白石の窓枠、黒く塗られた鉄柵《てっさく》の切れ目に玄関ドアに通ずる階段が五段。それはどこといって特別なところのない、ロンドンではもっともありふれた街路の風景だ。北側の奇数番地に暮らす五世帯は、元家庭教師《ガヴァネス》の老婦人、コヴェント・ガーデンに店を出す花屋、質屋の商いを引退した独居老人、公立学校《ボードスクール》の教師の一家に証券会社の事務員とその妻という、いずれも物堅い暮らし向きの、階級でいうなら下層中流階級《ロウワーミドルクラス》から上層労働階級《アッパーワーキングクラス》といった人々だ。家事一切を任される雑役女中《メイド・オブ・オールワークス》をひとり雇えるのが両者を分ける一線だとするなら、前の三世帯が中流《ミドル》、後の二世帯が労働者《ワーキング》の家庭ということになるが、日々の生活にさしたる違いがあるわけではない。

ところが南側のテラスハウスでは、五つのドアにそれぞれ偶数番地が振られてはいるものの、実際人の出入りがあるのは中央の「六番地」のみ。左右の四世帯分が空き屋になっているわけではなく、街路に立って外から眺《なが》めただけではわからないが、こちら側は隣接する壁を抜いて、四階建て五軒分のテラスハウスのほぼ全体がひとつの住居となるように改築されているのだ。

建物に埋め尽くされたロンドンの中央部とは異なって、この界隈《かいわい》には塀を巡らした中に木々茂る庭園を持つ、独立した邸宅《デタッチド・ハウス》も数多く建っている。そのような館《やかた》ではなく、敢《あ》えて庶民向きのテラスハウスに偽装された風変わりな住まいを選んだ主《あるじ》、レディ・ヴィクトリア・アメリ・シーモアは、アメリカ南部ジョージア生まれの資産家令嬢で、変人の旅行家として知られた故子爵、ロード・チャールズ・シーモアの二度目の妻であり、複数の筆名を駆使する著述家、小説家でもあった。

この家のご主人は奥様、レディ・ヴィクトリアおひとりだったが、常雇いの使用人はローズを含めて六人を数える。見上げるような長身を黒の正装に包んで、短い灰色の髪をきちんと分けて撫《な》でつけ、小さな銀縁眼鏡《めがね》をかけた執事《バトラー》のミスタ・ディーン。いつも濃い青色の、飾り気はないが上質なドレスを着て、黒髪を王冠のような形に結い上げたレディズメイドのミス・シレーヌ。青年なのか壮年なのか年齢不明の料理人《コック》リェンさんは清国人《しんこく》。従僕《フットマン》のモーリスは北インド出身の若者で、屋根裏のローズと同じ部屋に寝起きするキッチンメイドのベッツィはアメリカ南部生まれの黒人だ。

生地《せいち》をいうならミスタ・ディーンはどうやらアイルランドの出身で、ミス・シレーヌはフランス人らしい。奥様はアメリカ生まれだし、改めて考えてみるとイングランドの出身はローズだけということになる。そのせいというわけではないだろうが、お住まい以上にこの家には様々の風変わりなやり方や決まりごとがあった。

親元を離れての常雇いは初めてでも、故郷の村の地主様のお屋敷《やしき》に臨時雇いのメイドとして仕えたことはあったローズは、その変わっていることに驚いたり戸惑ったりするばかりだったが、それもとっくに慣れた。強《し》いられるのではなく進んでそうした。変わってはいても、それは他での習慣やしきたりよりずっと理に適《かな》っているように思われ、なにひとつ不快ではなかったからだ。

世間的には非常識でも、いまではローズにとっていつの間にかそれが当たり前になってしまったことは、数え上げれば切りがない。だが思いきり大づかみにいってしまえば、この家ではご主人のレディも他の使用人たちも、みな仲が良く距離が近いのだ。もちろんレディへの心からの敬意は全員が持っていて、奥様を守り、助けたいと思ってはいるけれど、一方的に崇《あが》め奉るのではなく、奥様に対しても同じ高さで目を合わせ、ことばを交《か》わすことができる。そして奥様も使用人たちを自分の家族と思い、それぞれの働きぶりを正しく評価して認めてくださる。

そんなことは、ローズが勤めたことのある地主のトンプソン家では絶対にあり得なかった。緑の布張りドアのこちら、使用人区画とご主人方の生活空間は文字通り別の国で、ことばすら通じないも同然。ハウスメイドは透明な掃除の妖精《ようせい》で、ご主人様たちにとっては個人としての名前も顔も持たない。さらに使用人の中でも階級差があって、下級使用人は上級使用人の命令には一切逆《さか》らえないのだ。

（奥様のところでなかったら、あたし、いままでお勤めできたかどうかわからないし、できたとしてもきっと全然別の人間になってた……）

ローズは改めて思う。この国では、生まれと財産の多寡《たか》によって階級が決まる。そして低い階級に分類された者は、当然のように高い階級の者より価値が低いと見なされる。高い階級の者にとって、低い階級の者は同じ人間ではない。そしてそのように扱われ続けていれば、それにふさわしく変わってしまうのが生きものの性質だ。

今日は一八八八年の五月十日。イングランド南部の田舎《いなか》から、生まれて初めてロンドンに出てきて、この家で働き始めたのが八五年の五月一日。つまりようやく丸三年が経過した勘定になる。そして昨日がローズの、この家で迎える四度目の誕生日だった。

ローズは十七歳になった。自分ではちっともそんな気がしないけれど、十七歳といえばもう子供の歳《とし》ではない。死んだ母さんが父さんと結婚したのも、確か十七歳のときだったはずだ。もちろんいまのローズは、結婚なんて考えられない。この先も、結婚したいなんて到底思えそうにないけれど。

ローズは手を伸ばして、目の前の卓に置いた分厚い豪華な赤葡萄酒色《あかぶどうしゅいろ》の革表紙をそっと撫でた。それは誕生日祝いとして、昨日奥様がくださったものだった。奥様はクリスマスと、誕生日には必ずなにかしら贈り物をくださる。それも、お下がりや不要品などでは決してない、贈られる者にふさわしいようにと吟味された本当のプレゼントだ。

八六年のときは、一月《ひとつき》以上過ぎてしまってから「嫌だ、ローズったら。誕生日だってどうして教えてくれなかったの？」と大騒ぎされて、挿絵入りの『不思議の国のアリス』にリボンを掛けてプレゼントされた。いまもローズの一番の宝物だ。

翌年は、

「本ならうちの書庫にあるものをいくらでも読んでいいし、貸本のミューディーズで読みたいのを選ぶ方がいいわよね」

というので、新しいスクラップブックと菫色《すみれいろ》のインク壺《つぼ》にペンを添えていただいた。

ベッツィがやはり誕生日に贈られたスクラップブックを持っていて、それに思いついた料理のレシピを書きつけたり、ケーキのデザインを絵に描いたり、印刷のきれいな広告の切り抜きやカードをあれこれ取り混ぜて貼《は》って、絵本みたいに作っているのがすごくうらやましかった。そんな思いに気づいてくださったのだ。

そうして一年、ふるさとに出す手紙の控《ひか》えを書きつけたり、もらいものの手札写真や押し花を貼ってみたり、それだけでなくふと心に浮かんだことばや、思ったこと、気がついたことをページの端《はし》に書き留めて、ベッツィたちにはときどき見せたり、見られてしまったりしたけれど、さすがに奥様にまでご披露したことはない。でも思い出してみれば、この使用人ホールでスクラップブックを広げていたとき、何度もミス・シレーヌは後ろを通りかかっていたから、そんなローズの様子は奥様にも伝わっていたのだろう。

昨日居間に呼ばれて手渡された今年のプレゼントの包みから現れたのは、濃い赤葡萄酒色の革表紙に金捺《お》しのアラベスク模様も美しい本のようなもので、でも本だとしたらどこにも表題がない。その代わり、古金色の帯封のようなものがかかって、そこに小さな鍵穴がある。表紙と同じ色の革紐《かわひも》のついた、小さな金色の鍵が添えられていたから、それが鍵のかかる本のようなものらしい、ということはわかったのだが、

「この、鍵で開くんですか？」

「そうよ。鍵はそれひとつきりだから、なくさないようにね」

鍵を回すと帯封が開いて、最初の少し厚い紙には薄く『Title』とだけあったが、肝心の表題はない。後のページは細い罫線《けいせん》の引かれたすべらかな紙が続いているが、そこにもやはり文字は一字もない。「奥様、これって？……」と戸惑っているローズの目を見て、レディ・ヴィクトリアはにっこり笑った。

「あなたは読むのも好きだけど、書くことも好きじゃないかと思ったの。でもこれは、あなたひとりが鍵を持っている秘密の小部屋みたいなもの。白紙のノートなの。日記帳として使ってもいいし、他になんでも他人には知られたくないことを書いていいのよ」

「でも、あたし、そんな秘密なんて」

ローズが口籠《くちご》もりながらことばを返すと、奥様は「あら」と笑って、ちょっとおどけたように丸くした目をしばたたいてみせる。

「だったらひとつ、打ち明け話をするわね。わたくしのチャールズも亡くなる前、中を読まずに焼いてくれって言い残したノートがあったの。ずいぶん古そうな手擦《てず》れした厚紙の表紙の上から、麻紐を十字にかけて念入りに縛ってあったけれど、わたくしたちの旅の間もそれは必ずトランクの中に入っていたことを思い出したわ。あれはもしかしたら、彼が学生時代から持っていたものではなかったかしら」

「ずっと手放さずに、持ち歩いておられた」

「ええ。そしてときどきは、その麻紐を解《ほど》いて中を読み返したり、書き加えたりもしていた気がするの」

「そのノートを奥様は、旦那《だんな》様がおっしゃったとおりに?」

「焼いたわ。でも正直にいえば、かなり迷ったのよ。なにがそこに書かれているのか、すごく読みたかった。きっとそこにはわたくしの知らない、あのひとがいるんだろうって。わたくしが知っているのは、あのひとの人生のごく一部だったんですもの」

前のシーモア子爵、ロード・チャールズ・シーモアと出会ったとき、奥様は十八歳で子爵様は五十三歳。親子といっても不思議ではない歳の差だった。七年後、レディ・シーモアが病死されて奥様と子爵様は結婚し、子爵様は三年後に亡くなった。その後で奥様は、いずれおふたりでひっそり暮らすつもりで用意していたこのテラスハウスに居を定められたのだ。

「亡くなった後、奥様にも知られたくないことが書かれていたんですね」

「そうなんでしょうね」

「でも、だったらなぜ書くんでしょう」

書かないで、口にも出さないでいれば、だれにも知られることはない。ローズはそう思わずにはいられなかったが、

「わたくしも、そんなふうに考えたこともあった。けれど人間はだれでも、特に長く生きていればなにかしら、捨てきれない塵芥《ちりあくた》のようなものを胸の中に溜《た》めこんでしまうものではないかしら。辛《つら》いこと、悲しかったこと、はらわたが煮えるようなこと、顔から火が出るほど恥ずかしい、人には知られずに済んだけれど自分だけは知っている愚行や失敗。きれいに忘れられればいいけれど、忘れることはできない。だれかに打ち明けて気が晴らせればいいけれど、そういう相手も見つからない。

だからってそんな思いや記憶をいつまでも抱えたままでいると、自分の中で湧《わ》いた毒に自分があたってしまいかねない。だから代わりにそれをことばにして外に出して、そうするとぐるぐるしていた頭の中の整理がついて少し楽になったりする。でもやはりそのままにはしておけないから、鍵のかかった秘密の小部屋の中に封印してしまうの」

冗談をいわれているような、軽い口調ではあったけれど、

「奥様も、そんなふうに？」

「ええ」

レディ・ヴィクトリアはローズを見て、にこっと笑った。

「わたくしにもあるわ。そういう秘密の小部屋が。そして自分の人生がもうじき終わるとわかったら、やっぱりそれはだれにも見られずに処分して欲しい、と思うでしょうね。だから、チャールズのノートを読まなかったのは正しい選択だったたし、彼がわたくしにそう頼んだのは格別な信頼の証《あかし》だったと思うのよ」

それでもローズはいわずにはいられなかった。奥様の前では、うそも隠しごともしないと決めていたから。

「でも奥様、あたし、やっぱり鍵のかかる小部屋にしまわないとならない秘密なんて、ないみたいです」

「そう。そうね。それは、ローズ、とても幸せなことかもしれないわね」

奥様の表情がふっと淡い影に包まれたような気がして、ローズは慌てて続けた。

「あ、でももちろん、先のことは全然わからないです。そういうものが必要になるときが来るかも、しれないし」

「ああもちろん、どんな使い方をしてもいいのよ。それも含めてあなたの自由。とてもすてきな表紙に書きやすそうな紙だから、物語を書いたっていいいんじゃない？　だったら完成したときには、ぜひ読ませて欲しいけれど」

「あっ、いえ、あたし、物語なんて」

奥様のように、面白い小説が書ける人はすごいなあといつも思っているけど、自分にはなんの経験もないし、書けるなんて全然思えない。

「でも、こんなきれいなものを自分のものにできるなんて、あたし初めてです。それだけでも嬉《うれ》しいです。大事にします。なにを書けばいいか、いまはまだわからないし、もったいないみたいだけど」

何度も頭を下げて、戻ってきたのだけれど――

本当に見れば見るほど美しい革表紙だ。革の手触りはきめ細かく、撫でる指に吸いついてくる。小指の先ほどの小さな鍵を回して表紙を開くと、中には薄い青の罫線が並ぶ上品なクリーム色の紙が書かれる文字を待っている。

読んだことのない本の表紙を開くときは、いつもどきどきわくわくした。本は知らない世界に向かって開く魔法の扉だった。一心にその世界に飛びこんで、夢中になってなにもかも忘れた。けれど去年いただいたスクラップブックには、別のわくわくがあった。ベッツィが雑誌の広告や写真を切り抜いて、組み合わせてお洒落《しゃれ》なページを作っているのを見ていたから、自分もそんなのを上手に作り上げて自慢したくなった。でも、このノートの豪華すぎる革表紙と、金色の鍵に守られたクリーム色の紙を見ていると、なんだか嬉しいよりも――不安な気持ちになってしまう。ここに、なにを書けばいいのだろう。

三年前、列車に揺られてロンドンのパディントン駅に着いたあの最初の日。年齢を低くいったのと、読み書きができるのにできないと偽ったのと、行方《ゆくえ》知れずの兄を捜しに来たというその目的を隠していたのと、口には出せない秘密を抱えて全身が棒になるほどがちがちに緊張していた。でも、その秘密ももとっくにない。隠していたことはすべて打ち明けて、困っていたことは解決されて、自分の周りに居る人たちに隠していること、隠さなくてはならないことはひとつもなくなった。

奥様がいわれたように、それはとても幸せなことなのかもしれない。でもその前には、人間はだれでも長く生きていれば、他の人に知られたくないようなことが胸に溜まっていくもの、という意味のことをおっしゃった。その「人間」というのが「当たり前の大人」という意味なのだとしたら、

(つまりあたしは、歳は十七でもまだ子供だってこと? なにも知らない無邪気な子供、この空白のページみたいな……)

だとしたら、それはいくら奥様のおことばでも、素直に承服できない気がする。レディ・ヴィクトリアに仕えて三年の間に、村での十四年を遥《はる》かに超えるいろいろな経験をした。イーストエンドの阿片窟《あへんくつ》で中国人の女主人に接待され、悪徳貴族の手下と渡り合い、日本の留学生の元サムライを看病し、殺されかけるような目にも遭い、自分ではこうとこばにしていえないけれど、ローズも増えたのは年齢と身長だけではないと思う。

けれど変化といえば、自分以外の人たちの方により大きいのは確かだった。パディントン駅でローズを出迎えてくれたモーリスは、金ボタンが三列ついた小姓《ページ》のお仕着せはとっくに着ていない。ほっそりと少年っぽかった身体《からだ》つきが、いまでは驚くほど背が高く、肩幅も広く、胸板も厚い堂々たる偉丈夫《いじょうふ》となった彼は、職名としては従僕《フットマン》だけれど、黒の礼装姿で執事のミスタ・ディーンを補佐する。ただ、玄関ドアをノックする来客の前にモーリスが姿を見せるのは、週のうちの半分くらい。それ以外のときの彼は、ピンカートン探偵社ロンドン支部に属するウィリアム・エドワーズの助手になって、いわば探偵修業に精を出しているからだ。

「モーリスは、探偵になるの？」

ローズが尋《たず》ねると、

「それはまだわからないよ」

白い歯を見せて答えた。身体つきは大人になっても、眉墨《まゆずみ》で縁取ったような大きな瞳《ひとみ》に、その目が陰《かげ》るくらい長いまつげ。前にローズが胸の中だけで『琥珀《こはく》の王子様』と呼んでいた、彼のハンサムっぷりはますます磨《みが》きがかかっている。

「でも、イーストエンドやドック地区でなら、俺の方が目立たずに動き回れるし、尾行の仕方や体術や、いろいろ役に立つことも教えてもらえる」

「体術――」

「そうさ。俺だってライフルや剣は一通り扱えるつもりだけど、ロンドンの街中でラジャスタンの彎刀《わんとう》を振り回すわけにはいかないだろ？　持って歩くだけで、警官に不審者扱いされちまう。でもピンカートンには東洋人の武術の達人がいて、彼は刃物を振り回すやつを素手で押さえこめるんだ。相手がピストルを持ってても、よほどのことがない限りは負けないって。だから調査の仕事がないときは、稽古《けいこ》をつけてもらってる」

「そういうのが役に立つとしたら、やっぱり探偵になるってことでしょ？」

「だから、それはまだわからないさ。俺が強くなれば、奥様やローズたちのためにだってなるだろ？　悪いことじゃないよな？」

とはぐらかされてしまう。

レディ・ヴィクトリアの使用人という立場に片足を残しながら、外に別の足場を得ているのは、キッチンメイドのベッツィも同様だった。お向かいの五番地、ミセス・ダンカンの家に行儀見習いという名目で同居を始めた、親戚《しんせき》のミス・アリス・コールマンが、こちらの厨房《ちゅうぼう》を訪ねてきたのがきっかけで、もともと菓子作りに特別の興味を持っていて、将来はフランス風のケーキとお茶やコーヒーを出すサロンを開店したいベッツィと、料理人としてレストランを開くのが目標のミス・コールマンはたちまち意気投合した。料理学校に通い出したミス・コールマンと、その家のメイドのエドナ、ベッツィにリエンさんも加えて、明るく使いよいこの家の厨房がたびたび料理研究の実験場となった。

ロンドンの繁華街にレストランなりティー・サロンなりを開業するというのは、さすがにそれほど容易《たやす》い話ではなく、ミス・コールマンとベッツィの夢はまだ夢のままに留《とど》まっている。しかしミス・コールマンは半年ほど前から、サウス・ケンジントンの開明派（ただしそれほど急進的ではない）婦人倶楽部《クラブ》で副料理人という職を得た。正料理人《シェフ》がフランス人の女性で、人間関係のトラブルからイギリス人の男性副料理人が辞職した後、後任には女性を希望するということで、容易に席が埋まらなかったところに、奥様がミス・コールマンを推薦したのだ。

当然というべきか、欣喜雀躍《きんきじゃくやく》したのは当のミス・コールマンで、伯母のミセス・ダンカンは柳眉《りゅうび》を逆立て声を荒らげ、レディらしからぬ奥様を罵《ののし》るようなことばまで吐《は》き散《ち》らしたらしい。この時代の常識に照らせばそれも無理はないので、未婚既婚を問わず女性が仕事に出るのは基本的に労働者階級だけだ。アンカー・ウォークの七番地に暮らす、メイドを雇っていないストーナー夫妻でも、決して余裕のある暮らしでないのは明らかだが、働くのは事務員の夫のみで妻は家を守っている。

家庭教師経験者のミセス・ダンカンにも姪《めい》を働かせるつもりなど毛頭なかったし、娘を少なくとも上層中流階級《アッパーミドルクラス》に嫁《とつ》ぐにふさわしい淑女にするつもりでロンドンに来させたミス・コールマンの実家も、世界の終わりが来たような大騒ぎだったそうだ。具体的に奥様がどんな方法でその騒ぎを収められたのか、ローズは知らない。

だがそれがミス・コールマンには、どれほど忙しく、労多くともやりがいのある職場かというのは、毎朝出勤する彼女の潑剌《はつらつ》とした横顔を見ればうかがい知れた。そしてベッツィは今度はミス・コールマンの推薦で、週に三日、倶楽部のデザート部門の助手として働き出している。ベッツィにとっても毎日が新しい経験の連続であるようで、シェフに叱《しか》られたといって地の底まで落ちこんだ翌日には、誉《ほ》められたと天国に届くほど舞い上がり、せわしないことこの上ない。

　いかに余裕があったにしても、六人の使用人のうちのふたりが半ば職を離れたとなると、こちらが忙しくなって当然なのだが、図ったように新しい人材が加わっていた。ひとりはお向かい三番地のコッシュ家の主婦であるミセス・メイ・コッシュで、通いのメイドとして来てくれている。

　コッシュ家の夫だったミスタ・コッシュは、公立学校《ボードスクール》の教師だった。中層中流階級《ミドルミドルクラス》出身ながら、社会的地位は決して高くない薄給の職に、だが理想を持って尽力していたらしい彼は、風邪をこじらせて昨年呆気《あっけ》なく他界し、後には妻と四人のまだ幼《おさな》い子供が残された。蓄《たくわ》えなど満足にあるとも思われず、家賃が払えなければたちまち住む家すら失って、たどりつく先は救貧院ということになるだろう。奥様からの見舞いの品を手に訪ねたローズに、ミセス・コッシュは泣《な》き腫《は》らした赤い目をひたと向けて「私をおたくで雇ってもらえないでしょうか」といった。

「皿洗いでも暖炉《だんろ》磨きでも床掃除でも、なんでもいたします。裁縫もします。子供たちともども、おたくの隅《すみ》にでも寝かせていただけて、ひもじくない程度に食べさせていただけたら、もうそれだけで充分なんでございます。どうか、どうか」

ローズは聞かずにはいられなかった。結婚して一家の主婦になられたのに、いまから雑役女中をやるなんて嫌じゃないんですか？　と。すると彼女は、やつれた顔をゆがめるようにして笑いながら答えたのだった。

「とんでもない。私はもともと女中でしたもの。女中のすることならなんでも一通りできます。辛くなんてありません。私と結婚したせいで夫は親から縁を切られて、それでも少しでも私と子供にましな暮らしをと、働き過ぎて死にました。いまわの際に彼と約束したんです。私ひとりの手できっと、子供たちを無事に育て上げるって」

いまも健在な夫の両親に彼の死を知らせると、届いた手紙の書き手は舅《しゅうと》の秘書で、孫の中の長男を引き取らせれば、残る三人の子供の養育費の名目で多少の援助をせぬものでもない、という恩着せがましい文面だったという。

「夫の家には他に何人も兄弟がいたので、女中と結婚した息子など勘当した気でいたのですが、どうやら他に男の孫が育たなかったようなんです。つまり、うちのせがれを売れといっているんです。冗談じゃない。そんなことするくらいなら、五人揃《そろ》ってテムズに身を投げる方がましです！」

結局ミセス・コッシュは、三番地のテラスハウスの住まいは借りたまま、通いのメイドとしてこちらへ来てくれることになった。三階の空いた部屋は間貸しの下宿にして、その賃料収入もいくらか一家の費《つい》えの足しになる。それでも滞納した家賃を清算するために、少しまとまった金額を奥様が前払いすることになり、ミセス・コッシュは気の毒なほど恐縮した。だが間もなく、夫の実家から改めて心のこもったとまではいえぬながら、礼儀正しい挨拶状《あいさつじょう》と見舞金が届き、未亡人の顔色も明るくなった。

「これからも援助はさせて欲しい、そしていずれ孫の顔を見せて欲しいというのですけれど、おかげさままで親子五人食べてはいけますから、そのお金は有り難くいただいて、子供たちのために蓄えておくつもりです」

これもまた詳細はわからぬながら、奥様の意志が働いたのではないだろうかとローズはひそかに考えている。ミセス・コッシュの話を聞いてローズが奥様に伝えた直後、ミスタ・ディーンやミス・シレーヌの姿が消えていた時期があったからだ。

そしてミセス・コッシュは、そのことば通り有能なメイド・オブ・オールワークスだった。ベッツィが抜けた後のキッチンメイド、スカラリーメイドの役割をぬかりなく埋めただけでなく、ローズがやっていたハウスメイドの仕事、玄関掃除から暖炉掃除、ランプのメンテナンスに家具の手入れ、真鍮《しんちゅう》磨きもてきぱきと手際よく片付けて余すところがない。

「奥様、どうしましょう。あたし、なんだか仕事がなくなってしまいそうです」

思わず情けない顔になってぼやくと、

「だったらローズは、レディズメイド兼パーラーメイドになってちょうだい。わたくしの身支度とかは、シレーヌがいないときに手を貸してくれるだけでいいわ。後は来客があったときのお出迎え、客間へのご案内とお給仕。それくらいなら前にもやったことがあるんだし、いまさら難しいことではないでしょう？」

レディ・ヴィクトリアはさらりと答える。使用人の数が多ければ多いほど、仕事の範囲は固定していて、特に自分より下の者の仕事を手伝うなど沽券《こけん》に関《かか》わる、というのがこの時代の常識だが、もともとこの家では、使用人の仕事は完全分業制にはなっていない。手の足りないときは当然のように、お互いが融通を利かして手を貸し合う。

それはよいのだが、玄関ドアで来客を出迎える、というのは奥様が「それくらい」というほど簡単な仕事ではない。事前に約束がされていたときでも、相手が間違いなく約束した当人かどうかは、無礼にならないように気を遣いながら確かめる必要があるし、中には断ったのに強引に押しかけてくる手合いも、なんの約束も紹介状も持たぬまま現れる者もなくはない。そんなときも相手に応じて適切な対応をするには、人を見る目と咄嗟《とっさ》の判断能力が必要だ。それが初対面の人間だった場合、出迎え方が第一印象を決め、後々まで奥様の評判に関わるのだから責任は軽くない。

無論この家の上級使用人、執事のミスタ・ディーンと侍女のミス・シレーヌは健在なのだし、探偵仕事に就いていないときのモーリスも控えているから、ただちにローズがその責任を全面的に負わされるわけではないのだが、パーラーメイドといわれるからには接客に関わることはすべて通常の職務に含まれる。

いまも着ているのはパーラーメイドの服装だ。午前中は洗濯が利く木綿のワンピースに汚れ仕事向きの丈夫な麻のエプロンで、午後は白いカラーをつけた黒のワンピースに白いエプロンに着替えるのはハウスメイドでも普通だが、パーラーメイドは朝から白いエプロンを着ける。ワンピースは屋内ではほとんど黒に見える深い藍色《あいいろ》で、取り外しできる白麻のカラーと袖口《そでぐち》。純白の胸当てつきエプロンはフリルだらけで、場合によってはレエスをあしらったもっと華やかなものを着ける場合もある。

頭にかぶるのは白いキャップというより、ふわふわしたフリルの塊《かたまり》のようなもので、後ろに長いレエスのリボンが垂れる。その上キャップから出た前髪や襟足の髪は少し膨《ふく》らませてあって、耳の前には軽く波打たせた髪が一房。

「あのう、髪はこんなふうに?」

「これが近頃の流行ですから」

ミス・シレーヌはいつもの冷静な、きっぱりとした口調で断定し、

「でも、髪は全部キャップに入れた方が、いいんじゃないかと……」

というローズの口籠もりながらの抗議を、歯牙《しが》にもかけずあっさりと退けた。

「パーラーメイドは、人目を常に意識しなくてはなりません。顔にかかる巻き毛の先、指の先まで清潔に、外面を飾り立てるのではなく、立ち居振る舞いに優美な動きを心がけて、顔には穏やかな笑みを忘れず。わかりますか」

「はい、ミス・シレーヌ」

「慣れないうちは、鏡で確かめることを習慣になさい」

使用人ホールの暖炉脇《わき》には大きめの鏡がかかっている。ハウスメイドでも上階に上がるときは顔に汚れがついたりしていないか、素早く確認してからにするのが使用人のたしなみですよ、といわれ、それはとっくに欠かさないのが習い性にはなっているものの、パーラーメイドの格好をした自分を見るのはいつになっても苦手だ。

ひらひらしたレエスのエプロンも、頭の後ろでひるがえるリボンつきのキャップも、自分に似合うとは思えないし、変装でもしているようで妙に居心地が悪い。鏡に映っている姿が、自分のものだとは思えないのだ。おまけに最近はメイドのお仕着せを脱いで、私服で外を歩いているとき、道ですれ違う男の人にじろじろ見られている気がして、それもパーラーメイドみたいな気取った仕事をするようになったせいではないかと思えてしまう。

無論そんなことは奥様にも、ミス・シレーヌにもいえないが、それは秘密というよりただの愚痴《ぐち》か不平だ。

ミセス・コッシュは自分のところの家事や子供たちの世話もあって、毎日来られるわけではないので、彼女がいない日にはローズもそれまでと変わらずハウスメイドの仕事をしていた。だがほんの一ヵ月前、四月初めのその日はそうではなかった。訪問の予定は聞いていなかったが、夕刻の四時頃に表のベルが鳴って、しかし覗《のぞ》き穴からはだれの顔も見えない。仕方なくドアを開けた途端、女の子の叫ぶような声が正面から飛んできた。

「ええっ、お姉ちゃんっ？」

だが声を上げたのはローズもほとんど同時で、

「なに。あんた、どうしてここにいるの！」

「なあんだ。ローズか。驚いた――」

「驚くのはこっちよ。エスタったら、なにしてるの、こんなところで」

それはローズの年長の妹で、今年十三歳になったエスタだった。

「だってさあ、どうしてセアラ姉ちゃんがここにいるんだろうって」

「なに馬鹿《ばか》なこといってるの。いきなり、それも表玄関から訪ねてくるなんて」

「だって、どこに裏口があるかわかんなかったんだもん」

けろっと舌を出してみせるエスタに、ローズは頭を抱えたくなる。どうすればいいのかわからない。ともかくいつまでも玄関先で立ち話をしているわけにはいかないので、玄関ホールに入らせて声をひそめて問い詰めた。

「あんた、ひとりで来たの？」

「ひとりだよ。汽車の切符代は、ローズがくれたこづかい貯《た》めてたもん」

「駅からは？」

「歩いてきた。遠かったけど」

「よくここがわかったね」

「手紙の住所見せて、おまわりさんに聞いてきた」

「それにしたって、なんでこんな急に来るの。あたし、日曜までお休みはないんだよ。あんたの相手してあげる暇なんて」

ローズはため息をつき、エスタは上目遣いにローズを見上げた。

「遊びに来たんじゃないよ。働きたくて来たの」

「だってあんた、まだ十三で」

「ローズがロンドンに出てきたのと同じ歳だよ」

「父さんやアーサー兄ちゃんが、いいとはいわなかったでしょ」

「うん。だから黙って来た」

当然そうだろう。

「それにしても、なんだってこんな急に。あたしに頼めばここで使ってもらえると思ったの？　無理だっていったら帰る？」

エスタは急に意固地な顔になった。口を引き結んで足下を睨《にら》むと、両手のこぶしを身体の脇でぐっと握りこむ。

「ここで使ってもらえないなら、他で探す」

「家で、なにかあったの？」

「なにもないよ」

エスタは横を向いた。

「なにも、ない――」

頰《ほお》に血が上って、顔が強張《こわば》っている。いい出したら聞かないときの妹の顔。ローズはもうひとつため息をついた。エスタの「なにもない」がなにを意味しているか、わかりすぎるくらいわかってしまったからだ。

（だけど、こんなことで奥様にご迷惑かけるなんてなあ……）

この三年間で、ローズの実家の状況も大きく変化していた。一攫千金《いっかくせんきん》を夢見て故郷を出た兄のアーサーは、紆余曲折《うよきょくせつ》あったあげく身体を壊して生まれた村へ帰った。足を悪くした父親は相変わらずろくに働けず、下の妹アンはようやく九歳、弟テッドは八歳で、ふたりともまだ公立学校の生徒だ。長姉のセアラが洗濯や裁縫の内職をしながら家族の面倒を見、ローズもロンドンからできる限り仕送りをしていたのだったが。

昨年の秋、アーサーがようやく普通に働ける程度まで健康を回復して、結婚した。相手は村で唯一の小間物屋を営むキャンベル家のドリスで、アーサーはその商売を手伝うことになった。そのおかげで、これまでひとりで家を背負っていたセアラは、ついにロンドンで出会った恋人、アルベマール公爵家の血縁で貧乏な植物学者のミスタ・クリストファ・マンクの求婚を受け入れる決心をした。

いくらふたりが相思相愛で、互いに結婚を望んでいても、インテリのミスタ・マンクの仕事は村にはなく、結婚すれば父や弟妹を置いて村を出ていくしかない。オーストラリアに渡れば条件のいい教師の職があるということで、ミスタ・マンクは以前から結婚と渡豪を希望していたが、主婦として一家を支えていたセアラは、家族と別れて見知らぬ土地に行く決心がつかなかったのだ。

昨年の秋は旅立ちを前に、慌ただしく行われたセアラとミスタ・マンクの結婚、見送り、そして村でのアーサーとドリスの結婚式と、自分のことではなくともなにかと気ぜわしい行事が続いた。休みをもらって帰郷してみると、ローズより三つ歳上のドリスは記憶していた通りかなり勝ち気なタイプで、その上経済的にはいうまでもなく、貧困層のガース家と店持ちのキャンベル家では比べものにもならない。父は早くも小声で「やれやれ、長男を婿《むこ》にくれてやったようなものさ。さんざんいいようにこき使われたあげく、放り出されなけりゃいいんだが」などと愚痴をこぼしていた。

だが、少なくともドリスがアーサーにぞっこんなことだけは見て取れたし、アンやテッドも彼女には屈託なくなついているようだ。父が心配するようなことは、まず起こらないだろう。その中でひとつだけ心配なのが、歳に似合わぬしっかり者のエスタのことだった。ローズが家を離れた後、これまでエスタはセアラを助けて幼いなりに気持ちを張り、歳下のふたりの世話をして頑張っていたはずだ。だがこれからはドリスが、セアラの代わりに一家の主婦になる。兄の配偶者とはいっても、実の姉を手助けするようにはいくまい。エスタは自分の居場所をなくしたように感じるのではないかと思った、その心配がどうやら的中してしまったらしい。

ただローズも感心したことに、奥様の前に出たエスタは一言もドリスの悪口などいうことはなかった。背筋を伸ばし、きちんと足を揃え、身体の前で両手を重ね合わせると、臆《おく》することなく真《ま》っ直《す》ぐに奥様に視線を合わせた。

「エスタ・ガースともうします。いきなりお許しもなく出てきて、申し訳なく思っています。でも、あたし、決していい加減な気持ちではないんです。ロンドンで働いて、お金を稼いで、家に送金したいと思っています」

「歳は十三歳」

「はい。ローズが、あ、いえ、姉がロンドンに来たときと同じ歳です」

「学校は？」

「公立学校に二年半通いました。読み書きと、算数と、お裁縫も少し。でも、もう充分だと思いました」

「けれど、お兄様が結婚されて、おうちの生活は前より楽になったのではなくて？」

「それはそうです。けど、これから兄ちゃんが稼ぐお金は兄ちゃんとドリスのお金です。そのうちふたりの間にも子供が生まれるだろうし、ドリスの家にも家族はいるし、勝手に当てにはできません。父ちゃんはこの先も働けないと思うし、下のきょうだいふたりを学校に行かせるためにもお金が要ります。あたし、ふたりにはもう少し上の学校まで行かせたいんです。そうすればきっと、村を離れても生きていけるだろうから。この家でなくていいから、どこか働き口を見つけていただけないでしょうか。ご迷惑おかけしますがお願いします」

きちんとそういって頭を下げた。ロンドンに来た最初の日、お腹《なか》の虫を鳴らして恥ずかしさのあまり、その場に座りこんでわんわん泣いてしまった自分より、よほどしっかりしている。そして奥様はそんなエスタをじっと見つめていたが、にこっと微笑《ほほえ》まれた。

「だったらあなたには、この家のハウスメイドになってもらいましょう」

「あの、でも奥様、エスタはあたしと違ってメイド奉公の経験がありません」

自分にしても自慢できるほど経験があったわけではないが、明日からハウスメイドが務まると思われてしまっては困る。ローズは慌てて口を挟んだが、

「だったらミセス・コッシュの助手になって、仕事の仕方を一から教えてもらえばいいのではなくて。お姉さんのローズが先生だと、どうしても甘えたくなってしまうでしょう。その点は他人の方が気楽ではないかしら。ミスタ・ディーンはどう思って？」

「結構なことかと」

「シレーヌは？」

「賛成です」

そういうことで、とんとん拍子に話が決まってしまったのが、ほんの一月前のことだ。その日のエスタは無論、顔には出さないままがちがちに緊張していたのだろう。奥様に承諾され、執事と侍女に賛成され、さらにベッツィやモーリス、リエンさんと顔を合わせて歓迎されて、使用人ホールでたっぷりした夕飯をふるまわれて、夜の八時にはもう使用人階段を上がりながらまぶたとまぶたがくっつきかけていた。ローズとベッツィが寝ている屋根裏部屋の隣の部屋を開けて、ランプを点《とも》す。今夜だけはローズも、同じ部屋の向かいのベッドに寝ることにしたのだが、

「使ってなかった部屋だから、少し黴臭《かびくさ》いし湿気《しっけ》っぽいよ。ほら、こっち」

そういう間も、その場に立ったまま頭をぐらぐらさせていたけど、服を脱がせてベッドに押しこんでやると急にぱっちり目を開いた。

「ローズ」

「なに。明日からは仕事だよ。早く寝ないと」

ローズはさっさと服を脱いで寝間着に着替えると、ベッドにもぐってランプを消そうとしたが、

「わかってるよ。でも、いろいろごめんね」

謝られるようなことはなにもない。それなら自分は姉なのに、いままでエスタのことを気にしながら放っておいたことを、謝らなくてはならないだろう。しかしいざとなると、ここで謝罪のことばを口にするのもなにか面映《おもは》ゆい。

「あたしよりも父ちゃんと兄ちゃんに、心配かけてごめんって謝らないと」

「怒られる、よね」

「手紙書きな。ちゃんと説明すれば、わかってくれるよ。それから、オーストラリアのセアラ姉ちゃんにも」

オーストラリアからも手紙は届いていて、元気らしいとはわかっているけれど、ずっと遠い海の向こうだと思えば少し心許《こころもと》ない。いつか向こうを訪ねていきたいとは思うけれど、それもいつのことになるか。でも、だからこそ手紙くらいはせっせと、途切らせずに遣《や》り取《と》りしたいと思う。

「でもさ、ローズ、やっぱりロンドンに来て変わったよね」

「えー、なにいってるの？　別に変わってなんかないよ」

けれどエスタはそれまでの眠気がどこかに飛んでいってしまったように、ベッドから身を乗り出し、死んだ母さんによく似た大きな青い目でこちらを見ている。

「あたしさあ、最初にローズの顔見て、お姉ちゃんっていっちゃったでしょ?」

「うん、そうだったね」

エスタが「お姉ちゃん」と呼ぶのは上のセアラ姉だけで、ローズのことはもっぱら「ローズ」とだけ呼んできた。だから変な気はしたのだったが。

「ほんとにあのときは、セアラ姉ちゃんが出てきたのかと思った」

だから「どうして?」なんていったのか。

「だったらきっと、パーラーメイドのキャップとエプロンのせいで、そんなふうに見えたんだね」

「それもあるけど、前より背が伸びたし、髪の毛も金髪っぽくなったし、顔は色白になったし、ほんとにちょっと別人みたいだった」

お仕着せのスカート丈が短くなったり、肩がきつくなったりはしたから、身体が育っているのだろうとは思っていたが、顔が別人みたいというのはいくらなんでも大げさだ。鏡は身だしなみのチェックのためにちらっとは見るが、顔を水で洗って髪にブラシを掛けて編むのに、いちいち鏡を見る必要はない。パーラーメイド用の髪型を整えて、キャップをかぶるときだけはベッツィに手伝ってもらうけれど。

「お化粧とか、してないよね？」

「してるわけないじゃん、そんなの。ロンドンじゃ日焼けはしないから、顔は白っぽくはなったかも。でも、変わったってほどのことはないよ」

「だけどほんとにローズ、きれいになったよ。母ちゃんと似てきたよ」

馬鹿馬鹿しい、と思った。うちが貧乏になる前、若いときの母ちゃんは美人だったし、きょうだいのなかでもセアラ姉ちゃんとエスタは最初から母ちゃんに似ている。ローズは父ちゃん似で、お世辞にも美人ではない。

「寝るよ」

ランプを消すと一度黙ったエスタは、しかし向こうのベッドからもう一度首を伸ばしたようだった。

「ねえどうして、ローズ？　美人になったっていわれて、嬉しくないの？」

「メイドが美人だって、いいことなんかなにもないよ。あんたがなにか浮ついたこと考えてるんなら、村に帰った方がいいよ」

自分でも思った以上にとげとげしい声が口を突いて出、エスタは驚いたように声を張り上げた。

「えーっ。やだそんな。あたし、真面目《まじめ》に働くよ。ただざ、美人だっていわれたら普通はみんな喜ぶのに、なんでローズは怒ったのかなって思っただけ」

（そんなの、あたしにだってわからないよ……）

（ただ、顔のことといわれるのってなんか気分が悪い。誉められてる気がしない。そんなふうに感じちゃう、あたしの方が変なのかな――）

それから一月。エスタはミセス・コッシュの助手になって、ハウスメイドの仕事の習得に励《はげ》んでいる。階段磨きの手順とか、暖炉の灰はどちら向きに掻《か》き出《だ》すかとか、ローズのやり方とはいろいろ違っているのだが、口を出すことはしない。メイド仕事を教えるなら姉の自分ではなく他人の方が、という奥様の判断は正しかったのだろう。先生役はひとりで充分。自分でいったとおりいつも一生懸命なエスタは、幸いミセス・コッシュのお眼鏡にも適《かな》ったようだった。

村の実家にはミスタ・ディーンが訪ねていって、父と兄のアーサーに「ミス・エスタ・ガースを、ミス・ローズ・ガースと同様、レディ・ヴィクトリアの家事使用人としてお預かりします」と挨拶してきてくれた。アーサーはずいぶん腹を立てていて、自分がロンドンに行ってエスタを連れ戻すと息巻いていたらしいが、父が止めて「お願いします」とミスタ・ディーンに頭を下げたという。ドリスが主婦になった家にとどまりたくないエスタの気持ちは、兄より父の方が敏感に察していたのだろう。穏便に済んでよかったと、ローズは胸を撫で下ろす。

しっかり者のエスタなら、慣れればどこでも働けるとは思うけれど、メイドの待遇はなんといってもご主人様次第だ。自分の血を分けた妹を、ろくに休みももらえず、未明から夜中まで足を休める暇も無くこき使われて、口に入れられるものといえば残りものと出がらしのお茶ばかり、というような惨《みじ》めな目には遭わせたくない。その点この家なら、使用人にとってこれ以上望ましい環境はないと胸を張っていえる。

今日もモーリスはピンカートン探偵社に、ベッツィは婦人倶楽部のキッチンに朝から出勤していて、ふたりとも夜までは帰ってこない。午前中の掃除仕事をミセス・コッシュと済ませたエスタは、お昼の後はリネンにする刺繍《ししゅう》を教えてもらうからと、ミセス・コッシュの住むお向かいに出かけていった。ミスタ・ディーンとミス・シレーヌもお出かけで、訪問の予定はなく、リエンさんもキッチンの向こうの私室に入っているらしい。奥様はたぶん書斎で執筆のお仕事中だろう。家内は平和に静まり返っている。予定にない客が来れば、この使用人ホールの壁にあるベルが鳴り、ローズが階段を上って応接することになるので決して気は抜けないものの、くつろいでいていい時間ではある。

ローズは一度閉じたノートの革表紙を、もう一度そっと開いてみる。そして奥様のことばを思い返しながら考える。すてきな宝石箱のような空白の本。そこに書かれるにふさわしいことばはなんだろう。『秘密』というのはお話の中に出てくるなら、胸がときめくような格別の響きに感じられるけれど、現実の世界では必ずしもそうではない。

セアラ姉ちゃんや他の女の人をひどい目に遭わせた放蕩《ほうとう》貴族の『秘密』は、世にも忌《い》まわしい記録の手帳だった。王家の侍従武官が妻や養女にしてきた仕打ちは、世間には知られぬ『秘密』として永遠に闇に葬られた。ローズが見聞きして知っているのはその『秘密』のほんの一部だろうが、自分のことではないから忘れてしまえるし、もう忘れかけているし、わざわざ書き残しておきたいとも思わない。

だったらローズ自身の胸にある、ベッツィたちにも打ち明けていないもやもやのようなものは？　アーサー兄ちゃんには口が裂けてもいうつもりはないが、ローズはたぶんドリスが苦手だ。もっといえば嫌いだ。彼女のやけに高い笑い声も、気取ったしゃべり方も、自分の家にお金があることを一言ごとに周りに意識させる自慢話も感じがいいとはいえない。でもそれ以上に馬鹿馬鹿しく思えてしまうのは、自分の家が村では一番裕福だからといって、上品ぶって上流階級の真似事《まねごと》をしたがるところだ。

地主のトンプソン様も家名や爵位を有り難がって、貴族っぽい真似をしたがるところがあるが、ドリス・キャンベルはそのトンプソン家を手本にしているのだから、思い切って辛辣《しんらつ》なことばを使えば、二重の真似っこ、二重の偽者だ。ドリスがアーサー兄ちゃんを好きになって結婚する気になったのも、兄ちゃんがロンドンで公爵家の若様に仕えていたという前歴が気に入ったからだと思えてならない。そこで兄ちゃんがなにをさせられていたか、なんてことは無論気がつきもしないのだ。

でもきっかけはそんなことでも、彼女がアーサー兄ちゃんを好きで、父ちゃんとアンとテッドの面倒を見てくれるなら文句はない。最初にこの家に来た日にミス・シレーヌからいわれたこと、誇りと気概と意志を持つ、敬意を持って扱われるべきレディに、自分がこの三年間でなれたとはちっとも思わないけれど、レディならばどんなときどう振る舞うべきか、くらいのことはわかった気がしている。だからふたりの結婚式に村へ戻ったときは、ドリスにもキャンベル家の人々にも礼儀正しく接してきたつもりだ。

エスタがロンドンに出てきたのは、結局正解だったのだろう。弟妹の教育のためにお金を稼ぎたいというのは、文句のつけようもない立派な理由で、だれに恥じる必要もない。そしてドリスとエスタが一度でも喧嘩《けんか》してしまったら、間に立たされて苦労するのはアーサーだ。ローズにしてもあのドリスと、たまに帰郷してほんの一日二日くらい過ごすなら、にこやかに波風を立てることなくいられると思うが、ずっと一緒に暮らすのはたぶん無理だ。これは口には出せないローズの『秘密』。だけどそんなつまらないこと、わざわざこのきれいな帳面に書き付けるようなことじゃない。

それからエスタにいわれたこと、なんで自分が顔のことをいわれると不快に感じてしまうのかは、やはり地主のトンプソン様のお屋敷へ臨時のメイド奉公に上がっていたとき、従僕たちに幾度も嫌な目に遭わされたせいなんだと思う。いままで出来るだけ、思い出すまいとしていたことだけれど。

無理やりキスされたり、後ろからスカートをめくられたり、床に押し倒されて身体を触られたこともある。その頃はいまのエスタよりまだ歳下の、本当の子供だったから、なにをされているのかよくわからなくて、ただ痛かったり冷たかったり気持ち悪かったり、掃除仕事の邪魔をされて腹立たしく思っただけだったけど、いまはその意味がわかる。そして、思い出すだけで胸がむかむかしてくる。

あの従僕たちも、セアラ姉ちゃんに手をつけた公爵家の御曹司も、身分の上下なんか関係ない。全部の男がそうではないとしても、ゲスな男はどこにでもいて、なにひとつ落度がなくても、女は女だというだけでそんな目に遭わされる。そして女がそれに抵抗して声を上げたりしたら、今度は「冗談じゃないか」と笑い飛ばされたり、「可愛《かわい》いって誉めてるんだろ」と居直られたり、「なんだよ、そっちから色目を使ったんだろうが」などと覚えもない非難を受けることになるのだ。

それを思えばローズは、絶対美人になんかなりたくない。男が女に向かって「きれいだ」とか「可愛い」とかいうのは、男と女が結婚したら夜のベッドですするようなことを、結婚は抜きでしたい、という意味でしかないのだから。この家でメイド勤めをしているなら、身の危険はないとはわかっているけれど、本当をいえば見知らぬお客様の前に出て、顔を晒《さら》すのも願い下げにしたい。いっそ許されるなら、イスラム教徒の女みたいにヴェールを被《かぶ》りたいくらいだ。

でもそんなこと、ベッツィに愚痴るわけにはいかない。彼女は黒人だから、どこへ行っても「ああ、この子はイギリス人じゃない」という目で見られる。中には人間ではない、犬猫でも見るような顔をして「ことばが通じるの？」「なんだか汚れてるみたい」「まあ、いやだ。こっちに来させないで」なんて大声でいうひどい人もいる。だけとベッツィは全然ひるまない。なにをいわれても聞き流すか、平気な顔で笑っている。

「どっちが間違ってるかわかってるもの、全然気にならないよ。むしろかわいそうだなって思うくらいだよ」

「かわいそう？」

「そうだよ。他人を蔑《さげす》んでえらそうにするやつはね、実は自分を貶《おとし》めて卑《いや》しめているだけなんだ。当人が気がついてないだけで、魂に泥を塗ってるんだ。だからお気の毒様で、本当なら忠告してあげるべきなんだろうけど」

「でもさ」

ああいう人がベッツィのことばに耳を貸すだろうか。

「うん、そう。アタシはそんな親切じゃないから、忠告なんかしないでほっておく。勝手に堕《お》ちてなさいって思う」

「ベッツィ、すごい」

「ははっ。マァムからの受け売りだってば！」

（そうだよね。馬鹿な男がなにをいっても、ベッツィみたいに笑って聞き流して、それでも寄ってくる相手はぶん殴る——）

そこまで考えて、ローズはハアッとため息をついた。駄目駄目。こういうのは全部ローズの胸に溜まっている、それこそ塵芥《ちりあくた》みたいなものだけど、こんなのをここにことばにして書き残したいとはちっとも思わない。奥様がいっていた秘密っていうのはなにかもっと深い、自分の魂から湧いてきたような事柄《ことがら》なんだろう。

（『秘密』っていえば、あたしには秘密なんてないけど、ここのうちの人たちはほとんどみんな、なにか『秘密』を持っている気がするなあ……）

いままで自分の仕事をすることに一生懸命で、いちいち詮索《せんさく》してきたわけじゃないから、それでも毎日ひとつ屋根の下に暮らして、顔を見てことばを交わしていれば、この人は目に見えるままだけじゃない、なにかその向こうに隠れているものがあるみたいだな、というのはぼんやりと、少しずつでも見えてきてしまう。

ミスタ・ディーンはミスタ・ディーンとしか呼ばれることがなくて、だからそれはファミリー・ネームなのだろうけど、ファースト・ネームがなんというのかわからない。アイルランドの出身ということは、格別隠してもいないらしくて、ときどきリェンさんがつくるアイルランド料理、ブラックプディングやソーダブレッドを好んで食べているけれど、他のことはちっともわからない。

ただ、あの半白というよりほとんどが銀色の髪は、色を抜いて白髪に見せているのだと思う。顔は痩《や》せて皺《しわ》っぽいが、本当の歳は多くても五十代。一度偶然見てしまった裸の背中にはすばらしく筋肉がついていて、いくつも生々しい傷跡の残る背中は、傷跡はともかくとして全然老人の後ろ姿ではなかった。

他にも頑丈なステッキを剣のように振るえるとか、錠前開けの手際が玄人めいているとか、堅気の執事と呼ぶには首をひねらずにはいられない特技があるようだとか、どんな経緯で奥様に仕えるようになったんだろうとか、わからないことは山ほどある。

わからないといえば、料理人の清国人リェンさんについては名前も本名ではないらしいし、年齢も若いのか歳取っているのか、皆目見当がつかない。だがモーリスが聞きこんできたことによれば、彼が父親と住まいを失って祖国を出たのは一八六〇年で、そのときはほんの子供だったという。

父親はチャイナの皇帝に仕える庭師の長で、園芸植物だけでなく刃物に造詣《ぞうけい》が深かった。日本の桜について父親の語ることばを記憶していた。ということは、子供といっても幼児よりは年齢がいっていたはずで、若く見積もっても三十代半ばにはなっているだろう。しかしこの三年でも、老《ふ》けたようにはちっとも見えない。いつも物静かで、東洋の仏像のようにほんのりと微笑んでいるリェンさんは、その存在そのものがミステリアスだ。彼がいつから奥様に仕えるようになったのかも、全然わからない。

わからないといえば、実はモーリスもけっこう謎《なぞ》だ。本名はモティラール、生まれはインドのラジャスタン。最初にそれだけいわれて、その後には「俺はラージプート、月の家系に繋《つな》がるクシャトリヤ」とも聞かされたが、彼の個人情報はそれ以上ほとんど増えていない。いつも陽気で、ベッツィとふざけたり冗談を飛ばしたりの彼を見ていると、そこに特別な『秘密』が隠されているとは思いにくいが、それは一種の仮面ではないかと最近のローズは思うようになっている。

モーリスがピンカートン探偵社の早耳ビルを手伝って、彼から探偵になるためのいろいろな技術を学んでいるのは、はっきりした目的があってのことではないだろうか。奥様もそれを承知していて、最初からそのつもりで彼を使用人に雇っている。そのためにはロンドンにいることが必要だから、よそへ行くことは考えない。

モーリスはなにかを捜すために、はるばるインドからイギリスにやってきたのではないか。それはイギリス人に奪い取られた宝物で、すごい由緒のある神聖なもの。となると、まるでウィルキー・コリンズの娯楽小説『月長石《ムーンストーン》』だが、満更根も葉もない話だとは思わない。奥様の書庫で、小説だけでない、少しずついろいろな本を読んで、イギリスという国がいまのように富み栄えるために、中国やインド、アフリカのあちこちを領有して、作物や鉱物を手に入れていること、そのためにそちらの国では、恩恵を受けている人もいるけれど、貧しくなって没落していく人もいることをローズも知るようになっている。

それをいうなら、ミスタ・ディーンの故郷らしいアイルランドについてもそうだ。イングランドの植民地という意味では、アイルランドも実はアジアやアフリカと変わらない。ほんの半世紀ばかり前、ジャガイモの胴枯れ病がこれを主食にしていたアイルランドの下層階級を直撃し、多数の餓死者を出したが、イギリス政府はなんら救済の策を講ずることなく、アイルランドから小麦の輸入を続けていた。大飢饉《だいききん》はその結果起きたのだ、という者もいるという。

だったらミスタ・ディーンがアイルランド独立運動の闘士だというのもあり得そうだし、リエンさんが殺された父親の復讐《ふくしゅう》を誓うチャイナの刺客だ、なんてことも絶対にないとはいえない。中国を攻めて、彼のそれまでの生活を奪ったのはイギリスとフランスの連合軍だったそうだから。奥様は無論すべて承知、となると、レディ・ヴィクトリアの家は、大英帝国《ブリティッシュ・エンパイヤ》に対する謀反人の巣窟《そうくつ》なんだろうか。

(ああ、なんだか怖い考えになってきちゃった……)

まさかね、とかぶりを振ってみたけれど、一度生まれたもやもやはそう簡単には消えてくれない。そんなことまで考えてしまうのは、この特別な『秘密』の隠し場所にふさわしい、鍵のかかる小部屋のようなきれいなノートブックのせい。やっぱりそれはローズの、小さな頭にはそぐわない。身の丈に合わない贈り物っていろいろ大変、と奥様が選んでくださったものなのに、なんだか少しだけ恨めしいような気持ちになってしまう。

そのときローズはふいに、閉じたドアの向こうから聞こえてくる物音と、押し殺した話し声に気づいた。使用人ホールにはドアが三つある。ひとつは暖炉左の緑の布張りのドアで、開けば地上階の玄関ホールに出る上り階段だ。ひとつは窓側にあって、開ければそこは空堀《エアリア》。外階段を上がって前のアンカー・ウォークに出られる。そしてもうひとつは暖炉の右、厨房へ通ずる短い廊下がある。厨房にはさらにドアがふたつあって、ひとつは裏庭に面するリェンさんの私室、もうひとつは嵩《かさ》の張る食材を運び入れるときなどに使う裏口で、洗い場を抜けて裏庭から外に出ることができる。

裏庭は細い路地に面して、丈の低い煉瓦塀があるだけなので、用心が悪いから裏口にはいつも鍵がかかっている。それを出入りに使う者もいる、というか、正確にいうとこの家の住人の中のひとりだけが、それもある特別な場合だけそちらから出入りしている、ようなのだが――

ドアが開いた。開いたドアからちらっと、頭の形そのままの黒髪と、生成りのチャイナ服の背中が見えた。それは問うまでもなくリェンさんの後ろ姿だったろう。でも彼はこちらには来ず、代わりにドアを大きく開いて大股《おおまた》に入ってきたのは、薄黒く煤《すす》けた感じのハンチングを目深にかぶって、朱赤のマフラーを首から口元まで巻きつけた見慣れない男の人で、ローズは思わず椅子《いす》から腰を浮かせ身構えてしまう。でも、声を出す前に向こうが口を開いた。

「やあ、ローズ」

同時に右手が上がって潰《つぶ》れたハンチングを脱ぎ、左手がマフラーを引き外す。帽子の下から現れたのは、ピンで留めて頭頂に結い上げた黒髪で、帽子を左に移した手がそのピンを引き抜くと、髪は豊かに波打ちながら肩へと流れ落ちた。

「ミス・シレーヌ！」

アンカー・ウォークの他の住人の目につかぬよう、裏木戸から出入りするのは奥様のレディズメイドのミス・シレーヌ、それもこうして男装しているときだ。

「ただいま。ひとり？」

「あ、はいっ。モーリスとベッツィはいつものところで、エスタはミセス・コッシュのところに刺繡を習いに。ミスタ・ディーンは、お昼ご飯のときにはおられましたけど、いまは出かけてます。奥様は書斎におられると思います」

「わかった。今日の午後は格別、来客の予定はなかったね？　それじゃ書斎の方にお茶をもらえる？」

「はい。すぐに！」

「そんなに急がなくていい。私も着替えてから行く。その分の時間を見て」

「奥様にはなんと申し上げますか？」

「シレーヌが戻った、でいい」

当然ながら、というべきだろうが、彼女の外出の理由も奥様はご承知ということなのだろう。よけいなことは訊《き》かず「わかりました」と答えたローズに、軽い笑みを返してきびすを返した彼女の、手元から一枚の紙切れがひらりと床に舞う。背をかがめて素早く摑《つか》み止め、差し出すと、ミス・シレーヌは無言で受け取った。

緑の布張りドアが開き、絨毯《じゅうたん》敷きの上り階段を軽やかな足音が上がっていくのを聞きながら、ローズは、そうだった、と思う。この家の最大の謎、もっともわからないミステリはといえば、ミス・シレーヌではないか。いつもは飾り気のない、だが布と仕立ては最上等の濃いブルーのドレスに身を包み、隙《すき》のない身のこなしに端整すぎる美貌《びぼう》、明晰《めいせき》なことば遣いにほとんど表情を変えることがない彼女は、時として絡繰《からく》り仕掛けの自動人形《オートマタ》のように見えてしまうこともある。

しかし、それが彼女のすべてではない。敬意を払われてしかるべきレディならば必ず、髪を覆《おお》うボンネットに手袋、胴を締めつけるコルセットにスカートの後ろ腰を膨らませるバッスル、当然ながら足首は見えぬスカート丈、そして付き添い無しでは出歩かないのが当然とされるこの時代に、ミス・シレーヌは男装して街を自在に動き回る。黒のトップハットにマント、エナメル靴にステッキの紳士にもなれば、今日のように薄汚れた労働者にもなって、ペルメルの女人禁制のクラブにも、外国人だらけのドック地区にも平気で入っていく。

フランス人らしいが、どこでいつ奥様と出会ったかもローズは知らない。モーリスやベッツィも知らないらしい。父親が外科医だったといったこともあるそうだが、すぐ後に口から出任せだと否定してしまった。それが本当かどうかもわからない。しかし医学の心得があることは事実で、法医学者の振りをしてモルグでの解剖に立ち会ったこともある。

射撃の腕前もすごいらしい。ローズが見たわけではないが、暴走する馬車の前に立って駅者《ぎょしゃ》の帽子を打ち落とし、馬の足を止めさせた。それらすべてを含めて、スコットランド・ヤードのアバーライン警部はいろいろ知っているはずだが、尋ねたとしても答えてもらえるとは思えない。

（ミス・シレーヌの『秘密』、知りたいって思ったらいけないのかな……）

（あたしが知るだけ。いわない方がいいことなら、ベッツィたちにだって話さない。それこそあたしだけの秘密として、このノートブックにこっそり書いておく——）

考えただけで少し後ろめたくて、胸がどきどきする。だけどミス・シレーヌの『秘密』なら、このノートブックという器にも合わないだろうか。現実というより物語みたいだもの。そう、奥様みたいに面白い小説なんて書けっこないけれど、あたしがあたしのためだけに、ミス・シレーヌを主人公にして、いろいろ想像してお話を書いてみるというのは、ありかも知れない。そんなことを考えながら、けれど同時にたったいまいわれたお茶の注文のことはちゃんと忘れてはいなくて、

（特に指定は無かったけど、奥様とミス・シレーヌが飲むんだろうから、茶葉は一番いいラプサンスーチョン？　あたしにはどうも変な味にしか思えないんだけど、奥様たちは好きらしいもの。お茶器はどれにしよう。あれって中国茶の味だっていうから、中国風の青い模様が入ったのがいいかな。持ち手がついてない、小さめの丸いボウル形のカップに、深いソーサーで……）

考えながら身体は動き出している。まだなにも書いていないノートブックは、元通り鍵を掛けて自分の裁縫箱の一番下の引き出しにしまい、使用人ホールの隅の私物を置く棚に片付ける。その横にも食器棚があるけれど、中に入っているのは使用人の日用使いの食器だけ。奥様とお客様に出すより上等の食器類は、ホールと厨房との間の短い廊下の壁に作り付けられた棚の中に整然としまわれていて、一応出すときはリェンさんに声をかけることになっている。

「リェンさん、ミス・シレーヌが奥様のとふたり分、上にお茶をっていわれたから、お茶器を出していい？」

首を伸ばして厨房を覗いたが、料理人の姿は見えない。ただ空の調理台の上に、大皿が一枚出したままになっている。この台は料理仕事をするときの作業台だから、皿を出すのは最後の盛り付けのときだ。使った後の洗い場は別室だし、いまのような半端《はんぱ》な時刻に皿がここに出ているというのは、整頓《せいとん》好きのリェンさんにはとても珍しい。

近づいてみると、それはたったいまローズが思い浮かべた茶器のそれとよく似た、白い地に青色で中国風の図柄を描いた皿だった。新品には見えないけれどあまり使われた様子がなく、ガラス質のうわぐすりに覆われた表面はぴかぴかだ。確かにローズがお勤めを始めて以来、この大皿が晩餐《ばんさん》の席に出ているのを見た覚えがない。それどころか、食器棚に収まっているのも見ていない気がする。

（これってもしかしたら、リェンさんの私物？　子供のときに中国を離れたリェンさんが、大切に持ってきたものだとか？）

でも、だったらなんでこんなところに置いてあるんだろう。さっきミス・シレーヌがドアを開けて姿を見せたとき、リェンさんの後ろ姿が見えたと思った。ふたりはこれを見ていたんだろうか。そういえば、あたしが拾って渡した紙に書かれていたのは、中国のあの模様みたいな文字だった気がする……

足音にはっと目を上げたら、そこにリェンさんが立っていた。いきなり正面から顔を合わせてしまって、なんだかばつが悪い。それは彼の方も同じだったらしく、お互いに目を逸《そ》らしながら、

「あ、あの、ミス・シレーヌが、奥様にお茶をって」

「はい。そう、ですね。湯は沸いていますから、お任せしても？」

「あたし、やります。それで、茶器を」

「お願いします。どれでも、いいと思うのを使ってください」

うなずきながらレンジの方へ向かうローズと同時に、リェンさんが調理台の方へ動いた。手にしていた粗布《あらぬの》の袋を、大皿の上に投げるようにかぶせ、持ち上げようとしたその肘《ひじ》がローズの腕にぶつかり、彼の手から皿が浮いた。わざと投げたように、宙を飛んだ。

思わず「あっ」と声を上げたのはローズの方で、あわてて腰をひねりながら皿の行方を目で追う。身体を沈めて両手を前に伸ばすと、床に向かって落ちていこうとした皿を辛《かろ》うじて受け止めた。下に思いきり突いてしまった膝《ひざ》は、じーんとするくらい痛かったけど、

「良かったー。どこも割れてないよ」

袋の方は落ちてしまっている。立ち上がりながら両手で持って、そっと調理台の上に皿を戻したローズは、なにもいわないまま棒を呑《の》んだように立ち尽くしているリェンさんの顔を見て、なんだかギョッとした。いつもやわらかな微笑みを浮かべている彼が、いまはその笑みを忘れている。見開かれた目、青ざめ強張った頬、薄く開いたままの口元。

「リェンさん?」

ローズは恐る恐るもう一度声をかけた。すると彼はようやくその声が耳に届いたというように、はっとまばたきしてローズを見た。悪い夢から起こされた、とでもいうように。けれどその表情には、まだ見慣れない硬さが残されていて、なにをいわれたのかよくわからない、とでもいいたげに聞き返す。

「はい?……」

「大丈夫、お皿、割れてないよ。大事なものなんでしょう、これ?」

すると彼はもう一度大きくまばたきして、ローズが両手で示している大皿を見た。けれど、なにもいわない。ようやくひとつ深い息をついたかと思うと、両手を作業台についた。両肩が上がり、頭が前に垂れている。その姿勢のまま彼は、食いしばった歯の間から声を押し出すようにしてつぶやいた。

「いえ、もしかしたらこれは、割ってしまった方がいいものなのかも知れません」

「リエンさん、それ、どういう意味?……」

待ったけれど、彼の口から答えはついに聞こえなかった。

# 第二章

# 青い柳模様《ウィロー・パターン》の皿

「ウィロー・パターンとか、ブルー・ウィローとか呼ぶよね。一番目立つところに描かれているこの樹が、風に揺れるしだれ柳だから柳模様《ウィロー・パターン》」

ベッツィが空になった小皿から、焼き菓子のくずを指でくいっと拭《ふ》き取《と》って、ランプの明かりの方へ向けてみせる。ローズは夜になって帰ってきたベッツィに、今日見たリェンさんのお皿と彼の不思議な様子のことを話したのだった。それも使用人ホールだと他の人にも聞かれてしまうから、屋根裏の寝室に戻ってきてから。

話のきっかけにするのに、ホールの食器棚にあった柳模様の皿に、ベッツィのお土産(勤め先から持ち帰る残りものの菓子)を載せて持ってきた。カップもソーサーもとっくに壊れてなくなって、一回り大きいケーキ皿一枚だけが残った半端物だった。

「そういわれないと、ちょっと柳には見えないけど」

「まあね。だけど、どこの家にもあるくらいありふれてるよね」

ローズは肩をすくめてみせる。少なくとも実家には、そのありふれた柳模様の食器すらなかったから。

「チャイナの風景なんでしょ、これって？」

「白地に青一色の模様っていうのも、それからこの絵の平らな描き方なんかも、向こうから輸入した焼き物の柄を真似して作られるようになったんだと思うよ。百年くらい前には、いま日本のものが流行《はや》ってるみたいに、あの国のものが流行してブームになったんだって前にマァムがいってたもん。お茶の葉もいまより高級品で、その頃はなんでもチャイナから来るものが高級だって思われたから」

ローズよりもっと背が伸びて、身体つきも顔立ちも娘らしくなったベッツィは、それでも以前と変わらず奥様のことをフランス風に、舌足らずな巻き舌でマァムと呼ぶ。

「でもこの皿なんかは、それほど高級品じゃないでしょ？」

「そりゃそうだよ。この絵は手で描いたんじゃなく、型紙から転写したやつだし、本物の磁器じゃない、白い陶器だし」

「転写って？」

「原画を銅板に作って、紙に模様をインクと顔料で刷って、その紙を素焼きの皿に載せてこすると模様が写るの」

「磁器っていうのは陶器より高級、なんだよね？」

「昔はヨーロッパでは作れなかったって話。最初にチャイナみたいな白くて透明感のある磁器を焼いたのがドイツのマイセン窯《がま》で、いまから二百年近く前」

将来ティーサロンを開業したいというだけあって、ベッツィは菓子のことだけでなく、お茶や茶器についても詳しい。

「十八世紀はチャイナが流行して、お茶が飲まれるようになったのもその頃からで、いまはとっくにチャイナのブームが過ぎて、だけどどういうわけか、この柳模様だけは廃《すた》れないでいまも使われてる。昔と比べたらずいぶん安っぽくなったけど」

「そうなんだ。流行って不思議だね」

「リェンさんの大皿って、これと同じ模様だったの？」

「そっくり同じかどうかは断言できないけど、だいたいこんな感じだったと思う」

いまふたりの間にある直径八インチ足らずの皿に描かれているのは、樹木が茂る小島が浮かぶ平らかな湖の景色だ。島には建物があり、島と島を結ぶアーチ形の橋を渡っていく人、湖に浮かぶ舟、空に舞う二羽の鳥が見て取れる。柳といわれてもわからないくらい植物は様式化され、建物は大きくそり返った瓦屋根《かわらやね》を載せて、いかにも異国風だ。

「リェンさんのパパって皇帝の庭師だったとか、いつかモーリスがいってなかった？」

「いってたね」

「そうするとさ、昔リェンさんはこういう風景を見ていたってことにならない？　アタシらにはすごく異国風で、妖精の国みたいに見えるけど、リェンさんには懐《なつ》かしいふるさとの景色だとか」

ローズにしても他に中国的なものを目にすることがまずないので、中国の景色といえば真っ先にこの、ウィロー・パターンの絵が思い浮かんでしまう。それにリェンさんをこの中に立たせても、違和感がない気もしてしまうのだ。

「でもさ、それだとあたしが聞いたことばの意味がわからない」

「割ってしまった方がいいもの？」

「そう」

「ほんとに割れちゃったなら、ローズが気にしないようにそういうってのも、ありかなとは思うけど」

「割れてないもの」

「なにか、このウィロー・パターンとは違う、見たくないものが描かれていたんだとか」

「でも、だったら大事に取っておかなくてもいいんじゃない？」

「うーん……」

頭の後ろに腕を組んで、うなりながら仰向けに転がったベッツィは、

「ねえ。その柳模様ってのには、なんか伝説みたいなのがあったんだよね。アタシ、よくは知らないんだけど」

「ああ、それなら覚えてる。昔、アーサー兄ちゃんがパブでもらったか拾ったかした古雑誌に、柳模様の挿し絵の入ったそのお話が書いてあって、読んでくれたんだ」

「どんな話だった?」

「ええとね、チャイナのお金持ちの娘と貧しい若者が恋をして、でもお金持ちはふたりの仲を引き裂いて、もっとお金持ちと結婚させようとして、だからパーティの晩にふたりは逃げ出すの。こっちの大きな二階建ての建物がお金持ちのお屋敷で、この橋の上にいる三人は、先頭が娘で、次が若者で、最後にいるのが鞭《むち》を手に追いかけてくる父親のお金持ちなんだって」

ローズは指の先で、小さく描かれた橋と橋の上の人物を指してみせる。

「ふたりは辛うじて舟に乗って逃げ出すことができて、離れた島の家に隠れて住む。それがこっちに描かれている島ね」

水に浮かんだ舟の向こうに、小さな島と樹の間の家の屋根が見える。

「でも、結局ふたりは父親に行方を知られて、追い詰められて死を選ぶ。若者が殺されたんで、残された娘が自殺するんだったかな。けれどふたりは神様に救われて、空を舞う鳥に化身して、仲睦《なかむつ》まじくさえずり合っている。そんなお話」

「ここに飛んでるのがその鳥?」

「そう」

「ふうん。でもその神様、どうせなら生きて助けてくれたらいいのに」

ベッツィのことばに「あたしもそう思った」とローズはうなずく。

「だけどさ、ローズ、いま思ったんだけどそのお話って、いつかモーリスがいっていた話と少し似てない？」

「えっ、なんの話が？」

「いってたじゃない。イギリスとフランスの連合軍が、こじつけの理由でチャイナに戦争をしかけて、リェンさんのパパがいる皇帝の離宮を略奪して、火を付けてめちゃめちゃにしてしまった。そのときリェンさんは故国を離れたんだっていう。覚えてない？」

「うん、そうだった。覚えてるよ」

「だからさ、柳模様のお話だって、娘に背かれたからってお金持ちが幸せに暮らしていたふたりを殺していい理屈なんてちっともないじゃない？　なのにふたりは死んで、神様は結局のところなにもしてくれなかった。ひどいってだれでも思うじゃない。

　それと同じように、フランスとイギリスは、自分たちが攻められたわけでもないのに、変な理屈をつけてチャイナに戦争をしかけて、そのせいでリェンさんのパパが死んで、リェンさんはふるさとを出るしかなかったんだとしたら、悪いのはフランスとイギリスじゃんか。そういうお話じゃないの？」

　そういわれてみると、そんな気がしてくる。

「でもこの柳模様のお話って、わりと知られてるみたいだよ。けどだれもそんなふうに、イギリスがチャイナに悪いことをした話だなんては、思ってない気がするけど」

「だから、それはただのおとぎ話だと思ってるからでしょ。話の中では悪役も同じチャイナの人だし、もともとは本当にただのチャイナの伝説なのかも知れない。でも、たとえばローズが見たお皿の絵は、この柳模様の皿と似ていてもそっくり同じじゃなくて、もっとはっきりリェンさんのパパが造った庭と似ていたとしたら、リェンさんはいまの伝説と、自分の身に昔起きたことを結びつけずにはいられないんじゃないかな。

もちろん、リェンさんがいまもその昔を恨んでるかどうかはわからないよ。いまさらながどうしても、死んだ人は生き返らないし昔は戻らないもんね。あの人はそれくらい、ちゃんとわかってると思うんだ。でもそのお皿を見ると昔のことが思い出されて、伝説も一緒になって心が乱れるから、懐かしいけどもう取っておくべきじゃない、割れてしまった方がいいかも、と思った。せっかく拾ってくれたローズには悪いけど、つい本音が口から出た。という推理はいかがでしょうか、ローズ殿？」

それならばあのときのリェンさんの、ここではないどこか遠くを見ているような目も、いつにない動揺の表情も説明がつくかも。

「すごい、ベッツィ。説得力ある」

「でしょでしょッ。名探偵と呼んで！」

ベッツィは得意げに胸を張ってみせたが、

「あ、でもミス・シレーヌはなんでそのお皿を見てたんだと思う？」

「うわ。そこまではわかんないよー。本当にミス・シレーヌが、それを見ていたのかどうかも確かじゃないじゃんか」

「だけど、普段はきっとリェンさんの部屋にしまってあるんだろうお皿が、キッチンの調理台に出ていた理由はそれくらいしか考えられないし、あたしがちらっと見たチャイナの字らしいメモのこともあるし」

「無理無理。推理するにも材料なさすぎ」

大きくかぶりを振ったベッツィは、

「そんなに気になるならローズ、リェンさんにあのお皿をもう一度見せてくれませんかっていってみたら？」

そういうことばの最後が、「あふっ」と大きなあくびになる。

「でも、あのときも楽しそうな顔じゃなかったから」

「大丈夫。リェンさんなら怒りやしないって」

「怒るとは、思わないけど」

「さもなかったらマァムかミス・シレーヌに、いまアタシに話したようなことも含めて、訊いてみたらいいじゃない。ミス・シレーヌは口が堅いとしても、マァムなら話してくれるかもよ？」

「そう、だね」

メイドの身で不作法な詮索をする、とは奥様は思われないだろう。ただ、だれにだって他人に知られたくないことはあるだろうし、リェンさんのいつにない暗い表情がローズをためらわせるのだ。

「訊いても、いいかなあ……」

だがそのとき、ベッツィがぱっと毛布を摑んで引き寄せた。

「そろそろ寝ないと、ローズ。悪いけどアタシ、明日は忙しいんだ。倶楽部は晩餐会で、だから帰りは遅くなるし」

「あ、ごめん。明かり消すね」

「点《つ》けといても大丈夫、寝ちゃうから。じゃあ、お休み」

本当に、頭から毛布をかぶったと思うと、もう寝息が洩《も》れてきている。外の職場で毎日が新しい経験続きのベッツィには、ベッドで三十分足らずの会話に付き合ってくれるのがぎりぎりなのだろう。それはわかるけれど、親友に取り残されたような気がして、少しさびしく切ないローズだった。

その一週間後、

「あの、こちらはレディ・シーモアのお住まいでよろしゅうございますか？」

「失礼ですが、貴方《あなた》様のお名前を頂戴《ちょうだい》いたします」

「こちらです。私はレディ・シーモアからお声がけいただきまして、ホワイトリー商会から参りましたジョージ・ホワイトリーともうしますが」

「承《うけたまわ》りました。どうぞ、お入りくださいませ」

ローズは玄関ドアを開き、初めて見る来客を迎え入れている。東洋美術を主に扱う商会の社員で、それも売りこみではなく、折り入って相談したいことがあると、奥様から人を介して招いたのだという。東洋美術と聞いた上、ミス・シレーヌも同席するというので、当然ながらまたリエンさんのウィロー・パターンの皿を思い出さずにはいられない。奥様にお尋ねしようかと思いながら、結局今日までその機会がないままだった。

「あの、あたしもお話をうかがっていいでしょうか」

思い切ってそうお願いすると、

「それは、かまわなくてよ」

あっさりと許可がいただけ、もしかしたらそう大した用事ではなかったのかしら、と首をひねった。でもこれまでローズが知る限り、奥様が美術商をこの家に呼び寄せたことは一度としてない。お住まいの中には、亡き子爵とふたり世界を巡った旅の間に手に入れた記念品もいくつか飾られてはいるものの、それも数えるほどだった。

「ものを買い集めることには、チャールズもわたくしも興味がなかったの」

とおっしゃる。

「旅は身軽なのが一番。持ち物が増えればそれだけ動きにくくなって、災難に遭う危険も増えてしまう。もちろん売り買いを通して人と繋がりができることはあるし、それが必要な場合はあるけれど、その土地を離れたら、今度はそれを他の人にあげて、それで新しい知り合いを作れたりしたから、ほとんど持ち帰ることはなかったわ」

なにかを蒐集《しゅうしゅう》することに興味がない、というのは本当で、奥様はロンドンに住んでいても、直接、間接に知り合った若手の画家や工芸家を応援する意味で、彼らの作品を買い上げることはあるが、それも手元に留めるより、欲しがる人がいれば惜しげもなくあげてしまう。お住まいの調度が美しく、品良く保《たも》たれているのはミス・シレーヌが常に気を配っているからで、奥様自身は身の回りを飾り立てることにも、さして興味はおありでないらしかった。

(だからわざわざ美術商を呼び寄せたなんて、絶対なにか特別の理由があるに違いない、と思ったんだけど……)

美術商、それも東洋の品を主に扱う人間と聞けば、老練で商売に長《た》けたそれなりの年配の男性というイメージがあった。だが現れたジョン・ホワイトリーは、見たところ三十代の半ばくらいで、面長の顔立ちに、細身だが背の高い身体つき。ことば遣いの品も良く、貴族的とはいえるものの、薄茶色の髪に薄青色の目という、はっきりしない色合いのせいか、印象は弱い。いうなれば影が薄い。

覇気に乏《とぼ》しい、ぼそぼそとした低い声音がなおさらそんなふうに思わせるのか、若々しさは失《う》せたのに老成にはほど遠い、いかにも中途半端な印象だ。美術品となればキャベツやインゲンを売るのとは訳が違うとしても、こんな陰気で弱々しい男から、なにか高価なものを買おうなんて思う人がいるのかなあと怪しみたくなってしまう。

それでも一歩屋内に足を踏み入れると、外観からは予想できなかったろう広い玄関ホールに来客が声を呑むのがわかった。トップハットと薄手のコートをお預かりし、コート掛けに片付けてから先に立ってしずしずと正面の階段へと誘導する。燦然《さんぜん》たる黄金色の輝きに包まれ、優雅なカーヴを描く大階段だ。テラスハウスの質素な外観だけを見て、会う前から奥様を侮《あなど》る無礼な客も中にはいるから、ローズとしては手入れに熱を入れずにはおれない。ここだけは絶対他人任《ひとまか》せにせず、ニス塗りの木の手すりと真鍮《しんちゅう》の手すり子を毎日腕によりをかけて磨き上げる。

来訪者は、玄関ホールの左右にある大小ふたつの応接室のどちらかにお通しするのが普通だが、今回はそのまま二階のグリーンルームにご案内するようにと命じられていた。ここは王立植物園のパーム・ハウスさながら、頭上にガラスの天井を張り、床下には温水の暖房を施した温室で、四季を通して珍しい熱帯の植物や花卉《かき》に満ち溢《あふ》れている。ただの客間のつもりで足を踏み入れた来客は、いずれも度肝を抜かれて呆然《ぼうぜん》とするか、なんと馬鹿しい贅沢《ぜいたく》をと腹を立てるか、子供のように魅せられて夢中になる者も稀《まれ》にはいる。

「ホワイトリー商会の方がいらっしゃいました」

一声かけてドアを開く。今日の客はどんな反応を示すだろうとローズは興味津々だったが、ミスタ・ホワイトリーは温室のしつらえよりも、いつもの青いドレスのミス・シレーヌを後ろに、肘掛け椅子に座って正面から視線を向けている奥様、レディ・ヴィクトリアに目を奪われたようだった。

今日のお召し物は黒一色だった。奥様がお連れ合いのシーモア子爵を亡くされて、今年で十三年。慣習で定められた服喪の期間は疾《と》うに過ぎているものの、女王陛下が夫君の死後二十七年経《た》ったいまも喪服しかつけないこの国で、他人が独り身の未亡人の素行をあげつらおうと思えば、それも不可能ではない。女は何歳になっても未成年者同様、一人前の大人としての法的な責任もなければ権利もないというのがこの時代だ。

しかしいまそこにおられる奥様は、そんな理由で無難《ぶなん》な喪服を選ばれたわけではなかった。黒一色でも布は軽いジョーゼットに、同色の糸で立ち襟から胸周りに細かなステッチを施し、ボリュームを持たせた袖や首元は半透明で、下から仄《ほの》かに透けて見える白い素肌が息を呑むほどなまめかしく美しい。ワンピースをバストの下で切り替えて、ウェストは絞らず、腰に膨らみをつけるバッスルも用いないスタイルは、実のところ流行遅れどころか遥か昔、この世紀初めの頃のラインだったが、コルセットで締めつける必要がないのでかねてからのお気に入りなのだ。

首にかけたネックレスは黒玉《ジェット》だが、意匠は華やかな薔薇《ばら》形を連ねて、喪の定番というにはやや外れている。髪は上げて、後ろにかもじを入れて大きく結い上げ、黒鼈甲《くろべっこう》の飾り櫛《ぐし》がその髷《まげ》を脇から支えている。耳にはこれも形は華やかな、黒玉を薔薇の花の形に彫り上げ連ねた耳飾りが、小さなお顔の両側に垂れてゆらゆらと揺れる。婦人の服飾にさほど詳しくない男性たちには、今日の奥様の装いが慣習に適っているかどうか、流行に合っているかいないか、容易に判断はできないだろう。

ローズはいつか、奥様が悪戯《いたずら》っぽく微笑みながらいわれたことばを思い出している。

『いい、ローズ？　なにか世の中の決まりごとに、敢えて違反しなくてはならないなら、こそこそと遠慮がちにでは駄目。思い切って大胆に、正面切って、実はこれこそが正解だという気概でその決まりを破ってみせるの。目にした人が、そうか、間違っていたのはこちらの方だったのか、と説得されてしまうくらいにね』

喪服のドレス・コードを軽やかに投げ捨てて、黒一色でだれより美しく装った奥様は、まるで見知らぬ異国の女王様のようだ。別の法律、別の慣習が支配するところから現れた異邦の麗人。ミスタ・ホワイトリーも真正面から驚きに射貫《いぬ》かれて、咄嗟《とっさ》に挨拶のことばも出せないまま、ドアのところに立ちすくんでいると見えたが、

「ようこそ、ミスタ・ホワイトリー。ご足労でした」

ほんのわずか紅を引いた唇《くちびる》から出たささやきに、ようやく我に返ったらしい。

「マイ・レディ」

　かすれた声でつぶやいた。そして奥様が彼に向かって右手を差し伸べると、引き入れられるように身をかがめ、その手を押しいただく。唇をほんのわずか、奥様の手の甲に近づけてから深々と頭を下げる。

「レディ・シーモア、このたびはお声がけいただきまして、身に余る光栄に存じます。なにか私でお役に立てることがありましたら、なんなりとお申し付けください」

　玄関先で名乗ったときより声が高く上擦《うわず》って、ぼんやりと仮面のようだった顔の頬には血の色が上ってきている。本来ならレディ・シーモアという敬称は、現在のシーモア子爵である奥様の義理の息子トマス・シーモアの夫人、オーガスタ・シーモアのものだったが、奥様は敢えてそれを訂正させようとはしなかった。

「どうぞおかけになって、ミスタ・ホワイトリー。お願いするのはわたくしの方ですもの。そんなにかしこまっていただきたくないわ。ローズ、お茶を差し上げてね」

「はい、奥様」

　ローズは急いで、でも足音は立てないように後ろに下がって、もうひとつの出入り口の脇に用意してあったお茶道具のカートのところに行き、アルコールランプに載せてあったやかんを上げてお茶を淹《い》れ始める。後ろの話し声が気になったけど、お茶淹れをしくじるわけにはいかない。

銀盆に湯気の立つカップをセットして引き返すと、ちょうどミス・シレーヌがミスタ・ホワイトリーの手に一枚の紙切れを手渡したところだった。その紙の上に、あのチャイナの不思議な文字が黒々と記されているのが見えた。

「お読みになれて？」

「はい。それは、一応」

「ではあなた、中国語には堪能なのかしら？」

「いえ。特に発音は難しいです」

「それは本当に。わたくしも耳で聞いたことばを、そっくり繰り返すことさえできそうにありませんでした」

「ただ商会で扱う品の関係でしたら、漢字も暗記していますし、意味はわかります。どういうものかというのも。貴女《あなた》様がお探しになっている品についても、この漢字の指し示しているのがどういうものかということは、理解しているつもりですが」

奥様は彼に渡したのと同じ文字を書いた紙をもう一枚持っていて、それをローズにも見えるように顔の横に掲げた。たぶんリェンさんが書いたものなのだろう。ペンではなく筆に墨の縦書きで『青花臙脂紅楼閣蓮花文共蓋小壺』、そしてその横には三行に分けて『大清／乾隆／年製』。

「この文字も、まるで模様のようね」

「これを書かれましたのは？」

「知人に頼みましたの。青花《チンホワ》、イギリスでいうブルー・アンド・ホワイト、白磁にコバルトの絵付けをしたものはとてもありふれていて、チャイナ風の絵付けをしてイギリスで製造される柳模様皿や茶器も決まって青一色だけれど、それに加えて、臙脂紅《イエンチーホン》、釉薬《ゆうやく》の上から赤い顔料を用いて加彩している、というのが特徴です。そんな蓋付きの小さな壺で、皇帝のオフィシャルな工房で焼かれたというしるしの裏面の銘。そしてこちらの三行の文字は、皇帝の描かれた柄はパヴィリオンとロータス・フラワー。そしてこちらの三行の文字は、皇帝のたって大清帝国を支配した皇帝、乾隆帝《ケンロンてい》治世の作品ということを示している。


乾隆帝が支配した時代、清国の国力はいまとは比べものにならないほど大きく、文化もまた絢爛《けんらん》と咲き誇っていたと聞いています。ヨーロッパの商人は対等どころか、頭を低くして懇願《こんがん》してようやく彼の国の産品を買い入れさせてもらい、宣教のために訪れたイエズス会士たちはキリスト教布教の目的は果たせないまま、皇帝に奉仕して西洋風の絵画を描いたり、西洋時計や噴水を造る従僕のようになっていたと。どうでしょう。わたくしの理解は間違ってはおりませんわね？」

「はい、レディ・シーモア」

「わたくしの探しているもの、似たようなものを目にされたことは、おありではない？」

「ございません、残念ながら」

「大層な珍品、ということになるかしら」

「さきほどおっしゃったように、青花の磁器は非常に多く作られて、いまも作られ続けておりますし、乾隆官窯の銘は後世になっても使われましたから、それがあっても前世紀のものとは限りません。ですが、青花磁器に臙脂紅の加彩となりますと、私も以前に一度青の雲文に赤い鳳凰《ほうおう》を釉上彩《ゆうじょうさい》として描き入れた壺を見たことがあるだけです。赤色を呈《てい》する色釉《いろぐすり》は他にも辰砂《しんしゃ》や銅などがありますが、臙脂紅は少量の金を混入することで、より複雑な桃花色を出すのでこれも数が少ないはずです。

そしてご存じかとは思いますが、中国清朝《しんちょう》はいまや衰微の一途を辿《たど》っていて、遥か以前からチャイナの磁器の一大生産地であった景徳鎮窯《けいとくちんよう》も、生産は続いてはいるものの、かつてのような名品は望むべくもない状況です。そのため私の商会でも、東洋陶磁器で扱うのはもっぱら日本のサツマにアリタとなっております」

「そうでしょうね。でもわたくしが探しているのは新作ではないんです。この漢字の名称が指し示す、乾隆帝時代に作られて伝世している磁器の小壺。それを見つけていただきたいの。少なくとも一八六〇年までは、確実に存在していたはずなのですから」

「ロンドンに、ですか？」

「いえ。北京《ペキン》に」

「それは」

ミスタ・ホワイトリーは一瞬絶句した。

「それは、レディ・シーモア、大変難しいことです」

「清朝の首都北京が、戦乱に襲われたから？」

「そうです。すでにご存じのことかも知れませんが、一八六〇年、イギリス、フランス同盟軍によって北京は占領されました」

「皇帝の離宮が打ち壊され、略奪と破壊に見舞われたときね」

ローズは後ろの壁際で息を詰めている。やっぱり、奥様のお話はリェンさんの過去に関わってきた。

「もちろんわたくしも、それは承知しています。でもそのとき、北京は無血開城されたと聞いたけれど」

「皇帝の離宮のような破壊には遭わなかったようですが、やはり相当な混乱があったと聞いています。お探しの小壺の所有者が、いまも無事に北京に暮らしているなら、話のつけようもあろうかと思うのですが、それでしたら貴女様がわざわざ私どもに、探索を依頼なさることはありませんね？」

しかし奥様は、その質問には聞き流したように答えずに、あの漢字を書いた紙を手の中でもてあそびながら、

「ミスタ・ホワイトリー、あなたは北京を訪れたことがおありでしょう？」

彼は、ハッとしたように奥様へ顔を向け直したけれど、わざわざ自分の商会に声をかけてきた以上、それなりの調べはしているに決まっていると思い直したらしい。

「はい。昨年に父と参りました」

「お父上は商会を始められたミスタ・ハリー・ホワイトリー。でも、いまは一線を退いておられるのだとか？」

「旅行中に健康を害して、滞在の予定を切り上げて帰国することになってしまいました」

「あちらでなにか、格別なことでもありましたの？」

「さあ。それは、私には」

視線が横に逸らされている。彼がなにか隠している、というのはローズにさえ想像がついた。

「失礼に思わないでいただきたいのだけれど、本当はお父上をお招きしたいと思っておりましたのよ」

「申し訳ございません。父は帰国以来、バースの別宅に隠棲《いんせい》しておりますので、お役には立てないかと存じます」

「まだ、それほどのご高齢ではなかったでしょうに」

「旅行中に倒れて、それきり右の手足が利かなくなり、いまでは車椅子の生活です。ことばを話すにも、やや困難があります」

「それはお気の毒に。けれどお父上は、以前にもチャイナにいたことがおありでしょう。それも数年にわたって、働いていらしたと」

「よく、ご存じなのですね」

ミスタ・ホワイトリーの表情が、また硬くなっている。なにか、触れられたくないことがあるとでもいうようだ。けれど奥様は、そんな相手の様子にはまるで気がついていないとしか思えない、屈託無げな笑みを浮かべて、

「どんなお仕事をしていらしたのかしら」

「私もよくは知らないのですが、若いときは画家志望で、異国の自然や風物に触れ、それを絵に描いて身を立てたかったのだ、とは聞いたことがあります。二十代で彼《か》の地に渡り、間もなくチャイナのことばは自由に読み書きできるほど上達したので、貿易商の代理人として活動し現地人とも親しく交際していたようです。ただ今回ほとんど三十年ぶりに北京を訪れてみると、昔の知り合いたちも皆行方がわからなくなっていたと」

「まあ、そうでしたの。実はわたくしも昔、あの国を訪れたことがありますのよ。そう長い期間ではなかったけれど、先に開国してほんの二年ほどしか経っていない日本に上陸して、でも外国人に旅行の自由はないというので、一月足らずで切り上げてチャイナの、上海《シャンハイ》に上陸して、それから北京まで参りました。一八七〇年のことです」

「では、父が暮らしていたよりはだいぶ後のことですね」

心なしか、ほっとしたように見える。

「ええ。当時の北京はイギリス始め各国の公使館も開かれてはいましたが、やはり外国人が立ち入れる場所は限られていましたし、欧州人を『洋夷《ようい》』と呼んで卑しみ嫌う風潮は、身分の上下なく強くて、なにをするにも日本よりも自由がないくらいなので、やはり滞在を楽しんだとはいえませんでした」

「私の昨年の経験では、それはいまでも、あまり良い方に変わっているとはいえぬようです」

「日本でも外国人を怖れたり、嫌ったりする風潮はないとはいえませんでしたが、目の色髪の色の違う者を珍しがりながら、素直な好意を示してくれる人にも少なからず出会いました。排外的というなら、チャイナの方がずっときついようでしたわね」

するとミスタ・ホワイトリーは、我が意を得たというように大きくうなずいて、

「小国の日本と違ってチャイナはいまだに大国意識ばかりが強く、官吏どもは伝統に固執して因循姑息《いんじゅんこそく》、なにかといえば前例を持ち出し、口を開けば右顧左眄《うこさべん》、昨日口にしたことを今日ひるがえして恥じることなく、我々からは賄賂《わいろ》を取ることしか考えない。先ほどおっしゃったように、貿易を求めてやってきたイギリス人をいいようにあしらって従わせてきた昔が忘れられず、世界が変わってきていることが理解できないのですね。まことに鼻持ちならぬ、犬にも劣《おと》る連中ですよ」

彼は急に多弁になった。東洋美術を売り買いはしていても、チャイナを好きではないらしい。でもその表情も話し方も、ローズの目にあまり感じよくは映らない。なにかの悪口をいうとき人間の顔は、むしろその内容にふさわしく、話し手自身が下品で卑しくなってしまうもののようだった。

「あちらで嫌な思いでも、なされたようですのね？」

奥様にやさしく聞き返されて、ミスタ・ホワイトリーは我に返ったらしい。

「失礼を。つい、お聞き苦しいことばを使ってしまいました」

目を伏せて、恥じるように口籠もったが、奥様はそれについてはなにもいわず、ご自分の話を続けられる。

「ともかくそのとき、北京市内にはあまり長くはいなかったのですけれど、北西郊外の、十年前に英仏軍によって破壊された離宮と庭園、三山五園《さんざんごえん》と呼ばれる広大な泉池と楼閣の廃墟《はいきょ》には、何度か足を運びましたわ。大清帝国代々の皇帝が愛し美の限りを尽くした、西のヴェルサイユにも比すべき庭。そして無数の堂宇伽藍《どううがらん》の中には蒐集された書画、工芸、金や玉が満ちていたのだとか。でもわたくしたちが見ることができたのは、虚《むな》しく焼け落ちた瓦礫《がれき》の山のみでした。あなたたちも見ていらして？」

「行くつもりでした。なにより父がそれを望んでいたのですが、その前に病《やまい》に倒れてしまいましたので」

「ああそうですの。あれは絶対他では見られない景色ですもの、残念でしたわね。木材と土で造られていた伝統の中国建築は、火をかけられてほとんど燃え落ちて、崩れた屋根瓦や壁を飾っていた焼き物のパネルのかけらが地に散乱しているばかり。庭園の中の一区画には、十八世紀にイエズス会士が、皇帝の求めに応じて建てたという西洋建築のひしめく部分があって、石材で建てられた建築の名残《なごり》はまだ見ることができましたけれど、見事な彫刻をほどこされた石の窓枠やアーチに、黒く炎の舐《な》めた跡が残り、八重葎《やえむぐら》に呑まれかけているのは、見るからにもの悲しい眺めでした。

あれをしたのが一八六〇年の英仏軍ですわ。アロー戦争のきっかけとなった船の事件も、その当時からイギリス国内でも批判があったと聞きますが、その後の北京進軍も英仏軍に正当な理由があったとは思われません。餓狼《がろう》のごとく離宮に襲いかかり、あらゆる蔵を空にしたほしいままの略奪の後に、火をかけてすべてを焼き払い証拠を隠滅する。その上で、条約を受け入れない清国皇帝を懲《こ》らしめるための暴行だと、理屈にもならない理屈をつけてみせた。まるで無法な山賊の仕業のようではありません？

チャイナの人を犬にも劣ると誹《そし》るならば、こちらの行為は正当化されるのでしょうか。どんな戦争にもそれなりの大義はあるにせよ、それは勝利した者の理屈ですわね。敗れた者が敵をますます忌《い》み嫌《きら》い、いよいよかたくなになったところでなんの不思議もないのではありませんかしら」

奥様の声も表情も、どこまでも穏やかで柔らかなものだったが、口から出されることばは鋭い鞭のように容赦が無い。だがミスタ・ホワイトリーが押し黙ってしまったのを見ると、すべて冗談とでもいうように軽やかな笑い声を立てられて、

「あら、ごめんなさい。この国の紳士方が、女が歴史や政治を論ずるのを好まれないことくらいわかっておりますわ。脱線はこれくらいにして、お願いしなければならないお仕事に話を戻すといたしましょうね。お見せしたい写真があるのですわ。一八七〇年の旅の帰路、北京を出て香港《ホンコン》で西行きの客船を待っている間に、シーモア子爵がなにかひとつくらいは記念の品が欲しいといって探させたら、写真のアルバムが見つかりましたの。シレーヌ、持ってきてもらえるかしら。書斎のデスクのそばにあると思うから」

「はい、マイ・レディ」

「あ、あの」

ミスタ・ホワイトリーは戸惑ったようにまばたきしていたが、

「心配なさらないで。すぐですから」

奥様ににっこりわらいかけられると、またぼおっと赤面してなにもいえなくなってしまう。若い年寄りみたいな顔なのに、そんなところだけはまるで子供みたいだ。そして奥様はその年寄り子供をなだめてあやすように、にこにこ楽しげな声をかけながらミス・シレーヌが持ってきた分厚い革表紙のアルバムを膝に載せる。

「これは夫の、いえ、そのときはまだ結婚はしていないロード・シーモアの持ち物で、わたくしはあまりちゃんと見ないままで、最近まで本棚に眠っていたのですけれど、今回専門家に調べてもらったらけっこう珍しいものでしたの」

「はあ――」

「チャイナではいまだに、写真を撮られると魂が抜ける、寿命が縮むと信じている人が少なくないとかで、気軽に野外で撮影するのは難しいということでした。でも、焼かれてしまった廃墟ならそれほど人がいるわけではなし、それに元は外国人の立ち入りが許されない皇帝の離宮だったというので、興味が持たれたからでしょうね。その庭園、円明園《えんめいえん》の西洋庭園の廃墟は盛んに撮影されて、雑誌などにも載ることがありますわね。写真の技術は年々進歩していますから、初期よりも撮影は簡単になって、北京を訪れた欧米人はプロもアマチュアも、庭園の廃墟を撮影に行ってはその写真を帰国後発表する、というのは珍しくもないことになっています。

でもこれは、そうした写真とは少しわけが違います。撮影者はイタリア生まれのフェリーチェ・ベアトという写真家で、一八六〇年イギリス陸軍の侵攻に加わって、殺害された清国兵の亡骸《なきがら》がいたるところに転がっているような、生々しい戦場写真を数多く撮影したそうですの。ところが彼の写真を元にして、フランスの新聞が英仏軍の略奪の現場を銅版画に起こして掲載したところ、それが囂囂《ごうごう》たる国際的な非難を呼び起こした。

いいえ、わたくしは直接は存じませんわ。一八六〇年といえばまだ十三歳の子供でしたもの。とにかくベアトはその後、チャイナで撮影した写真をアルバムにして出版したけれど、それは紫禁城《しきんじょう》のパノラマ写真や、モデルを使って屋内で撮影した風俗写真で、戦場の写真はほんのわずかしか含まれていないそうです。円明園で行われた略奪と破壊の記録写真もなかった。どうやら彼は直後の悪評に恐れをなして、問題になりそうな写真を発表も販売もしなかっただけでなく、撮影したガラス原板の中のかなりの数を自らの手で破壊したらしいのです。

でもその前にたった一冊、かどうかはわかりませんけれど、そうした未発表写真を紙焼きしてアルバムにして残した。どんなものであっても、一度作り上げたものを跡形もなく消してしまうというのは、作り手にとっては無念な思いがするものでしょうからね。それが予定外に流出し、たまたま一八七〇年の香港でロード・シーモアによって購入され、そのままイギリスに運ばれて、だれにも知られることなくわたくしの書庫に眠っていたのではないか、と、それがわたくしの相談した専門家の下した推測だったんですわ。決して、あり得ない話ではないとお思いになりません？」

「はい。それは、確かに」

小さく相槌《あいづち》を返しながら、ミスタ・ホワイトリーは奥様の語ることばに引きこまれたように耳を傾けていたが、

「ベアトという写真家の名には私も記憶があります。彼はまだ存命ではなかったかと思うのですが、事の次第を当人に確かめてはおられないのですか？」

「表紙にはベアトの名が印字されていますけれど、それ以上詮索するつもりもありませんでしたの。わたくしは今回初めて目を通したようなもので、一度で充分と思いました、悲惨な戦場の有様《ありさま》なんて。ただ今回長々とお話ししましたのは、わたくしのあなたへの依頼が、このアルバムととても関わりあるから、ですのよ」

そういって奥様は、膝に載せたままだったアルバムをテーブルの上に置き、栞《しおり》を挟んであったページを大きく開いた。端の方が黄ばんだ厚紙に貼り付けられた一枚の写真は、ローズが見慣れている手札サイズの写真よりずっと大きく、画像もとても鮮明だ。室内に置かれた長椅子にかけて、こちらを向いているチャイナの人らしい男性と子供。後ろの壁には縦長の風景画が飾られ、それがいくらか柳模様と似て見える。

なにもいわれないのを幸い、メイドとしては許されないくらい行儀が悪いとは承知しながら、ローズは少しずつ前に出て、後ろからミスタ・ホワイトリーの肩越しにアルバムを覗きこまずにはいられない。気のせいかもしれないけれど、写真の中の子供の顔はリェンさんと似てないだろうか。チャイナの人はみんな同じに見える？　そんなことはない。イーストエンドの阿片窟にアーサー兄ちゃんを捜しに行ったとき、何人もあの国の人を見たけど、ちゃんと別々の人だと見分けがついたもの。

けれどミスタ・ホワイトリーが食い入るように見つめているのは、ふたりの人物の顔ではなく、壁際の、縦長の風景画の前の家具の上に載っている、平たいお皿と丸い蓋付きの壺の方だった。皿は木の台のようなものに斜めに立てられ、こちらに表面を真っ直ぐ向けている。それも柳模様の、湖に浮かぶ島と瓦屋根の楼閣に二羽の鳥が飛ぶ図柄だ。

「レディ・シーモア、これは――」

「お話が回りくどくなってしまってごめんなさいね。もう一度最初からまとめると、わたくしとロード・シーモアがチャイナを旅して、この一八六〇年に撮影されたと考えられるベアトの写真を手に入れたのが一八七〇年。わたくしとロード・シーモアが結婚したのが七二年、ロード・シーモアが亡くなってわたくしがここに住むようになったのが七五年。そしてようやくこのアルバムを開いてみたのが八八年、今年の初め。

馬鹿げた話に聞こえるかも知れませんけれど、わたくしにはこの写真が夫、ロード・シーモアの死後十三年経って届いた、彼からのメッセージのように思えましたの。普通に考えるなら、たぶんこれは写真家ベアトが知り合った清国人の父と息子で、たまたま彼らを撮った写真が、公表できない醜聞じみた戦場写真の中に紛《まぎ》れこんだだけだと思うところですけれど、どうやらわたくしは彼らを知らぬわけではないようなんですもの。偶然というよりは天の配剤といいたくなってしまいます。ご覧になって。この写真にだけは、こんな詞《ことば》書《が》きがついていますのよ」

奥様は低い声で、不思議に遠回しな、謎かけのようなことばを語り続けながら、写真の下に書かれた文字を指さしてみせる。そこには英語でこう書かれていた。

『清国皇帝の庭師の長ミスタ・リンと彼の息子。その開明性と広い知識に深く敬意を表し、与えてくれた友愛と便宜への謝意の証として、北京市内のミスタ・リンの書斎にて撮影。Oct.6/1860　Felice A. Beato』

リェンさんは、自分の父親は皇帝に仕えた庭師だといっていた。それじゃやっぱりその写真の子供は二十八年前のリェンさんで、だから。ご主人様たちの会話にメイドが割りこむことなどあり得ないけれど、ローズは胸がどきどきしてくるのを抑えられない。でもそのとき、横から腕をギュッと摑まれて息を呑んだ。思わず振り返ると、ミス・シレーヌの目が真正面から突き刺さってきた。研ぎ澄まされた鉄の刃先みたいな、冷たく鋭い双眼。

はい、わかってます。なにもいいません。ごめんなさい。

「わたくしが欲しいのは、ここに写っているこの壺ですのよ。画像が鮮明なおかげで、大きく描かれた蓮《はす》の花と楼閣の模様までちゃんと見て取れますでしょう？　モノクロの写真なのに、どうして臙脂紅だとまでわかるのか不思議かしら。そこは、夢のお告げだとでももうしておきますわ。ええ、夢枕に亡きチャールズが現れて、この壺を探して欲しいと告げたと、そういうことにしておいてくださいな。そして」

奥様の声は小鳥のさえずるように楽しげだったが、

「失礼ですが、レディ・シーモア」

いきなりミスタ・ホワイトリーが、喉《のど》から絞り出すようにことばを返した。

「私は、壺の隣にある皿に興味があります」

「あらでもそれは、チャイナのものではなくイギリスで作られたウィロー・パターンの皿ではなくって？」

「そうです。その皿が清国人の部屋に飾られている、というのが少し奇妙に思えますが」

「そういわれてみれば、そうかもしれないわねえ」

「それからこの皿は、巷《ちまた》にいくらでも売られているあのブルー・アンド・ホワイトの柳模様とは少し違っています。というのは、通常垣根《かきね》模様が描かれていることが多い縁の部分に、紋章のようなものが見えるのですが」

「あら、そう？」

「失礼ですが、その写真をもう少しよく拝見させていただけますか」

自分の前にアルバムを引き寄せたミスタ・ホワイトリーは、ポケットから美術品の鑑定にでも使うような折りたたみ式の拡大鏡を取り出して、その写真の一点を凝視している。ものすごく熱心に、それこそお腹を空《す》かせた野良犬みたいに。その彼の頭越しに、奥様とミス・シレーヌが一瞬視線を合わせた。なにか合図を交わした、と見えた。それから奥様はあくまでも軽い調子で、

「あら。そういえばねえ、シレーヌ。こんな皿がうちにもあったのではなくて？　縁のところに変わった模様があるって、わたくし、いったことがあったわよね？　でも、どこで手に入れたかはわからない。もしかしたら旅先で買い求めたものかも知れないって」

「ございました。ご主人様たちがアジアを旅されたのは、私がご奉公に上がるより前のことですから、それ以前のことまではわかりかねますが、こちらのお住まいで柳模様の大皿を見ております。そして普通の柳模様と少し違う、と思った覚えが」

　するといきなりミスタ・ホワイトリーが頭を上げた。

「そ、その皿は、いまもご当家にありますかッ」

　血が上って顔が真っ赤だ。大きく見開いた目がいまにも飛び出しそうだ。口からは喘《あえ》ぐような息の音が洩れ、噛《か》みつくように尋ねるのに、ミス・シレーヌは端整すぎる表情を髪の毛一筋ほども動かすことないまま、

「いつでしたか、縁に欠けができましたので、上階での使用には向かなくなったと存じまして、使用人ホールに下げ渡しました。捨ててはいないと存じますが、ローズ、見覚えはありませんか？」

　いきなりそう問われて、口から心臓が飛び出しそうになる。でも、嘘をつかねばならないなら、こんなふうに自分に話を回してくるはずがない。ただ、よけいなことはいわないようにすればいい。リェンさんのことはたぶんいうべきじゃない。

「見た覚えはあります。でも、縁の模様とかまでは覚えてないです」

「ならば地階の使用人ホールの食器棚に入っているでしょう。お入り用ですか」

ミス・シレーヌは奥様の命令を待つというように視線を巡らせ、奥様はミスタ・ホワイトリーの動揺振りを不審に思いながら、いくらか面白がってもいる、という顔で、

「もしもこの写真の中のお皿がうちにあるのだとしたら、それこそなんて不思議な偶然かしら。わたくしは本当に、いつどこで買ったかもちっとも思い出せませんのよ。旅先でだとしても、まさかチャイナからわざわざ担いで帰ったとも思えませんしね。でも、お気になるなら探させましょうか？」

「あっ、いや。それは、結構です。あの、また出直させていただいてよろしいでしょうか。その、チャイナのことでしたらやはり父に、相談してみたいと思いますし、貴女様のお求めの青花臙脂紅の壺についても、意見を聞いてきたいと」

「まあ、嬉しい。では引き受けてくださるのね！」

「ご期待に添えるかどうかは、請け合いかねますが」

「もちろんそれでよろしくってよ。もともと厄介な、そう簡単に見つかるとは思えない、半ば夢のような話ですもの。お父上がよい知恵を出してくださるよう、わたくしからもくれぐれもよろしくお伝えくださいましな」

# 第三章

# 奪われていたもの、見出《みいだ》されたもの

その夜だった。

どれほど夜が更けても、完全に眠りこむことがないロンドン中心部と異なって、基本的に住宅地であるチェルシーは、真夜中を回ればガス灯も消され、路上を動くものは野良犬さえない。それでもテムズ河岸には終夜のガス街灯が点り、辻馬車《つじばしゃ》がカラカラと車輪の音を立てて通り過ぎていくのも見えるが、袋小路のアンカー・ウォークは、テラスハウスの窓にも明かりはひとつとしてなく、すべては安らかな闇に沈んで、ひたすら深閑と静まり返っている。

だがいまその闇の中を、敷石《しきいし》を踏んで歩いてくる者がいた。ジョージ・ホワイトリーだ。足音を殺しているつもりだろうが、紳士の夜の正装に見合うエナメル靴は、およそ隠《おん》密《みっ》めいた行動には向かない。付け加えるなら頭のトップハットも、初夏向きの軽いウールコートもだ。最初からそのつもりでいたわけではない。迷いながらここまで来て、テムズ河岸で辻馬車を乗り捨てて、まだ迷いながら袋小路の入り口まで来た。そしてそこで、試してみるだけなら試してみようとようやく心を決めた。

テラスハウスの空堀を限る鉄柵に左手を伸ばして軽く触れ、それで玄関ドアの数を確かめながら進む。真っ暗でも困らない。外装材の金のかけ方や階高の多少の差を別にすれば、こうした建物の構造はどこも判で捺《お》したように同じだ。玄関ドアに通ずる階段の横に空堀へ下りる階段があり、下りきれば目の前は勝手口で、その中は厨房や使用人の使うエリアになっている。朝の早い時間から出入りの商人や配達が来るから、勝手口には鍵のかかっていない場合も多いはずだ。ドアの横にガラス窓があるのが、闇に慣れてきた目にぼんやり見て取れた。

ドアが施錠されていたら、右手のステッキでこの窓を破るか。護身用も兼ねて、象牙《ぞうげ》の握りの中にはずっしりと重い鉛を仕込んである。しかしそこで急いで、自制のことばを思い浮かべる。あまり馬鹿なことを考えるな。酔っているぞ。見つかったら身の破滅。一か八《ばち》かの愚行は、およそ自分らしくない。そうとはわかっているが、つい先刻久し振りに父と顔を合わせて覚えた腹立たしさが、いくら強い酒を呷《あお》っても消え去ることなく、じわじわと効く毒のように腹の中を焼けただれさせている。

父が長いこと、その皿を手に入れたいと思っているのはわかっていた。昨年、二十数年ぶりに北京まで出かけていったのも、それを見つけられるかも知れないという希望があったからだ。理由までは知らない。彼はなにもいわなかった。当てにしていた知人の消息が知れず、どうやら絶望らしいと気づいたとき父は倒れた。

異国で病んだ父は、帰国の船旅に耐えられるかどうかすら危ぶまれるほどだった。体力よりも気力が萎《な》えていて、それほど打ちひしがれた父は初めて見たので、さすがに哀《あわ》れを覚えた。だから自分が彼の捜す皿を見つけて喜ばせてやろう、というつもりでひそかに探索を始めたのだ。

しかし病状が安定するにつれて、父は以前の頑固さと冷徹さを取り戻した。身体が利かない分、気が短くなり、いっそう息子に対して容赦なく、批判的に振る舞うようになった。胸に芽生《めば》えた憐《あわ》れみの情など、たちまちすり切れて消えた。残ったのは意趣晴らし、もっとあからさまにいってしまえば復讐心かも知れない。

なぜなら自分はとっくに、おのれの真意に気がついているからだ。自分は父を愛してなどいない。憎んでいる。彼に皿を見せ、それが彼の捜していたものだと認めて、叶《かな》うものなら喜びの表情を顕《あらわ》した瞬間、床に叩《たた》きつけて粉みじんに割ってやりたい。さぞ胸が癒《い》えることだろう。二度目の発作を起こしてくたばるがいい。

やはり酔いのためなのか、頭の芯《しん》から切りもなく湧き上がってくる病的な妄想を、奥歯を噛みしめて抑えこみながら、勝手口のドアノブを摑んだ。まさか、開くわけがない。鍵がかかっていたら戻るんだ。そう自分にいい聞かせながら押すと、案に相違してそれは軋《きし》むこともなくなめらかに内に向かって開いた。そこは厨房ではなく、大きな白木のテーブルとベンチのある食堂のような部屋だった。

片手で卓上を探ると、ちびた蠟燭《ろうそく》の残っている燭台《しょくだい》が手に触れた。マッチは携帯している。光に気づかれないかと思ったが、音さえ立てなければ大丈夫だろうと思い返す。火を点けると、向こうの壁際に大きな食器棚があり、大小の皿やボウル、茶器のたぐいが並んでいるのが見えてきた。意匠が揃わない半端物ばかりだが、柳模様の大皿らしいものはその中には見えない。厨房は隣か。ならばそちらを覗くべきかと、燭台を片手に身体を巡らしたとき、ふとテーブルの上のナプキンをかけたものが目に入った。ブルー・アンド・ホワイトの青い縁が見えた。

布の端を摘まんでそっと引くと、二つ折りにしたナプキンの間にスコーンが三つ包まれている。その下にあるのは柳模様の皿だ。手を伸ばしてナプキンをスコーンごとテーブルに払い落とし、皿を片手に持って蠟燭の火を近づける。図柄自体は見慣れたあの、チャイナ風の島と木々と楼閣の模様だったが、印刷の転写された模様ではない、手描きの緻密《ちみつ》なそれで、幅の広い縁はびっしりと垣根模様に埋め尽くされている。

ただその中に二ヵ所、模様が丸く抜けている部分があり、そこには明らかに西欧の意匠の図柄があった。絵の上部にあるのは水盤をふたつ重ね、上から水柱が上がっている噴水の図に、『fons vitae』と書かれた巻紙《スクロール》が添えられ、下部の円の中は菱形《ひしがた》の枠にリボンの飾りがつき、その中には花の冠を頭に載せた角のない牝鹿《めじか》らしい絵と『My Dearest』という花文字が描き入れられている。

手が震える。緊張と、興奮で。燭台をテーブルに下ろし、内ポケットからいつも肌身離さず身につけている手帳を引き出した。そこに畳んで挟んである小さな薄葉紙《うすようし》は、北京で父親が倒れたとき偶然見つけた、父の持ち物の中にあった紙の絵をそっくり写し取ったものだ。皿の柳模様も、ふたつの紋章めいた図も、さすが画家志望だったことはあるというべきか、克明に描き出されていた。皿の絵はそれと完璧《かんぺき》に一致した。

これが父にとってなにを意味するのか、彼はなにひとつ聞かされていない。無論その絵を盗み見たことも告げていない。だが病に倒れてひどく気弱になっていた一時は、父の口もそれまでよりは緩《ゆる》くなっていて、なにか過去の恩人に所縁《ゆかり》の品であるらしい、とだけはうかがい知れた。こんな意匠の皿が他にあるとは思いにくい以上、父がチャイナまで捜しに行ったのがこれであることだけはまず間違いがないだろう。

こうして手に取って見る限り、皿が作られたのは明らかにイギリスだ。チャイナの青花ではない、それを写し真似たイギリスのブルー・アンド・ホワイトだ。ただいまでも普通に売られているのよりはよほど上手《うわて》な、手描きのそれではあるが、あのベアトのものだという写真を信ずる限り、なぜそれが一八六〇年、北京の中国高官《マンダリン》らしき人物の家に飾られていたのか、そしてなぜその皿を父が血眼になって捜さなくてはならないのか、そこまではわからない。

（しかし、これをどうする……）

どんな経緯でシーモア未亡人の手に入ったのかはわからないが、彼女にはなんの意味もない古皿なのだから、お譲りくださいといえばあっさり下げ渡してくれるだろう。そう思う反面、いや、本当にそうだろうかと怪しむ気持ちもある。相手は歴《れっき》としたレディとはいうものの、再婚ではあるし、パリの高級娼婦《ドゥミ・モンデーヌ》が老子爵を色仕掛けで籠絡《ろうらく》して妻の座を手に入れた、という噂《うわさ》にいくらかでも真実が混じっているなら、油断するわけにはいかない。そしてこちらが心底欲しいものほど、本音を露《あら》わにすれば足下を見られる、と考えるのは商売人としての習い性だ。あのとき親切な申し出を遠慮して止めたのも、ひとつにはそう考えてしまったからだった。

（だったら、このまま持ち帰ってしまってなぜいけない？――）

自分はまだ酔っているんだ、馬鹿なことは止《よ》せ、と警告を発する声がある。だがそれに対して、なぜいけない？　とすかさず反論する声がある。だれも見てはいない。自分がしたことだと気づかれるわけがない。たとえ後で問い詰められたところで、平然としらを切ってみせるくらいなんでもないことだ。もともと要らない古皿は、この家のだれひとり気にも留めていないからこそ、ここに置き放しにされていたのだろう。消えたところで困る者もない。テーブルの上のナプキンを取って、皿にかけ、小脇に抱える。ベンチに立てかけておいていたステッキを取って、一歩歩き出しかけてから、蠟燭を消していかなくてはと身体を巡らせた。

だがそのとき。

音立ててドアが開いた。開いたのは彼が入ってきたのではなく、その右にあるドアだった。ランプを手に立っているのは、今日の午後玄関ドアを開けて彼を迎え入れた若いパーラーメイドで、

「なにをしていらっしゃるんですか、ミスタ・ホワイトリー」

緊張に青ざめた顔が、こちらを睨みつけている。だが、声が震えている。脅《おび》えているのだ。ならばこの娘ひとり、どうにでもなるだろう。

「あ、いや。実はレディ・シーモアにどうしてもお目にかかりたい用があってね、しかしこんな時間ではさすがにお休みだろうし、起きておられたとしても玄関の呼び鈴を鳴らすのはまずいだろうと思ったら、こちらに明かりが点いているのが見えた。それに、そこのドアには鍵がかかっていなかったよ。いくらチェルシーは治安のいい界隈だといっても、いくらなんでも不用心すぎるんじゃないかい。はは」

冗談ぽく笑ってみせたが、メイドはニコリともしない。

「蠟燭を点けたまま寝ることなんて、絶対にあり得ません。あたしが最後に明かりを消したんだから確かです。そしてたとえそうでも、家の者に黙って勝手に入ってきて、そこのものを持ち出すのは泥棒だと思います」

「泥棒だって？　これは参ったな」

ジョージ・ホワイトリーは、とんでもなく馬鹿げた非難を浴びせられたというように、眉を吊《つ》り上《あ》げ肩をすくめてみせた。女中のような人間には、少々高飛車に出て脅しつけるのが一番だと心得ていたから、

「君、ことばはちゃんと考えて使いなさい。人を見て、いきなり泥棒呼ばわりはあんまりだろう。私は親切な人間だから教えてあげるがね、紳士に向かってそんなことを口にするとご主人にも迷惑がかかるよ。君こそこんな真夜中に、ひとりで家の中を歩き回って、なにを家捜ししていたんだろうと疑われるさ」

「あ、あたしは、この家の人間です」

「この家の、使用人だろう。ここにあるなにひとつ、君のものじゃない」

鼻で笑っておいて、ステッキを握った右手をポケットに入れて、チップとしては少々高額な一ソブリン金貨を取り出し、カチン、と音立ててテーブルに置く。その金色が蠟燭の光を反射してきらっとするのをメイドが目で追っている、それを確かめてから、

「いいかい。このままなにもいわずにベッドに戻って、私と会ったことも忘れてしまうなら、君が損をすることはなにもない。戸締まりを忘れたことも黙っていてあげるよ。だがもしも私の名前を口に出すようなことがあったら、私もそのままでおくわけにはいかなくなる。相応の返礼はしないわけにはいかない。だから君もなにも見なかったことにしなさい。お互いのためだ。いいね」

メイドはなにもいわない。やれやれ、と歩き出しかけた彼だったが、

「いい加減にしろよ、この馬鹿野郎！」

違う声が響いて、パーラーメイドを押しのけるようにしてその後ろから現れたのは、縮れ髪を引き詰めて結んだ黒人少女だった。

「あんたが何様かなんてのはアタシは知らないし、あんたが持っていこうとしてる皿がどんなものなのかも知りゃしないけどね、あんた、その皿の上に載ってたスコーンを、ろくに見もしないで放り出したね。それは今晩アタシが焼いたスコーンだ。粉もバターもミルクも最上等の、ご主人様も召し上がったスコーンだよ。それをなんだい。ゴミみたいに払い落としやがって。

いいかい。よく聞きな。心を込めて作った食べものってのはね、お偉い芸術家の作品とおんなじくらい神聖で、大切で、敬意を持って扱われるべきものなんだ。神様の身体だっていう聖体のパンと同じさ。あんたが皿から払い落としたそのひとかけらにだって、麦を育てた農家に、粉挽《ひ》きに、バターやミルクの元になった牛に酪農家に、そういう形になるまでどれだけの手間暇がかかってると思うんだい。

おまけにその金、その口の利きようときたら、あんまりメイドを馬鹿にするんじゃない。人の手を借りなきゃ一日だって満足に暮らせない身の上のくせに、なにを勘違いしていやがるんだ。あんたなんざ紳士じゃないよ、この白んぼ野郎がッ」

「し、白んぼ……」

黒い目を怒りにきらめかせながら詰め寄ってくる少女に、なんと返事をすればいいのかわからない。使用人の、それも自分より歳下の女から、声を荒らげて怒鳴《どな》りつけられるなどというのは経験がないのはもちろん、考えたこともなかった。無礼者、と怒鳴り返せばいいのかもしれなかったが、泥棒じみた真似をしていたのは自分だ、という弱みは否定のしようもない。

となれば、後は黙って逃げ出すだけだ。先行きさらにまずいことになる可能性はあるとしても、この皿を父のところへ持っていって、後はそれから考えればいい。詰め寄る少女を振り払い、入ってきたドアから飛び出そうとした。だが、そこもふさがれていた。外から扉を開いて身を滑《すべ》りこませ、素早く後ろ手にそれを閉じたのは、浅黒い肌の一目でインド人と知れる長身の青年だった。

「ミスタ・ジョージ・ホワイトリー、悪あがきはみっともないですよ」

近づいてこられると、相手は彼より額ひとつ背が高い。思わず上げたステッキが摑まれ、あっさりと右手からもぎ取られる。

「これはお預かりしておきます。うちの仲間たちに怪我《けが》でもさせたら、厄介なことになりますからね、あなたが」

「なっ、なんだ、おまえはッ」

「名乗るほどの者でもないけれど、レディ・ヴィクトリアの使用人です」

ニッと真っ白な歯を剝《む》いて笑うのに、

「罠《わな》、だったのか」

逃げ場のないことは百も承知で、じりじりと後ずさりながら、思わず皿を抱えこむ手に力が入る。

「なにを狙《ねら》って、私をこんな目に遭わせる」

「あらまあ。罠といわれてしまっては、なんだか聞こえが悪いことね」

背後から聞こえてきたのは、聞き間違えるはずもない、この家の主レディ・シーモアの低く甘やかな声音だ。

「けれど、ええ、わたくしが今日の午後、あなたに語ったことの中には、事実でないことが混じっていたのは本当ですよ。そのことはお詫《わ》びするべきでしょうけれど、あなたもご存じのことをすべて話してくださったわけではないし、わたくしのメイドたちに失礼なことばをかけて、不快な思いをさせた点は、紳士として謝罪いただきたいわ。あなたのように使用人を人間だと考えない方は珍しくもないにしても」

またひとつ、緑の布を内張りにしたドアが開いて、上階へ通ずる階段を下ってきたのは紫と金のキモノをガウンにまとったレディと黒髪の侍女、そして昼間は会わなかった瘦身《そうしん》の執事らしき男が背後に従っている。

「でも時間が惜しいからそのあたりは省略することにして、ここから先はお互い腹蔵なく正直に、といきたいものですわね。あら、お目が赤い。お疲れでしたらどうぞ、そちらのベンチに腰をお下ろしになって。わたくしもこちらに座ります。では、ミスタ・ホワイトリー。改めてお尋ねしますけれど、その柳模様の皿があなたのお捜しのものだというのは間違いないのかしら？」

午後の会話をそのまま続けるような、彼女の平静な口調に、彼の中の鎧《よろい》がふと砂のように崩れて消えた。どう足掻《あが》いてみても勝てないとしたたかに思い知らされて、身構えていた肩の力が抜けてしまったのだ。この上はもはや手向かい無用。いさぎよく敗北を認めて、相手の慈悲を請《こ》うよりない。小脇に掻いこんでいた皿を、身体から離してテーブルの上に置いた。

「はい、レディ・シーモア。間違いないようです。正直にもうせば、これを捜していたのは私ではなく私の父なのですが」

「そう。つまりあなたはお父上のために、なぜかはわからないが彼が捜している皿を見つけようとしていた。そういうことね？」

しかし、孝行のためではない。顔を伏せながら、ようやくうなずいた。

「シレーヌ、見て、あなたにわかることを説明してくれる？　その、縁の部分にある紋章のことを」

向かい合って腰掛けたふたりの周りを、メイドの少女たちとインド青年、執事らしい男と侍女が取り囲む。進み出て皿を手に取った侍女は、

「イングランドで紋章と呼ばれるものは、通常爵位を持つ個人とその一門だけが使用を許されます。相続は爵位同様男系、その父が死亡したとき長男に受け継がれ、血縁や婚姻関係を一定の規則に基づいて反映します。この皿に描かれているのは紋章院《カレジ・オブ・アームズ》が認可した紋章ではなく、広く一門で使用するためにその一部を使った意匠であろうと考えられます。また下部に描かれた菱形の枠は、未婚女性の紋章に適用されますが、リボンの飾りや牝鹿の図、花文字は、正規の紋章ではなく紋章学の規則を利用してそれらしい標章を作ってみせたもの、と考えて差し支えないかと存じます」

ひどく淡々と淀《よど》みないその口調に、この家の侍女は紋章学《ヘラルドリィ》の知識まで持っているのか、と呆然とせずにはいられない。

「つまり、この皿を作らせたのがだれかはわからないということ?」

「いえ。上部の盾形の中に描かれた噴水と、巻紙に書かれたラテン語の『命の泉』というモットーは、ハーンカスル伯爵のタイトルを持つウェルズレー家のものです。通常の紋章学では、泉は小円に白と青の横波線を交互に三本ずつ描いた図形で表されますが、ハーンカスル伯爵家は前世紀末の創設なので、こうした写実的な絵を用い、ウェルズレーの姓の中のwell、泉という意味にかけて、泉の図を紋章の一部に選んだと考えられます。

後は推測になりますが、この皿はウェルズスレー家のだれかが、牝鹿をエンブレムとして選んで、『最愛の《ディアレスト》』女性のために作らせたもの、と考えていいのではないでしょうか。つまり通常の食器ではなく、一種の記念プレートとしてです」

「その女性もウェルズスレー家の人間だと？」

「あるいは婚姻によってウェルズスレー家に迎えられる女性だった、とも考えられますが、その場合は彼女の実家の紋章が関わってくるのではないかとも存じますので、同じ一門の方と考える方がふさわしいかと」

レディ・シーモアはうなずいて、視線をこちらに向けた。

「ミスタ・ホワイトリーには、なにか思い当たるところがおありのようね」

「あり、ます」

もはや隠し取り繕う気力は残っていない。いまさら、取り繕う意味があるとも思われなかった。

「私の祖父、父ハリー・ホワイトリーの父親は、ハーンカスル伯爵家に仕える庭師だったと聞いています。伯爵家のカントリーハウスに住まいがあり、子供の頃は父親の手伝いに使われていたのだということでした」

「まあ。けれどお父様は、お祖父《じい》様の仕事を継ぐことなくチャイナに行かれた、ということですのね？」

「はい。ただ、私自身そのあたりの事情はなにひとつ承知しておりません。祖父の顔さえ知りません。疾うに亡くなったと聞かされただけです。子供時代で覚えているのは田舎の農場で過ごしたこと、そこで私を育ててくれたのが伯爵家に縁のある人間だったこと、その後、突然父という男が私の前に現れたこと」

見ず知らずの男をいきなり父だといわれても、愛情どころか親しみすら湧くものではない。それは向こうも同じだったろう。教育はイートンからケンブリッジに進んだものの、卒業後は父の始めた商会の仕事を手伝わされ、他の選択肢は与えられなかった。

「お母様は？」

かぶりを振ることしかできない。幼い日から今日まで、だれも彼に母のことを教えてはくれなかった。大人になってから幾度か父に尋ねようとしたこともあるが、返ってきたのは機嫌が良くて沈黙、悪ければきりもない罵声《ばせい》と、ときには暴力で、それは口に出してはならないことだと骨身に知らされた。

「ただ、もしかしたら自分はあの父ではなく、当代のハーンカスル伯爵、ジョフリー・ウエルズレーの子ではないかと思うことがあります。私の教育費はすべて伯爵が負担してくれていたというのは、後になってわかったことですし、いまも父、ハリー・ホワイトリーが住んでいるバースの住宅は、ハーンカスル伯爵家の所有する別邸の中にあり、経済的な助けを受けているからです」

ホワイトリー商会は父の選択眼と人脈で動いていた。父が倒れて隠棲してから、自分ひとりでなんとか商売を動かそうと努力しているが、正直なところ先行きは明るくない。そこへ顧客を回してくれるのも、やはりウェルズレー家のつてで、だからどうにか廃業しないで済んでいる。

「伯爵とお会いになったことは？」

「あります。ですが、もしも私と彼との間に血の繋がりがあったとしても、彼はそれを認める気はないようです」

理由もわからぬまま一方的に援助されている、それだけでも屈辱といっていいのに、伯爵と顔を合わせて覚えるのは常に苛立《いらだ》ちと鈍《にぶ》い失望だった。もしも血の繋がりがあるのだとしても、伯爵は自分にひとかけらの愛情も持ってはいない。ハリー・ホワイトリーに対してはそれ以上、憎悪しているといっていいように感じられる。ならば彼から自分たちに与え続けられる援助は好意のしるしなどではなく、さげすみの裏返しではないのか。そう思っても、それを拒否できないみじめさ。

「そう」

レディ・シーモアはつぶやいた。

「結局本当のところは、お父上とロード・ハーンカスルにお尋ねするしかないようね」

訊いて答えてもらえるなら、そんな簡単なことはない。

「もちろん、答えたくても答えられないことというのはあるでしょう。暴《あば》けば人を傷つけることにしかならない真実なら、それは眠らせておくべきだとわたくしは思います。でも秘密を守ることだけを考え続けて、かえってそのことでおのれも、他人も傷を深くしているということもあります。特に、ミスタ・ジョージ・ホワイトリー、あなたには真実を知る権利があるでしょう。でもそれは、あなたひとりではない」

「レディ・シーモア、では貴女にはもうわかっておられるのですか、父の秘密が」

「おおよそはね」

彼女はふっと笑ってみせる。

「でも先に、今日の午後あなたに話したことの中で、本当ではないことを明かしておきます。ベアトの未発表写真を集めたアルバムを、ロード・シーモアが一八七〇年の香港で手に入れたのは事実。それがわたくしの書庫にあったことも、ミスタ・リンという清国人の親子を撮った写真が偶然その中に含まれていたことも。でもあなたの見た写真の中の、皿と壺はあんなふうに写ってはいなかった。拡大レンズで見て模様がわかるほど、鮮明な映像ではなかったので、あなたに見ていただくために古い写真に手を加えて、もう一度焼き付けたものでした」

「なん、ですって？　嘘だったといわれる？」

思わず気色ばんだのに、

「でも皿と壺が、一八六〇年の北京に存在したことは間違いないのです。ハーンカスル伯爵家に関わりある人が作らせた柳模様の皿が北京に運ばれ、いっときあの邸宅の一室にあり、そこに残され、後にロンドンまでやってきた。わたくしが捜してほしいと申し上げた壺は、やはり北京から持ち出された。皿よりも前に。そう考えています。その壺は写真の中のミスタ・リン、皇帝の庭師の長と呼ばれた人の持ち物でした」

「だれかが、そのようにいっていると」

「ええ。けれどことばだけでは信じていただけないかと思って、写真の形にしてみたのです。イギリスから来た柳模様の皿はともかく、青花臙脂紅の小壺は間違いなくこの写真の中の部屋に飾られていたと考えられますから」

「そのように語っているのはだれなのです。写真家のベアトではない。彼には問い合わせていないと貴女はおっしゃった。父はその当時チャイナにいたのだとしても、貴女は父のことをご存じではない。とすると、このミスタ・リンが生きていて、貴女は彼から話を聞かれたと？　私の父がその壺を盗んで、代わりにこの皿を残していったのだとでもいわれるのですか」

「そうだとお答えしましたら？」

「清国人と英国人、どちらを信用されるのかとうかがいます」

大声でいい返していた。

「人種的な偏見だとはいっていただきたくない、レディ・シーモア。感傷を廃して理性でご判断願いたい。確かに我が国は武力であの国を開国させた。そうすることが大英帝国の利益であるというのみならず、やがては清国の近代化に繋がると考えたからです。しかし彼らの多くはそれを、いまなお面白く考えていない。そのことを私は、昨年の旅で嫌というほど思い知らされました。皇帝に仕えていたミスタ・リンが現在どのような身の上でいるのかは知りませんが、彼が口にする非難のことばを真に受けられるのは、お心得違いだと申し上げぬ訳にはいかない！」

さして長くなかった旅行の間、あの国の人間と相対して味わわされた不愉快な記憶が、ことばの裏から噴《ふ》き上《あ》がってくる。父があそこで数年以上も仕事をしていた、ということすら信じがたい。彼の偏屈な性格は、その経験によって作り上げられたのではないか、とさえ思う。

だがそのとき、ふたりのメイドの後ろでまたドアが開いた。そこに小柄な東洋人が立って、こちらを見ていた。弁髪は切っているようだが、イーストエンドでよく見かける白い木綿のだぶだぶとしたチャイナ服とズボンを着け、象牙を刻んだような白い顔から、切れ長の目が上がってこちらを真っ直ぐに見た。

「その皿を持ってきたの、私です」

彼の口が動いて、英語のつぶやきが聞こえた。

「イギリスとフランスの軍隊が北京に攻めてきたとき、私はまだ五歳。でも父はミスタ・ホワイトリーと、香港で会って知り合いになっていたので、軍隊が来る前に彼を人に知られぬよう、うちに連れてきて匿《かくま》ったです。その後、城門の外にイギリス軍が来て、写真家が北京を撮影したいといってきた、彼も家に入れた。母は嫌がって、彼らの前に顔を出そうとしませんでしたが、私は顔つきもことばも違う異人が珍しくてならず、喜んで遊んでもらったのを覚えています」

「そのときに、あの写真も撮影したのね？」

レディ・シーモアのつぶやきに、ひとつうなずいて、

「そうです。ミスタ・ホワイトリー、とても上手に私たちのことばを話した。通訳でした。写真家の写真を撮りたいという願いを聞いて、父は諾《イエス》といったのです。父は開国派でしたから。この皿も見せてもらった。とても大事なものだといっていました。でも彼は、姿を消した。この皿を残したまま戻ってこなかったです。母は死ぬまで繰り返しいっていました。ミスタ・ホワイトリーを最後に見たとき、彼の肩にかけた網袋には、父の大切にしていた小さな壺、皇帝陛下から拝領した赤い蓮花文の壺が入っていたと」

「馬鹿な」

相手が何者か尋ねるのも忘れて、大声を上げていた。

「そんなことがあるものか。私の父は盗人《ぬすびと》ではない！」

「なにがあったのか、見ていないからわかりません。でもそれは、フランスの軍が円明園を略奪して、イギリスも後から略奪に行って、大騒ぎになっていたより後のこと。イギリスが円明園を焼き払うと聞いて、父は急にこうしてはいられないといいました。なにか、持ち出さねばならないものがあるといって、ミスタ・ホワイトリーと共に出かけていった。けれど夜遅く、ミスタ・ホワイトリーだけ戻ってきて、また出ていって戻らなかったです。北京の私たちの家に、荷物も残したままです」

「それでお父様、リン大人《たいじん》はどうなさったの？」

レディ・シーモアが尋ねたのに、

「死んでいました。円明園の焼けただれた蓮池の中に、手足が泥まみれで、頭を後ろから銃で撃ち抜かれていました。殺したのイギリス軍かフランス軍かそれ以外か、わからない。父の死体は母が引き取ったけれど、葬儀も満足に出せぬまま、私と母は北京から逃げるよりなかった。なぜなら、父が洋夷と通じていたという噂が流れていて、殺されるかも知れなかったからです。

それから十年。香港でロード・シーモアと奥様と出会うまでのことは、話そうとは思いません。楽しいこと、なにもなかったから。ただこの皿、ミスタ・ホワイトリーが北京まで持ってきた皿だけが、彼の行方を知るための手がかりで、私の父がなぜ死んだか、だれに殺されたかの手がかりです。そのために、捨てなかったです」

「でもさ、それじゃなんでもっと早く手を打たなかったの？」

遠慮ない口調でことばを挟んだのはあの黒人少女で、レディ・シーモアがその無礼を咎《とが》める様子もなく、「それはね」と答えたのに別の意味で驚かされた。

「彼が望まなかったから」

「はい。私はロンドンに来て、奥様に仕えて幸せになりました。いまから過去を掘り返して、幸いかどうかわからないと思いました。母も逝き、父も生き返りはしないのだから、むしろ忘れてこの皿も割ってしまおうと。でも、迷いながらできなかった。そして奥様の書庫から私と父の写真が見つかったと聞いて、やはりこのままではいけないのではないかと考え始めたのです。

青花臙脂紅の小壺は父の鍾愛《しょうあい》の品でした。略奪の知らせを聞いても動かなかった父が、火をかけられると聞いてあわてたのは、その壺に収めて円明園から持ち出さねばならない、貴重ななにかがあったからだと思われます。その父の遺志を、私は知りたい。知ることがせめてもの孝行だと思います。

本当に、ミスタ・ホワイトリーが見つかるとは思いませんでしたが、彼がまだ生きているならこの皿を見せて訊きたいです。あなたと父がともに円明園に行ったあの日、なにがあったのか、なぜあなたはなにも語らず姿を消したのか。あなたは盗人か、そして父を殺した殺人者なのかと」

「殺人者――」

　思いがけぬ告発に、その場で棒立ちになるしかなかった。ハリー・ホワイトリー、父だという男を愛してなどいなかった、いやむしろ憎んでいたとしても、まさか彼が人を殺していたなどとは予想もしなかったからだ。

「父が、まさかそんな――」

「お信じになれなくても当然だと思います、ミスタ・ホワイトリー。でもどうか、わたくしたちが根拠のない非難を浴びせているとはお思いにならないで」

　レディ・シーモアは、その清国人の横に寄り添いながらこちらを見る。

「彼はいまはわたくしの料理人、そして円明園の庭師だった林《リン》大人のひとり息子で林蓮英《レンエイ》といいます。わたくしは主として、その望むところを叶えたいと心に決めています。過去の罪をいたずらに暴くことをよしとはしませんが、彼の望みが不当だとは思いません。お父上の健康や、ハーンカスル伯爵家の名誉には極力障《さわ》らぬよう留意しますが、真相をご存じのはずの方たちに話を聞くことはお許しいただきます」

　柔らかな微笑みの帳《とばり》を脱ぎ捨てたレディ・シーモアの口調は凜《りん》として、研ぎ澄まされた鋼鉄の刃先を思わせる明快さだった。

「その場に私が立ち会わせていただくことは、差し支えありませんか」

　思い切ってそう尋ねた。

「あなたが望むなら」

レディ・シーモアの答えは、今度も一点の曇りもなく明快だった。

それから一月《ひとつき》、六月も半ばとなってイングランドが春から初夏へ、もっとも香《かぐわ》しく輝かしい季節を迎えた頃、ジョージ・ホワイトリーはハーンカスル伯爵家の所有する、バースの別邸に生まれて初めて足を踏み入れている。温泉保養地としていにしえより名高く、温暖な気候で知られた土地柄だ。その正門のかたわら、別邸の門脇に建つ一軒の慎《つつ》ましやかな平屋建てが、ハリー・ホワイトリーの隠居所だった。

旅先の北京で倒れてから右の手足に麻痺《まひ》の残る彼は、家政婦と従者、夫婦者の使用人に介護されながらここで独り暮らしをしている。家の所有者はハーンカスル伯爵家で、使用人の給与もそちらから支給されているが、当代のロード・ハーンカスルであるジョフリー・ウェルズレーとその家族が、バースの別邸を訪れることは絶えてなかった。

久しく空き屋として放置され、荒廃し尽くしているだろうと思われた邸宅は、人の住まない建物のうら寂《さび》しさこそ免《まぬが》れてはいないものの、少なくとも玄関ホールから続いた応接間は意外に思えるほど荒《すさ》んではいなかった。天井も高すぎず、色褪《いろあ》せた壁紙には野薔薇の花が散り、経年の変化を除けばどことなく愛らしい、少女の夢見るような家、という印象だった。

父を乗せた車椅子は日頃仕える従者が押してこようとしたが、敷石の道は車輪をとどこおりなく動かすには向いていない。そのためレディ・シーモアの男性使用人がふたりがかりで、ここまで運んできたのだという。それも不快だったのか、久し振りに顔を合わせた父、ハリー・ホワイトリーはしかしこの家にはおよそふさわしくない、不機嫌の塊という顔で黙りこみ、レディ・シーモアが挨拶をしても目を合わせようともしない。だが、ジョージはもはやその父の顔色を窺《うかが》って、いちいち腹を立てたり不安を感じたりはするまいと心に決めていた。

今日ここでなにが明らかになるにせよ、父にとっては快《こころよ》いことでないに決まっている。いまさら罰せられはしないとしても、自分にすら明かさなかった秘密を他人の前に晒されることは、屈辱以外のなにものでもないだろう。だが、自分はそれを知らないわけにはいかない。今日まで敢えて目をつぶってきたことの方が異常だったのだ。自分はだれの子か、それすらわかっていないというのは。

「ロード・ハーンカスルは後ほどお見えになります。伯爵は、ここで語られることのほとんどは自分が承知していることであろうから、いまさら繰り返し聞くには及ばないといわれました。ただ、いまは伯爵のみがご存じのこと、ご存命でしたら先代のロード・ハーンカスルに語っていただくべきことは、誤解のないよう自ら話すことにするといっておられましたのでそれを待ちます。

それから、ミスタ・ハリー・ホワイトリーのお話も、お口が不自由でいらっしゃるので、うかがっているところを代わって話させていただこうと存じます。もちろんご異議がおありのときは、意思表示をしてくださるはずです。そういうことでよろしゅうございますわね、ミスタ・ホワイトリー？」

レディ・シーモアのことばに、父は低く唸《うな》っただけで顔はよそを向いていたが、それでも彼がそうしておとなしくしていること自体、ジョージには驚きだった。彼の車椅子の後ろにはあのきかん気の黒人少女がいて、動かない右手の横にはパーラーメイドが付き添っている。正面にはレディ、そして左手にはあの青いドレスを着た黒髪の侍女だ。女四人に取り囲まれて、さすがの頑固親父《おやじ》も暴れようがないというわけか？

「ミスタ・ハリー・ホワイトリーは、当初お話をお聞かせいただくことも、質問にお答えをくださることも拒《こば》まれましたが、その柳模様の皿をお見せしたところ、ご自分が持参してチャイナに渡った皿に相違ないとお認めくださいました。そして彼が一八六〇年当時北京にいたこと、イギリス軍に従軍した戦場写真家のフェリーチェ・ベアトの撮影助手兼通訳として働いていて、さる開明派清国人の住まいに数日滞在していたことも肯定していただきました。先日の写真アルバムの中の、ミスタ・リンという詞書きのある写真をお見せして、ご記憶かどうか尋ねましたところが、お答えを拒まれましたけれど、関心はお持ちのようでした」

床に膝を折って顔を覗きこむ姿勢を取りながら、黒髪の侍女が父に代わって語る。初め背けていた顔が少しずつ前に向き直り、その写真のことに触れると、いきなり曲がった口から吠《ほ》えるような大声が洩れる。頭が左右に振れ、「違う」「知らん」というような意味のことばを口走っているらしかったが、

「ミスタ・ホワイトリー？」

その視野の正面にあの清国人、林蓮英が立つと表情が変わった。双眼がかっと見開かれ、食い入るように見つめる。

「覚えていますか？　私は林の息子です。父のことを聞きたくて来ました。知りたいだけ、話していただけるだけでいいです。そして父が大切にしていた蓮花文の小壺がどうなったか、ご存じなら教えて欲しい。駄目ですか？」

父は車椅子から立ち上がった。しかし利かない右足から崩れ、床に倒れこもうとするのを、メイドの少女と林が手を伸ばして支える。それでも父はその腕の中で暴れ、獣のようにことばにならぬ声を発しながら見苦しくもがき続ける。その姿がかえって父に罪があることを証《あ》かしているようで、ジョージはほとんど正視に耐えない。

「父は、その男は、やはり人殺しですか」

痛むほど干からびた喉から、声を絞ってだれへともなく尋ねた。

「歓待してくれた主を殺し、壺を奪った恥ずべき盗人ですか」

そういっている。だが、どうしてそれを信じられるだろう。

「ミスタ・ホワイトリーが、それらしい壺を手にして先代のロード・ハーンカスルを訪ねたことだけは確かめられています」

黒髪の侍女は、父の狂態を眺めながら淡々と答えた。

「それはこのバースの別邸でのことでした。ですが、それから先のことはわかりません」

「ち・が・う――」

「私はその男を、弁護する立場にはないが」

そういう声と共にドアが開いた。入ってきたのはジョージ・ホワイトリーには無論面識がある当代のロード・ハーンカスル、ジョフリー・ウェルズレーだ。その肩幅の広い堂々たる体軀《たいく》に、灰白色になった眉の下からひらめく薄青い目の酷薄さが、いつもジョージを怖れさせ、威圧する。

「その男は確かに盗人だが、殺人者ではない。敢えていってしまえば、兵士となって上官から命令されてもいないのに、おのれの意志で人を殺す度胸はないだろう。ただ、友として同道していた清国人が目の前で撃ち殺されたときも、その者を助けるのではなく、持ち物を奪って逃げ出すようなげすな真似なら、しても不思議はない。それくらいの答えで、諸君は納得するわけにはいかんのかな?」

「反論したくともできない病人に、ずいぶん辛く当たられますこと。それも紳士にはふさわしくない、ともうしあげたらいかがなさいます？」

レディ・シーモアの反問にも、ロード・ハーンカスルは眉ひとつ動かさない。

「辛く当たったつもりはない。だがレディ、私はこの男、ハリー・ホワイトリーを子供の頃から、庭師の息子として見知っていた。そしてチャイナから帰国したハリーが、小さな赤い花を描いた壺を我が父に見せたのはこの館の、この部屋でのことだった。皿は父が焼かせたものだが、ハリーが持ち出してチャイナに渡ったと聞いている」

「父が、その皿も盗んだのだといわれる？」

目の前のテーブルにはあの柳模様の皿がある。だがそれを一瞥《いちべつ》して、興味も無さそうにロード・ハーンカスルはかぶりを振った。

「その皿は持ち主がハリーに与えた。だから、それについて盗んだというつもりはない。その男が盗んだのは、もっと大切なものだった」

それだけいうと、ロード・ハーンカスルはきびすを返した。

「教えてやろう。二度と立ち入るつもりはなかった場所を、レディ・シーモアの顔を立てて一度だけ見せてやる。しかしこれが最初で最後だ。だれも言及することは許さない。忘れてもらう。それが条件だ」

廊下はさほど長くはなかったが、狭苦しく、窓ひとつなく、空気は淀んで埃《ほこり》臭かった。た。油が切れて割れかけた寄せ木の床を、ロード・ハーンカスルは大股に、足早に、自信に満ちた足取りで進んでいく。遅れまいとその後に続くジョージの耳に、父の乗った車椅子の車輪の軋みが悲鳴めいて突き刺さる。

廊下の突き当たりのドアの向こうにあったのは、正六角形の部屋だった。家具はほとんど取り払われている。四柱式の寝台の寝具が外されて、骨組みだけが一隅に残っていた。窓を覆うカーテンや壁紙は色褪せ、暖炉の上の鏡には醜《みにく》い錆《さび》の斑文《はんもん》が浮かんだ、いかにも殺風景な室内だったが、

「あー、ローズ。この壁紙の模様ってほら、柳模様だよ！」

黒人の少女が楽しげな声を上げ、パーラーメイドもうなずいている。

「本当だ。いまはすっかり色が落ちてしまってるけど、きっと昔はもっときれいな、水と緑と中国風の建物の景色が描いてあったんだろうね」

「そうだ。あの子は柳模様が好きだった」

色褪せた壁に目を向けたまま、ロード・ハーンカスルがつぶやく。

「無論それは現実の清国ではない。遠い海の彼方《かなた》の妖精の国を夢見るように、幻想のチャイナに憧《あこが》れていた。この部屋で、父が与えたブルー・アンド・ホワイトの、柳模様の皿を魔法の鏡のように見つめて。そうだな、ハリー。まさか忘れたとはいわないだろうな」

車椅子の上で、歳より遥かに老けて見えるハリー・ホワイトリーが麻痺した右手を震わせる。開いた口からことばにならない呻《うめ》きが洩れている。

「ではこの部屋に住んでいらした、この皿の元の持ち主というのがその方？」

ブルー・アンド・ホワイトの皿を手に、静かに尋ねたレディ・シーモアに、

「貴女は疾うにご存じではないのか？　私の妹、私たちの手中の真珠、アデライド・ダイアナ・ウェルズレーのことを。生来身体が弱く家から出ることもなく、カントリーハウスの庭で遊ぶか、本を読むだけが楽しみの少女だった。この別邸もアデライドの身体に、バースの温泉水が良い効果があろうかと期待して造らせたのだ。父は彼女のためにここに、中国趣味《シノワズリ》の寝室や庭園を造らせた。だがその男、庭師のせがれがアデライドを盗んだのだ。まだ、ほんの子供だった妹を屋敷から誘拐した」

「ちが、う、それ、は、ちがう——」

車椅子の上で、ハリー・ホワイトリーが再びもがき出している。

「ゆうかい、では、ない。わたし、たち、やくそくした。いっしょに、チャイナに、いこう、と」

ふいに、これまで閉ざされていた扉が開くのをジョージ・ホワイトリーは感じていた。伯爵家の妹。そんな存在をいままで想像もしていなかったが、だとしたら自分を取り巻く人間関係の構図は大きく変わってくるのではないか。

「誘拐ということばは妥当性を欠くのではないかと、わたくしも思いますわ」

レディ・シーモアはキッと頭をもたげて、目の前に立つ男を睨み据えた。

「もちろんレディ・アデライド・ウェルズレーの健康状態が、長旅に耐えられるものでなかったとしても、当時の歳若いハリー・ホワイトリーがそれを正確に把握できていなかったことを、犯罪のように責めるのが公平だとは思いません。むしろそれはふたりの、恋の逃避行だったのではありませんの。そして彼らは船に乗るより前に捕らえられ、連れ戻されたのでしょう?」

「そうだ。その上で父は、ハリーだけを広東《カントン》行きの船に乗せた。伯爵家の娘を妻にするにふさわしい、功績なり財産なりを手に入れられたなら帰ってこいといって」

「半ば流刑にするように、船に乗せて異邦へ追いやった」

「それは父の、この男に施した慈悲だった。しかしあのとき、一年後になにが起きるかわかっていたなら、私はその男を海に突き落として息の根を止めていたろう」

「あなたはそれほど憎かった。最愛の妹さんの心を奪い、結ばれた男が」

やはりそうなのか。だから自分の顔立ちは、どことなくジョフリー・ウェルズレーと似通っていて、にもかかわらず彼の自分を見る目は冷たく、なんの愛情も感じられなかったのか。経済的な援助だけは与えてくれているものの。たったいま、ようやく名を知った母、レディ・アデライド・ウェルズレー。

「もう、生きてはいないのですか。私の、母は」

そういった途端、ジョージはロード・ハーンカスルの右拳《みぎこぶし》を顔に叩きつけられ、鼻血を噴きながら床に尻をついていた。

「いうな、汚らわしい」

こめかみに血管が浮き上がっている。

「貴様のような不義の子に、妹を母などと呼ばせぬ、断じてな！」

痛みに痺《しび》れた鼻を手で押さえながら、のろのろと身を起こす。目の前で、なおも怒りに握りしめた拳を震わせている伯爵を見上げ、ああ、そうか、と思う。自分の教育に充分すぎるほどの金を出し、病に倒れた父に住まいと介助者を与え、商会の仕事を援助してくれているのも、決して血の繋がりに由来する好意からなどではない。口止め料の意味なのだ。貧した自分たちが、ハーンカスル伯爵家との繋がりをどこかに洩らすことがないようにと、恩を売っているつもりなのだろう。彼の好意を信じたかった、自分の甘さが情けない。腹立たしさを通り越していっそ馬鹿馬鹿しい。

「ロード・ハーンカスル。相手の存在があなたの倫理にそぐわぬからといって、暴力に訴えるのは紳士にふさわしい行為だとは思えませんわ」

自分への視線をさえぎるように立ったレディ・シーモアのことばを、しかしロード・ハーンカスルは、ハッ、という侮蔑《ぶべつ》の笑いで一蹴《いっしゅう》する。

「縁もない身の差出口は謹んでいただこうか。これは我が家の名誉の問題だ。身内の処女が身を汚されたのに、この男を生かしてチャイナに行くに任せた、父の判断がそもそも過ちだったのだ」

「女は家の所有物ではありません。あなたにとって妹さんは、いつまでも愛らしい幼女と映ったのだとしても、恋をして、恋人の子を産んだ女はもう一人前の大人です。そして身分の境を越えて生まれた恋が、結婚という儀式を経《へ》ぬまま結実して新しい命を生み出したとしても、その子を汚れたものとしてさげすむことが正しいとは、わたくしは思いません。ロード・ハーンカスル、レディ・アデライドは、お兄様が我が子にそんなことばを投げかけると知ったなら、さぞお悲しみになったことでしょう」

自分に向かって真っ直ぐに頭を上げ、恐れ気もなく堂々と反論してくるレディ・シーモアに、伯爵は顔面を蒼白《そうはく》にし身を震わせながら、さすがに手を上げるようなことまではしかねている。ようやく大きくかぶりをふって、

「もうたくさんだ、レディ・シーモア。いずれにせよすべては過去のこと。妹は産褥《さんじょく》の床で死に、あれがなにを思っていたかいまとなっては知る由もない。ただはっきりしているのは、妹の純潔を奪って子供を産ませた男が盗人だということ。それは決して比喩《ひゆ》的《てき》な意味ではない。そこの清国人。おまえの父親を円明園で見殺しにし、彼が持っていた磁器の壺を奪って逃げたのはその男、ハリー・ホワイトリーだ」

ジョージは林蓮英の顔をうかがったが、そこに驚きはなかった。いや、どんな表情も読み取ることはできなかった。

「たぶん、そうだろうと思っていました」

彼は低く答える。その声もあまりに静かすぎて、そこに押し殺した怒りがあるのか、悲しみが流れているのか、まったくわからない。わからないということが、ひどく不気味に思える。

「父は円明園に火がかけられると聞いて、取りに行かねばならないものがあるといって、出かけていきました。それを知ってミスタ・ホワイトリーは、思ったのですね。なにかすばらしい、英仏軍の兵士が略奪した皇帝の宝のようなものがまだあるのだと。そして父が撃たれて死んだとき、父の手にあった壺を持って逃げたのですね」

「しんだかどうか、わからなかった。だが、かれをうったのは、イギリスでも、フランスでもなかった。しんこくじん、だ」

舌のもつれた、つかえつかえの父のことばが、それでも辛うじて聞き取れる。醜くゆがんだガーゴイルのような顔をもたげ、見開いた目に恐怖を浮かべて、彼はつぶやく。

「洋夷といっしょに、いる。売国奴だ、とかれらはさけんで、リンは、わたしに、にげろと、このつぼを、つまにわたしてくれと、いった。だから、にげたのだ。ほんとうに、そのときはぬすむつもりなど、なかった」

「しかしあなたは盗んだんだ！」

ジョージは声を上げずにはいられなかった。

「彼の妻には渡さなかった。自分の荷物に入れてあった、柳模様の皿さえ取りに戻るのを諦《あきら》めて、逃げるようにイギリスへ戻った。ただその壺ひとつを持って」

しかし彼の恋人、アデライド・ウェルズレーは亡くなっていた。残されていたのは自分という赤子。だがそれはジョフリー・ウェルズレーにとっては妹を汚した男の胤《たね》であり、ハリー・ホワイトリーにとっては、我が子というより恋人を死なせた悪《あ》しき要因以外のものではなかった。

「だけど、その壺の中には結局なにが入っていたの？」

けろりとした調子でそんなことをいったのはあの黒人少女で、

「泥だ」

「泥ォ？」

伯爵の顔が黒い笑いにゆがむ。

「そうだ。中には一杯に湿った泥が詰まっていた。おそらくこの男は、清国人に騙《だま》されていたのだろうよ。呪われた愚行から始まった旅の果てに、香しい果実など実ろうはずもないのだ」

「その通りだ」

ジョージは思わず口走っている。

「ロード・ハーンカスル、あなたは正しい。父が持ち帰ったのは泥の壺、あなたの妹から生まれたのは私という木偶《でく》人形。だれにも望まれず、期待もされず、呪われた愚行の果てに生まれ落ちた腐った果実、それが私だ。私はなんのために生まれてきたのか。あなたたちの失望の種となるためか」

伏せたまぶたの下から、苦い涙が溢れてくる。もういやだ。生きていたくない。いますぐ死んでしまいたい。

だがそのとき、林の問う声が聞こえた。

「その壺、どうなさいましたか」

「捨てたよ、父が」

伯爵が右手を振る。

「その窓から、外の池に投げた」

林は足早に窓に寄って、それを覆っていたカーテンを引く。天井から床まで開く縦長のフランス窓の、現れた窓枠は中国趣味の朱塗りの木だ。彼が次々とカーテンを引いていくと、この六角形をした部屋の、廊下へのドアがある一面を除いた五面がすべて庭に開いているのがわかった。庭側から眺めればこの部屋は、中国庭園にはしばしば見られる、池の中の六角堂を模《も》しているに違いない。

錆《さ》びついているのだろう、容易に開こうとしないそのガラス戸を、ジョージは林を押しのけながら摑んで力任せに引き開ける。清国人は、池に捨てられた壺を捜す気なのかも知れない。ならばせめて自分はそれに手を貸すべきかも知れないが、いや、そうではない。その壺のように自分も、池に身を投げて死んでしまいたいのだ。自分をこの世に生み出したものたちを呪って、その目の前で。

だが、テラスに飛び出したジョージはそこで目を見張った。池といわれたが、水は見えなかった。見慣れない円形の巨大な杯《さかずき》のような形をした葉が無数に、茎の上に開いて水面から突き出し、決して狭くはない池を埋め尽くしているのだ。これでは、果たして身を投げて命を絶てるほどの水があるかどうかもわからない。テラスを囲むチャイナ風の欄干を両手で摑み、身を乗り出したまま動けないジョージのかたわらに、林が歩み寄る。その顔に驚きの色はない。

「これは、ロータスか？……」

ロード・ハーンカスルも、初めてそれを目にしたに違いない。啞然《あぜん》と窓辺に立ち尽くすのに、林は振り返って手で外の水を指し示しながら微笑んだ。

「はい、蓮の花です。バースには温泉が湧くので、水温は高いのかも知れません。どうぞ、ご覧なさい。花が開いています。皆様もご覧になってください。あれが私の父が命に代えても守りたかった、円明園の宝です」

伯爵が、レディ・シーモアが、彼女の使用人たちが、そして車椅子のハリー・ホワイトリーまでもが、うち揃ってテラスから身を乗り出し、池の水面のやや上の空間を埋める蓮の葉の波打ちと、その葉陰《はかげ》に開く巨大な蓮の花を眺めていた。だれもがことばを忘れている。ジョージもまた、たったいままでの怒りや悲しみ、すべてを呪う気持ちが、どこかへ追いやられてしまうのを覚えた。

ほんのりと丸みを帯びて重なり合う純白の花弁の縁には、淡く紅が掃《は》かれ、蜂の巣に似た花托《かたく》を囲む蘂《しべ》は黄金の糸の束かと目を疑う。それは自然の産物と信ずるには、あまりに精妙で華麗な姿の花だった。仏教のホトケはこの花を座とするというが、人の目には映らぬ聖なるスピリットたちが、そこに静かに浮かんでいるのさえ見える気がした。

「林大人が助け出そうとしたのは、この蓮の種だったのね……」

ついにレディ・シーモアが、吐息のような声を洩らす。

「はい、奥様。これは父が皇帝陛下のために、円明園で作った品種だと思います。十月なら花は疾うに終わって、実った実は池の泥に落ちている。堂宇が略奪されても、池の底まで荒らされる心配はない。でも火をかけられたら、枯れた蓮池も燃えてすべてが損《そこ》なわれてしまう。だから父はそれを掘り取って、壺に入れて持ち出そうとしたのです」

「それがミスタ・ホワイトリーの手でイングランドに運ばれて、でも先代のロード・ハーンカスルはなにも気づかぬまま、怒りにまかせて池に投げ捨てて」

「けれどそれは、父の希望にもっともふさわしいことでした」

「ええ、そうなのね。種は泥の中で目覚めて、こうして葉を茂らせて、だれにも知られぬまま花を咲かせていた。なんて不思議な巡り合わせかしら。そしてなんて美しいの。蓮の花ならキューガーデンにもあるけれど、こんなに色合いの清らかで艶麗《えんれい》な花は見たことがない。池の上を渡ってくる風を顔に受けただけで、香りに身内が清らかになるよう」

「姿と色と大きさと形、そして香り。すべてにおいて優れた蓮の品種を、父が求めていたのだとしたら、その完成のために最後に必要だったのはこの土地と水だったのかも知れません。遥か西の国の水と土が、ようやく父の技を完成させたのです」

「戦争と破壊が、そんな偶然を生むこともあるのね——」

呆然とその情景を見つめるハリー・ホワイトリーの胸に、どんな思いが去来しているのかはわからない。ただ彼の見開いた目からやつれた頰に、二筋の涙が流れ落ちている。そして同じく、無言のままその場に凍《こお》りついていたロード・ハーンカスルが、気を取り直すように頭を一振りしたと思うと、小柄な清国人を見下ろして尋ねた。

「君の求めるものを聞こう」

「私が、伯爵様に、ですか？」

尋ねられた彼の方は小首を傾《かし》げている。

「私、貴方様になにか求めると思われますか？」

「君の父親の死について、ハリー・ホワイトリーが一定の責任を負うべきなら、彼をチャイナに行かせた我が父にも責任無しとはいえない。また清国皇帝から拝領したという壺を、池に捨てたのは私の父のしたことで、君にはその賠償を求める権利がある。あるいは池をさらって壺を捜す権利が」

「それはいけません、伯爵様。池をさらう。蓮が枯れます。私はそれを望みません」

「しかし、私は他人に負い目を残すことを望まない」

眉間《みけん》の縦皺が深くなっている。他人、まして清国人には、ということばを口に出さないだけの良識は彼にもあったらしい。

「ならば伯爵様、どうかこの蓮の池をこのままお守りください。そしてこれまでのように打ち捨てておくのでなく、多くの方の目を楽しませることができるようにしてください。それが私の望みです」

「そうか。君の父親の名を記念した公園にでもするか?」

口元に薄い笑みが浮かんでいる。本気ではないと、わかっている上での笑いだ。しかし林は静かに頭を左右に振った。

「いいえ、父の名は要りません。庭師の誉れ、その花そのものにあります。名ならどうか、見ることとなかったチャイナの景色を愛された、レディ・アデライドの名を」

「ミスタ・ジョージ・ホワイトリー」

テラスから動く気になれず、蓮を眺めて立ち尽くしていた彼の横に、いつかレディ・シーモアが立っている。

「忘れないでね、あなた」

彼女はこちらを見てはいない。だからジョージも前を向いたまま、低く聞き返した。

「なにを、ですか。レディ」

「この景色は、ここから遠い東の国に憧れていたレディ・アデライドの夢そのものよ。その美しい夢がすべての始まりだった。その夢ゆえにあなたは生まれ、それはこうして現《うつつ》のものとなった。あなたの誕生は祝福されている。そうでなかったら、この蓮がこれほど美しく咲くはずがない。違うかしら」

小柄な彼女の顔がすぐそばにある。その視線がこちらを見上げている。邪気もない子供のように真っ直ぐに、臆することもなく。

(なんと、この方は――)

自分でも思いがけないことに、くすっと笑いが洩れた。

「あまり論理的な結論とはいえぬようです、レディ」

「ええ。でもどれほど不合理であっても、信ずることはできます」

「貴女がそうせよとおっしゃるなら、信じましょう。レディ・シーモア」

なぜならいまの自分は、その蓮よりも美しい貴女を見ていたいから。そのためだけでもいましばらく、この世の生を選びたいと思うほどに。
「そう、どうぞ覚えておいて。生きること以上に大切なものはないのよ——」

その晩バースから帰ってきたローズは、奥様からいただいた革表紙の日記帳を開いてペンを取った。だれに見せるつもりもないけれど、今日見てきたことをできるだけそのままに、自分の思ったことは混ぜずに文章にしてみた。でも最後にはやはり、胸に浮かんできたことを書き付けずにはいられなかった。

たぶんレディ・アデライドは、柳模様の物語に出てくるチャイナの恋人たちを、自分とハリー・ホワイトリーのことのように思って、あの皿を彼に贈ったのだと思います。一度引き離された恋人たちが再会して、最後は死んでも空を舞う二羽の鳥になってまた共に生きられるようになった。そんなふうに自分たちも、最後は幸せになれると。
お話の中では恋人たちを引き裂くお金持ちは悪役に決まっているけれど、レディ・アデライドのお父さんが悪役かといえば、彼も娘の幸せを願ってはいたと思います。ただ庭師の息子と娘の恋を赦《ゆる》せなかっただけで。でも、いいと思ってすることが悲しい結果を生むことも、この世界では珍しくないみたいです。

恋人の生死もわからないまま、赤ちゃんを産んで死んでしまったレディ・アデライドは不幸せだったでしょうか。それとも、恋した人の子供を産めたことを嬉しく思ったでしょうか。恋をしたことのないあたしにはわからない。このままメイドとして生きて、一度も恋をしないままお婆《ばあ》さんになるのもさびしい気はするけど、やっぱりよくわからないです。

後で、柳模様の物語は本当のことでも、チャイナの伝説でもない、陶磁器のメーカーが作ったお話だと聞いて、ちょっとがっかりしたけれど、作ったお話が本当のお話より価値が低いことはないと考え直しました。奥様が書かれる小説はとても面白くて、どれを読んでもどきどきわくわくします。時間を忘れて読みふけって、夜更かししてしまうのが困るくらいです。レディ・アデライドにとって柳模様の物語は、チャイナにいる恋人と自分を結びつけてくれる、大事な心の慰めだったのだと思います。

それ以上なにを書けばいいのかわからなくなって、ローズはノートのページの残りに柳模様の皿の図柄を真似した絵を描いた。一面蓮の葉が茂り、花の咲く池の中に、六角形のチャイナ風の楼閣が建ち、そのテラスには若いときのハリー・ホワイトリーとアデライドのつもりで、一組の男女が睦まじげに寄り添い立っているのだった。

# 第四章

# あなたの顔をした死神《バンシー》

ロンドンの夏も七月半ばを過ぎると、そろそろ春の社交シーズンは終わり。月が変わればやがて銃猟《シューティング》の解禁日がやってきて、スコットランド高地に別邸を持つ貴族たちと、そこで開かれるシューティング・パーティへ招待される人々が、大挙して北へ移動していく。無論メイドのローズにとっては縁もない異国のお話だったが、それでも奥様を訪ねてくるあまり数は多くない貴婦人や令嬢を通じて、毎年の決まりごとめいた行事の予定は耳に入ってくるから記憶してしまった。

中でも誰より奥様を親友扱いしていた跳ねっ返りのお嬢様、アルヴァストン伯爵の孫娘のミス・アミーリア・クランストンは、昨年ようやく婚約が整って、その発表が上流階級ご愛読の新聞各紙の社交欄を華々しく賑《にぎ》わわせた。お相手は同クラスの伯爵嗣子《しし》とまでは聞いたが、それから半年以上経ってもいまだに結婚式の予定が発表されない。それが少しばかり気にかかる、とは奥様が独り言のように洩らしておられた。格別な理由もないのに婚約期間がいたずらに長引くのは、男女どちらにとってもあまり好ましいことではないといわれる。

でもミス・アミーリアは他のお嬢様方と違って、早く結婚したいとは思っていないようだった。そのことで彼女の母親代わりの祖母レディ・アルヴァストンは、しょっちゅう愚痴をこぼしていたという。婚約も、どこまで彼女自身の意思だったかわからない。メイドの身には空の上の人のような、絹とレエスと宝石に囲まれて生まれた令嬢でも、なにひとつ不足なく幸せとはなかなかいかないものらしい、人生っていろいろ難しい、とローズは胸の中でそっとため息をついた。

今日は侍女《レディズメイド》として、奥様の外出のお供をしている。いつもの貸し馬車屋が用意したのは幌《ほろ》を畳んだ四輪の軽快なバルーシュ型で、つまりは覆いがない。舗道を歩く人の顔よりかなり高い位置を、その視線を浴びながら移動していくことになる。正直なところ、ローズは無蓋《むがい》馬車はいつになっても苦手だ。気にしすぎだとはわかっているが、道行く人がこちらを見て笑っているような、上下動するシートからいまにも腰がポンと跳ね上げられてしまいそうな、落ち着かない気分からどうしても自由になれない。

でも奥様は雨や風がひどくない限り、バルーシュがお好きであるらしい。今日も向かいの席で日傘を肩に、午後の陽差しと風を楽しんでおられる。乗馬をするときのように、その振動に身体を合わせながら。軽い白のヴェールをかけ、リボンも白い麦藁《むぎわら》帽子は、以前なら避暑地や海辺でしか使われない型だが、最近の流行は街中での使用を許すようになってきた。ローズも結い上げた髪に、同じような帽子を載せている。

（あっ、でも、こんなに揺れたら髪が崩れて、帽子が落っこちちゃうかも……）

「──ローズ？」

奥様がこっちを見ている。

「ローズ、どうかした？」

「あっ、はい。なんでしょう。すいません。ちょっとぼーっとしてました！」

あわてて大声になり、姿勢を正そうとしたら、本当にシートから身体が跳ね上がりかけてよけいあわててしまう。いつもの奥様なら早速、「どうしたの、あわてんぼさん。馬車から飛び出してしまうわよ」と笑いながらからかわれるところなのだが、今日は真面目なお顔のままで続けられる。

「あのね、今日これからお目にかかる方のことなんだけど」

「はい」

「お名前は覚えている？」

「先代クレイギウァ公爵夫人、ハリアット・アンジェラ・オーブリー様。あたしからお呼びするときは、他の貴婦人のように『レディ』じゃなく『ユア・グレース』」

正解、と奥様はうなずかれたが、

「でもそんなこと絶対に、起こらないですよね。あたしがそんな方に向かって、口を開くなんてことは」

「わたくしも一度しかお会いしたことはないんだけれど、一見した印象ほど厳格な、容赦ないお人柄ではないようよ」

「それはつまり、見た目は怖いということですよね……」

我ながら情けない声が出た。そうでなくても公爵、この国で王族方以外には上がいない貴族の階級の一番上、全部で二十何人しかいない特別中の特別の人の、奥さんだった女性なのだ。そんな人の目の前に顔を出さねばならないのかと思うと、自分はただのおまけ、奥様の添えものだとはいっても肝が縮む。

「ご領地はスコットランド。主人が亡くなられた後、爵位はご長男が継がれて、いまはほとんどロンドンのタウンハウスと南部の別邸で過ごしておられるけれど、一族の決定権を握っているのは依然彼女だということよ。そしてその豊富なご資産の一部を割《さ》いて、女性のための進歩的な倶楽部を支えていらっしゃる。もちろん倶楽部の方針に賛同されているのだから、わたくしたちが脅える必要はないでしょう」

お向かいのミス・コールマンとうちのベッツィが働きに行っている、婦人のための倶楽部の、出資者がその先代クレイギウァ公爵夫人なのだった。セント・ジェイムズ・ストリートやペル・メルにあるジェントルメンズ・クラブ同様会員制だが、あちらが男性専用なのと同じくこちらは女性専用。談話室や図書室、レストラン、上の階には会議室や宿泊のための部屋も用意され、レストランだけは男性も女性会員の同伴で入ることができる。

この倶楽部にはアッパークラス会員の他に、ロウワークラス会員の枠があり、一定の審査はあるがそちらは会費が安く、だが中に入れば会員同士、身分の差が無く同じ施設を使い、交流できるようになっている、というのが大きな特徴だった。ただし男性優位と階級尊重が常識となっている世論を刺激しないよう、出入り口は表と裏別々にされていて、建物がなにに使われているかよそ目からはわからない。

会員外の男女が立ち入るレストランでも会員専用の区画があり、そこでは例えば仕事を持つ独身女性が独りで新聞を片手に夕食を取っていても、奇異の目を向けられたりすることがない。そして倶楽部自体が、女権拡張運動などを声高に推進することはないものの、そうしたグループが会議室を使用し、勉強会や講演会を開くことも多い。以前、旅行家のミス・レオーネ・コルシが王立地理学協会での講演を拒否されたとき、私的な講演会が開かれたのもここで、そのときだけは上階の広間へ通ずる昇降機《リフト》が男性にも開放されたのだとか。

「その講演会で奥様は、その方とお知り合いになったんですか？」

「いえ、それがね、オーブリー様は自分と婦人倶楽部の関わりは、あまり人目につかない方がいいと考えていらっしゃるの。貴族院に居並ぶ頭の固い男性たちの中でも、ご長男のクレイギウァ公爵はかなりのものらしいし、表立って彼らとぶつかるより外部の支持者、援護者として動く方が倶楽部のためにもなるって。

だから実際の経営は他の人に任せていて、おいでになるときもお忍びだそうよ。レオーネの講演も別室で聞いておられて、そのときはご挨拶もしなかった。婦人倶楽部の陰のパトロネスの正体を知ったのは、あちらからお茶のご招待をいただいた去年の秋で、わたくしのことはどうやら、ロード・ブリッジウォーターから聞き出されたらしいの」

「あっ、あの──」

「そうなの。あの、よ」

奥様はローズを見ながら、素早く片目をつぶってみせる。ローズがメイドとして働き出した最初の数ヵ月に起きたこと、兄アーサー・ガースの行方捜しは、思いもよらなかったことにアルベマール公爵家を揺るがす大醜聞事件にまでなったものの、その結末は貴族がらみの騒動の通例でほとんど闇に葬られた。もちろん夜のピカデリーを暴走した馬車を止めた銃声を、実際に見て聞いたロンドンっ子は数多かったろうが、だれも取り立ててその真相を暴こうとはしなかった。それがこの国の庶民の、いわば生活の知恵なのだ。

しかしアーサーの主だった馬鹿坊ちゃん、ブリッジウォーター伯爵は、諸悪の根源だった不品行、身分の低い素人娘を食い物にした女遊びを、見も知らぬ小柄な女性から頭ごなしに叱責《しっせき》されて、腹を立てるより呆然としていた。彼はその後、奥様の名前やご身分を知らないではいられなかったろうし、まともにものを考える力があるなら、奥様にはどれだけ感謝しても足らないだろう。

「でもそんなこと、他人に話しますか。自分の悪いこと、みっともないこと、そして父親のやったこと、どれを取ってもお日様の下に出せるようなことじゃないのに」

「もちろん話したくはなかったでしょう。でもオーブリー様がその気になったら、ロード・ブリッジウォーターの隠しごとの壁なんてほんの数語で粉微塵《こなみじん》にされて、お腹の底から洗いざらい白状させられてしまったと思うわ」

それは、なかなかに凄《すさ》まじい。

「とにかくそんな次第で、オーブリー様はわたくしという人間に興味を持たれた。わたくしが筆名で小説を書いていることもとっくにご存じで、その本も読まれて、となるともうお招きをお断りするわけにもいかないじゃない？ 覚悟を決めてお目にかかったら、結構さばけたお人柄で、歯に衣《きぬ》着せぬものいいもわたくしには不快ではなかったわ。そして、それ以上に婦人倶楽部には心を惹《ひ》かれたの」

「それは、ミス・アリスやベッツィの仕事場としてですか？」

「それよりも、倶楽部の穏健で実践的な経営方針に共感したというべきかしら。貴族の夫人でもメイドでも平等に扱われるべき、と声を上げるより、ささやかではあっても平等でいられる場を作って提供する。女にも教育を、学問をと叫ぶより、学びたい者が学べる機会を作る。職業の自由のために基礎となる技術を教え、参政権を得る日に備えて国家と政治を学ぶことから始める。わたくしはそれがいいと思う。

いま倶楽部の運営を任されているミス・ジェックスが力を入れているのは、思想教育よりも職業訓練。とはいっても日々の生活に追われる女性に、手に技術をつければ将来のためになるからと強要しても、なかなか耳を貸してはくれないでしょう。だから刺繍や編み物を教えるといっても、もちろん月謝は取らない。先生役はいくらか暮らしに余裕のある中流のご婦人方に頼んで、出来た作品は販売して生徒たちの収入となるよう計らっているわ。そしてオーブリー様は、そういう従来の慣習を変えるような動きを圧殺《あっさつ》されないよう、王宮の中へまで目配りをされている。

もちろん婦人倶楽部は、あまりに小さな人形の家みたいなものだわ。膨れ上がるロンドンという沼地の隅に、ようやく築いた指の先ほどの理想の領土。労働者階級にも扉を開こうといっても、それなりの会費の負担はある。自由になる時間が要る。スラムで辛うじて毎日を生きている人々にとってそんなものがなんの役に立つか、裕福な淑女連中の道楽だろうと笑われれば一言もない。ローズ、あなたならどう考えて？」

「あ、あたしなら、それでも意味がないなんて思いません。座りこんであれは駄目、これはまずいって文句ばかりいってるより、できることからなんでも少しずつでも、試してみる方がいいと思います」

身を乗り出すようにして声を上げると、奥様の頰がパッと赤らんだ。

「まあ、有り難うローズ。あなたがそういってくれて、どんなに嬉しいか知れないわ！」

目をきらきらさせながら両手をぎゅっと握られて、嬉しいけれど少し恥ずかしい。

「ええと、それじゃ今日はそういう倶楽部のご用で、オーブリー様とお会いになるんですか?」

「だったら、別に心配は要らないんだけど」

奥様はローズの手を握ったまま、ちょっと眉を寄せて小首を傾げられた。

「どうしても相談に乗って欲しいことがあるので、至急会ってもらいたいとおっしゃるの。それもねえ、アルベマール公爵家の事件を見事に収めたという貴女を見こんで、なんて手紙に書いてこられたのよ。わたくしはなにも特別なことはしていないのに、困ってしまう。でも、お断りもできないし——」


ロンドン中心部のジェントルメンズ・クラブの並ぶ界隈も、派手な看板が出ているわけでもなし、人に教えられなければなにがあるかなどわかろうはずもなかったが、婦人倶楽部の入った建物のあるサウス・ケンジントンも、ローズの目には街路も掃除の行き届いた、整然として閑静な住宅地としか見えない。並ぶのは五階建てのテラスハウスだが、赤煉瓦色のアンカー・ウォークと比べると、壁は最上階まで純白の漆喰《しっくい》塗りで、階高は高く、玄関ドアの両側には白い円柱が立っていて、大きく前に張り出したギリシャ神殿のような軒屋根を支えている。

馬車を降りた奥様がその左端のドアに近づくと、ノックするより早くそれが内側に開いて、軍服のような金モールのついた赤いお仕着せの使用人が手振りで中へと招き入れる。頭には白い巻き毛の鬘《かつら》を着けた従僕《フットマン》、と思ったら、下に履いているのは同色の床まで届くスカートで、それは年配の女性だった。

「ようこそおいでくださいました、レディ・カレーム」

奥様の結婚前の旧姓にレディをつけてそう呼んだのは、フットウーマンの後ろから進み出た長身の女性で、褐色の髪は頭の後ろで小さな髷に結い、せいぜいが三十代の初めだろうに服装もとても地味で、整った顔立ちに眼鏡をかけている。

「ごきげんよう、ミス・ジェックス。オーブリー様は？」

「上でお待ちでいらっしゃいます」

玄関ホールの回り階段の中には昇降機の籠《かご》が下がっていて、ふたりはさっさとその中に足を踏み入れながら会話を続けている。ローズはいまだに、乗りつけないこの機械が少し怖い。でも、自分だけ階段を上がりますというわけにもいかない。

「あなたは知っていて？　今日はわたくしになんのお話なのかしら」

「それは私にもわかりかねます、レディ。ですがオーブリー様は貴女様をとても好ましく思っておいでのようで、いずれは貴女様に倶楽部の運営をお任せしたい、ともおっしゃっています」

「そんな。あなたという立派な人材が活躍しておられるのに」

「私の上の、という意味ですわ」

「なにかあったときの弾よけに、貴族の身分が役に立つのだとしても、わたくしのようなアメリカ女の未亡人では重みが足りないのじゃなくて？」

「私はそうは思いません。オーブリー様もそう考えておられます。不足があったとしても、貴女様にはそれをおぎなって充分な気概がおありになると」

「まあ、止《や》めてちょうだい。とんだ買いかぶり」

「とんでもない。ね、あなた。可愛い侍女さんもそう思わなくて？」

まさか自分に話しかけられると予想もしていなかったローズは、ミス・ジェックスのことばに一瞬息を吞んで身体を強張らせ、それからなにも考えずに答えてしまった。

「お、奥様は、とても素晴らしい方ですもの。あたし、尊敬してます！」

「ほら、自分の侍女からこんなふうにいってもらえるレディが何人いることか。この世で使用人ほど、主人に辛辣な目を向ける存在はないというのに」

そのときリフトが止まって、ミス・ジェックスが二重の扉を開けた。

「どうぞ、こちらですわ」

先に立って歩き出す彼女の後に奥様が続き、それを追いかけながらローズはあわてて声をひそめて尋ねた。

「ごめんなさい、奥様。あたし、いけなかったですか？」

「いいえ、いいのよ。あなたはなにも悪くない。結局はわたくし自身が決めなくてはならないことですもの」

「でも、この先なにか奥様に、厄介なことがあったら」

「そのときはそのとき。それより、オーブリー様をお待たせしてはいけないわ」

ミス・ジェックスの背中は見えていた。閉じたドアの前に立っている。中からの答えを待っているのか。だが背後から近づいていくと、内部から話し声が洩れ聞こえているのがわかった。それもかなり大きな声で、一方的に話し続けていて、それに答える声らしいものは聞こえない。

「そうですよ、あなたは秋からエディンバラ大学の医学部に進みます。といってもまさか、学生寮に入るわけにはいかないでしょう。心配は無用です。私もこれを機会に、ロンドンは引き払ってエディンバラに転居することにします。前から考えていたのですよ。このバビロンのような悪徳の巷《ちまた》は、私たちには向いていないと。

女ふたりだけですから、広い家は無用。使用人も二十人程度で充分。社交はほどほどにして、簡素な生活を心がけるとしましょう。あなたは勉学のことだけ考えていればよろしい。でも健康には気をつけないとね。そのためには乗馬が一番です。そうだわ。住まいの他に厩舎《きゅうしゃ》と世話係の用意だけは考えておかないと」

ローズはそっと奥様の横顔を覗きこんだ。奥様は聞こえてきた声のいうことに、じっと耳を傾けているようだった。それは明らかに、かなり年配の女性の声だ。張りも勢いもあるが、加齢のためか少しかすれている。エディンバラ大学の医学部、学生寮には入れない、女ふたり。つまり答えの聞こえないもうひとりも女の人なのだ。だけど女が大学に、それも医学部に入ることができるんだろうか――

突然、聞こえてくる声の調子が変わった。

「ソフィアなの?」

「はい。いま参りました、公爵夫人閣下《ユア・グレース》。レディ・カレームもおいでです」

「だったらお入り。――エディス。キッチンに声をかけて、お客様の分も含めてお茶を運ばせてくれない?」

答える声は聞こえなかったが、細く開いたドアの隙から現れたのは、暗い色合いの髪を一本のお下げに編んで背に垂らした若い娘だった。奥様よりまだ小柄で、顔立ちは目を見張るほど愛らしい。ミス・ジェックスに目礼し、こちらには一瞬だけ目をやって、小さな声で「失礼します」とつぶやくと、足早に歩き去る。リフトは使わずに、脇階段を下りたようだ。それを見送ってからローズが急いで室内に入ると、奥様は椅子にかけて大柄な老婦人と向かい合っている。歳はいくつなんだろう。嵩高い髪は混じりけ無しの銀糸で、顔には皺が幾筋も刻まれていたけど、若々しいといいたいほど肌の色艶《いろつや》はいい。

青みを帯びた灰色の目が、じろっとローズを睨《ね》めつける。

「その子供はなに？」

「ユア・グレース、わたくしの侍女ですわ。ローズ・ガース、十七歳です」

「前に連れていたフランス女はどうしたの？」

「シレーヌは、歯が痛むというので休ませていますの」

ローズはスカートを両手で摘まんで膝を折り、頭を低くして宮廷風《カーテシー》の礼をする。伏せた額の上を、視線が焼けた鉄みたいに通るのを感じた。緊張で頬が強張る。なんだか怖い、この人。魔女みたい。目を合わせなくて済む使用人で良かった。

「十七歳ですって？　もっと若く見えるわ。まるで子供のよう。下層《ロウワー》の者はたいてい、私たちより早く成熟して早く老けるものだけど、この子は違うようね。それにしても頼りなくは思わなくて？」

「歳は若くても、気心が知れていて、なにより一生懸命務めてくれますの」

「一生懸命であろうとなかろうと、大事なのは結果。与えられた務めを全《まっと》うできるかどうかですよ。私は家内でも常に右手に鞭、左手に手綱を持った心持ちで、使用人からも子供たちからも監督の目を離さない。それが最善だと信じているわ」

「軍隊を指揮する将軍のように？」

「そうですとも。それが主の役目ではなくて？」

「素晴らしいと思います、そんなふうにできたら。でも、少なくともわたくしには無理ですわ。いつもぼんやりのうっかりで、自分の物忘れや失敗を、あの人たちに助けてもらうのが毎度のことですもの」

奥様がにっこり笑いを返すと、老伯爵夫人は「呆れた」というように肩をすくめて、

「それで家内が無事に収まるなら、よほど質のいい使用人に恵まれた、ということでしょうね。心底うらやましいこと。だったらヴィクトリア、どうかその得がたい幸運に恵まれたあなたが、私の労苦の後を引き受けてちょうだい。私は秋からエディンバラに隠棲することにしたから」

「本気でいらっしゃいますの？　隠棲なんてきっと退屈なさいましてよ。そんなお歳でもありませんでしょうに」

「歳はともかく、私はもともとロンドンよりハイランドの荒れ野《ムア》が似合う人間なんですよ。結婚前には愛馬に男乗りして兄たちと狩りに出かけても、だれも女と気がつかないくらいの、身体も大きければ顔もいかつい、跳ね返り娘だったんですからね。それはともかくとして、エディンバラ大学の医学部が女子学生の受け入れを始めたというのはあなたもご存じでしょう、ヴィクトリア？　一番最初は一八六九年で、でもそのときは結局大学当局が世論に屈して決定を覆したせいで、女子学生は国外で医学教育を受けざるを得なかった。でも、それもようやく変わってきています」

「ええ、オクスフォードやケンブリッジ、ロンドン大学でも女性のためのカレッジが開設されてきていますわね」

「そうです。エディンバラ大学の学長には以前から働きかけていて、ついこの三ヵ月ばかり前にエディスの入学許可が出ました。あの子が望むとおり、女でも働いて身を立てる道が開かれたということです」

「彼女が望んだことなのですね？」

「もちろんですとも。客間で夫の招いた客を楽しませるために、賢明で気の利いた会話ができるようにするための女子教育、などというのは私には馬鹿馬鹿しく思えますけれど、女性の医師はそれより遥かに必要で重要なものです。慎み深さのあまり、男性医師の診察を受けることに耐えられず、苦しんで死んでいく女性はとても多いのですから」

「本当に。それはおっしゃるとおりだと思いますわ。エディス、といいましたかしら。見るからに利発そうなお嬢さん。オーブリー様の侍女かと思っていたのですが」

「侍女ではありません。身の回りのことをさせる侍女はいますけれど、連れて歩く必要はありませんからね。あの子、エディス・ペイシーは他に身寄りが無くて、子供のときから我が家で育って、十八になったいまも、いわば行儀見習いのつもりで私がそばに置いてきたのです。容姿はせいぜい十人並みでも頭が良くて、そういう意味で期待できる、血の繋がりはある――遠縁の孤児なのですが」

耳を傾けていて、ローズはおやっと思う。先代公爵夫人の口調が、それまでの堂々と自信に満ちたそれから、どこかためらいがちなものに変わってきている。奥様もそれをすかさず感じ取ったのではないか。

「でもそのためにエディンバラへお住まいまで移されるなんて、とても期待しておられるんですのね、あのお嬢さんに」

「ええ、それはね。どんな道でも前例の乏しいところに踏みこむには、相当な覚悟も要ればば苦労もすることになるでしょう。女が自分の領域に足を踏みこもうとしていると気がついたときの、紳士方の嫉妬《しっと》や抵抗は生やさしいものではないもの。それでもあの子が一人前の医者として社会に出る頃には、この倶楽部で始めているような、女子のための教育や啓蒙《けいもう》が当然のことになっていると期待しているのですけれどね」

「とてもご立派なお考えだと思いますわ、オーブリー様」

「誉めていただくようなことではないわよ、ヴィクトリア。でも、この先私よりずっと長生きするはずのあなたに、あの子の後ろ盾になってもらえたら嬉しいのだけれど」

「わたくしがお力になれることでしたら。でも、この倶楽部にはまだオーブリー様のお力が必要ですわ。ねえ、そうではなくて。ミス・ジェックス？」

「はい、どうぞおふたりともお力添《ちからぞ》えください」

「まあソフィア、あなたが一番の遣《や》り手《て》だわ」

そこにドアを開けて、紅茶のトレイを手にしたエディス・ペイシーが入ってくる。

「遅く、なりました」

その小さな声に押しかぶせるように、

「あらまあ、エディス。私はあなたにメイドの真似をしろとはいいませんでしたよ。お茶は命じて運ばせればいいのです。人間にはそれぞれ決まった仕事と役割があるのだから、人を使うことに慣れなくては駄目よ」

「——はい。すみません、ユア・グレース」

エディスは目を伏せ、消え入りそうな小声で答える。ずいぶんおとなしい、気の弱そうな人だ、とローズは思う。そういわれてもきっと厨房は忙しくて、お茶淹れを頼めそうなメイドはいなかったんだろう。男の学生に交じって大学に行くなんて、すごい勇気が要るだろうに、オーブリー様には一言いいわけすることもできないのか。

ここで急に元公爵夫人は黙りこんでしまった。なんだかむつりとした顔で運ばれてきた紅茶を口に運び、美味《おい》しそうなスコーンをろくに目もやらないままふたつに割って、クロテッドクリームとスグリのジャムを載せて口に運ぶ。不機嫌というより、他に気になることがあって上の空になっているみたいだ。義務のように紅茶とスコーンを片付けた夫人は、またいきなり顔を上げたと思うと、

「ヴィクトリア、あなたにはもうひとつお話ししたいことがあるの」

という。たぶんそこからが、奥様をわざわざ呼び出した用件の本題ということなのだろう。すると奥様がローズの方を向いて、

「ローズ、あなた、倶楽部の中を見学したいといっていたでしょう。ミス・コールマンたちがどんなところで働いているか見てみたいって。それからここには、かけ心地のいい読書椅子を備えた図書室もあるのよ」

「でしたら、私がご案内しましょうか」

ミス・ジェックスがすばやく腰を浮かせたが、

「エディスもお行きなさいな。図書室で読む本を選んできてもいいわよ」

夫人がそういったので、三人で部屋を出ることになる。廊下を歩き出しながら、先に立つミス・ジェックスが振り返って口を切った。

「そうはいっても、この時間厨房はきっと戦場ね。そちらの見学は後回しでいいかしら、ローズ？」

「はい、もちろんです。お邪魔になったら悪いですし。でも、この倶楽部で他にどんな活動が行われているのかは知りたいです。女性のための倶楽部って、すごくいいですよね」

「そういっていただけるような存在でありたい、と、いつも願っているわ。女が女であるというだけで、理不尽に差別されたり排除されたりすることがない。そんな時代が少しでも早く来るように」

「それと、あの、エディスさん、すごいですね。大学で医学の勉強をなさるなんて」

するとと彼女はこちらを見ないまま、ぼそっと、投げ出すような調子でいう。

「決めたのはあの方だからすごいのはあの方、わたしじゃない」

ローズはびっくりして、エディスのカメオ彫りのような横顔を見つめた。

「でも、大学に行ってお医者様になるのは、エディスさんの望みなんでしょう？」

するとそばからミス・ジェックスが、彼女の肩を軽く叩いた。

「まあ、エディス。そんなことをいったら驚かれて誤解されてしまうわよ」

それからローズの方を向いて、

「エディスはいま、少し不安になっているんです。ユア・グレースのご厚意が身に余るほどで、そんなにしていただいていいのだろうか、なんて。ね、そうでしょう？」

「ええ、まあ」

「それにローズ、あなたもさっきの様子でわかったと思うけれど、ユア・グレースはあの通り、男性のように豪気で勇敢な方。女子学生がほとんどいない大学に入るというのも、新しい挑戦のように受け止めていらっしゃる。でもエディスは普通の女の子ですもの、不安だらけでも当然でしょう。オーブリー様という特別な後ろ盾があればなおさら、伝統や正論を振りかざして非難する人も、前例に乏しいというだけのことを不道徳のように言い立てる人も。そして敵は男性だけとは限らないのよ」

「大学に行くのって、本当に大変なことなんですね」

もしかしたら将来はもっと、そういう女の子が増えていって、大学に行くっていうだけで大騒ぎされることもなくなるのかも知れないけれど、自分はハウスメイドか、せいぜいレディズメイドで充分だなとローズは思わずにはいられない。医者になって人の命を預かるなんて、考えただけで大変そうで、自分にできるとは思えない。

（それに奥様、レディ・ヴィクトリアのメイドだっていうのは、もしかしたら大学に行くのと同じくらい特別ですごいことかも知れないもの——）

銀髪の老貴婦人、先代クレイギウァ公爵夫人の相談事というのがなんであったか、ローズが知ることができたのはその晩になってからだ。夕食後、奥様が二階のグリーンルームに、チーム・ヴィクトリアを招集したからだ。

チーム・ヴィクトリアというのは、これまで何度も奥様の周囲で起きたり、助けを求められたり、時には奥様自身が巻きこまれたりした事件を解決するために、この家の使用人たちが力を合わせて動いてきた、そのときに使うことばだ。ベッツィやモーリスだけでなく、いつもは謹厳な執事の顔を崩さないミスタ・ディーンも、このときは黒の礼装姿はそのまま、どこか表情が変わって若返って見える。いつもと変わらないのは、奥様の椅子の後ろに立って澄ましているミス・シレーヌくらいだ。

「さて、それでは聞いてちょうだい。公爵夫人《ダッチェス》がわたくしに持ちかけてこられた相談というか、悩み事というのは、少しばかり風変わりなことだったの。ほんの数ヵ月ばかり前から、彼女の身の回りで奇怪な心霊現象としか思われないことが起きる。彼女から聞かされたことばをそのまま使うと、『私の顔をした、見かけもそっくりのバンシーがうろついているようなの』と」

「なんですか、そのバンシーっていうのは？」

モーリスの問いに、

「一般的にバンシーというと、アイルランドやスコットランドに伝わる伝承で、夜中に不気味な啼《な》き声をあげて、その家に死者が出ることを告げる妖精だということになっているわ。旧家の直系にだけ顕れるとか、一族の中の英雄の死を告げるのだとか、そのすさまじい声には眠っているだれもが飛び起きてしまうとか、伝承だから話はいろいろなの。見かけられる姿形もまちまちだけれど、髪を振り乱して赤い目をした老婆だというのが共通しているかしら。

でもオーブリー様がいわれるには、彼女の実家ケリー家の言い伝えはそういうのとは少し違っていて、死ぬ人、たいていは一家の家長なのだけれど、その人が亡くなる少し前、その人そっくりの姿をした者が顕れて周囲に目撃されるというのね。見るのは当人ではなく、その人を知っている他人たちの方。

あなたは昨日どこそこにいましたねといわれても、ご当人は身に覚えがない。自分は別の場所にいたから見間違えでしょうというのだけれど、相手はとてもはっきり見たからそんなはずはないと言い張って譲らない。そんなことが幾度も重なって、でも自分は見ていないから信じられるはずがない。当然腹を立てたり、だれかが悪戯《いたずら》をしているのだろうと疑ったりすることになるが、犯人探しをしても無駄に終わる。ところが、ある日ついに彼は見てしまう。自分とそっくりのそのものが、目の前に立ってこちらを見ているのを」

「そっ、それで、どうなるんですかッ」

ローズはぞっとしながら聞き返し、

「恐れおののきながらも勇気をふるって近づくと、なんだ、鏡じゃないか。脅えていた自分の醜態に苦笑した彼の目の前で、鏡の中の姿が変わる。髪が乱れ、波打ち、目が真っ赤に染まり、口が大きく裂ける。その口からけたたましい笑い声がほとばしるのを聞きながら、彼は鏡の前で倒れ伏し、息絶える——」

「きゃあ」

「うわあっ」

ローズとベッツィが悲鳴を合わせ、しかしモーリスが肩をすくめてクスクス笑う。

「見た当人が死んじゃったなら、どんな顔でそれが顕れたか、だれも知らないんじゃないかなあ」

「また。あんたはいつもそうやって、話をつまらなくするんだからあ！」

ベッツィの憤激もモーリスは気に留めない。

「つまるかつまらないかより、真相を突き止めるのがいますることさ。最初に確かめておきたいのは、つまりえーとそのユア・グレース、先代クレイギウァ公爵未亡人ハリアット・アンジェラ・オーブリー、長すぎるから失礼してオーブリー様で行かせてもらいますか、その人の訴えに信憑性《しんぴょうせい》はあるのか。周りで実際そういうことが起きているのか。彼女がいうところのバンシーの出没の目撃証言は？」

「ある。それはあるよ、本当に！」

と声を上げたのは、またまたベッツィだ。

「アタシはないんだけどね、倶楽部で働いてるメイドとか、ミス・ジェックスの下にいて事務仕事をしている女性たちとか、掃除をする通いのおばさんたちも、見てるんだよ。その銀髪の背の高い貴婦人のこと。地下のボイラー室の前の廊下とか、使用人用の脇階段とか、どう見てもその場に似つかわしくない姿だから、みんなギョッとして目を疑ったり、立ちすくんだりするでしょ。で、そういうのがだんだん噂になってきて、大きな声ではいえないけど、使用人間の内緒話ではもう定番っていうか」

「声は？　その貴婦人の声を聞いたって人はいるのかしら？」

「それは、少なくともアタシは知らない」

「つまりバンシーとはいうけれど、啼き声や叫び声も聞かれてはいないわけね」

「オーブリー様は、バンシーの出現をすでに信じておられるのですか？」

ミス・シレーヌの問いに、奥様はちょっと肩をすくめて、

「冷静を取り繕ってはいるけれど、本当はかなり動揺しているというところね。彼女のお父上が五十年ほど前に、ふるさとのハイランドの居城で亡くなられたとき、やはり彼そっくりのバンシーが死ぬ数ヵ月前からあちこちで目撃されて、最後は公爵が居間の掛け鏡の前で倒れて事切れているのが見つかったのですって。

でもご当人は亡くなられる前日まで、自分はそのような迷信は信じないと断言して、とても気丈に振る舞っていらした。だからオーブリー様としては、自分が心を病んだとも思えないし、だれかが自分を苦しめようとしているとも考えにくい。なにが起きているのか一向にわからないけれど、なにかが起きているには違いないのだから、わたくしにひそかに調査して真相を突き止めてくれないかといわれるの。

雲を摑むような話で、ちょっと困ってしまったんだけど、あの場でどうにもなりませんとも申し上げられないでしょう。少し考えてみますとだけお答えしてきたのだけれど、どうかあなたたち、なんでも思いついたことがあったら聞かせてちょうだい。あの婦人倶楽部は、これからもっと発展させていきたいと思っているから、こんなことでケチがついて欲しくないのよ」

「自分とそっくりの人影を見る、というのは、他にそういう話がありましたな」

というミスタ・ディーンに、奥様がうなずいて応じる。

「怪奇小説でそういう筋のものがあるわ。近年ではアメリカのポーとか。実際に経験したという人もいるようよ。詩人のゲーテにもそんな話があったと思う」

「はい、ゲーテが創作ではなく自分自身の体験として、自伝の中に書き記しています。ドイツ語にはドッペルゲンガーということばがあり、自分のドッペルゲンガーを見た者は間もなく死ぬ、という言い伝えも、起源がどこにあるかは不確かですが、確かにあるようです。バンシーが死ぬ者とそっくりの姿で現れるというのは初めて聞きましたが、死を予言するものという意味で、ドッペルゲンガーとバンシーが同一視されることもあり得なくはないでしょう」

これはいつも冷静なミス・シレーヌだ。

「聖人の起こした奇跡譚《きせきたん》として、似た物語が語られたこともありましたが」

「そうね、ミスタ・ディーン。そして、これが神の奇跡か妖精の悪戯、あるいは心霊現象だとしたら、わたくしたちにも歯が立ちそうにないけれど、それならそうでそれが起こった理由くらいは突き止めたい気がする」

「マイ・レディは心霊現象をお信じになる？」

「基本はNo。でも、それ以外ならどんな仮説が立てられて？」

「心を病んだ人間が、自分の姿を幻視するという例は聞いています。それを発狂や、死の前兆と考えて恐怖するという例も。ですがオーブリー様の場合、見ているのは当人ではなく他人なのですから、これには当てはまりません」

「でもさ、目撃者が使用人たちだけだったら、どこまで確かな話かわからないぜ」

「あ、モーリスったら、使用人は信用ならないってわけ？」

「違う違う。普通のメイドなら、そんなおっかなくてえらい貴婦人の顔なんて、じろじろ見やしないだろ。どこまで正確にご面相を覚えているものか。それなら当人かどうかなんて請け合えないじゃないか。使用人しか来ないはずのところで貴婦人らしい格好の人影を見て、他に考えられないからまたきっとオーブリー様だ、って話になっちまう。そういうことじゃないの？」

「つまりだれかが化けて、そんな悪戯をしてるってモーリスはいうわけェ？」

「俺は心霊現象なんて全然まったく信じないから、だとすればそれしかないじゃん」

「でもさ、ミス・ジェックスやエディスさんも、らしいのを見てるんだってよ。あのふたりはオーブリー様の顔くらい、すごーくよく知ってるよ」

「へえ、そうなんだ。だとしたら、変装にしてももう少しちゃんと似せてるわけだな」

「ベッツィ、そのふたりはどんなふうにしてドッペルゲンガーを目撃したか、そのへんのことは聞いてる？」

奥様に尋ねられて、「それは無理だよ、マァム」と口を尖《とが》らせた。

「アタシはキッチンにいるんだもの、ふたりと話すチャンスなんてない。どっちも又聞きだから詳しいことはわかんない」

「それは、そうねえ」

「後ね、ふたりともその話はあんまりしたがらないみたい。ただ、私も見たっていうようなことはぽろっといって、でもその場ですぐ、他でいいふらしては駄目よって口止めされた、みたいなことだった」

それはそうだろうな、とローズも思う。そんな気味の悪い噂が流れていたら、倶楽部に来る人が怖がって逃げ出してしまいかねないもの。でも噂って、駄目よ、内緒よっていえばいうほど、かえって広まってしまうんじゃないかな。

「奥様、あたしいま思ったんですけど」

「なあに、ローズ？」

「婦人倶楽部を無くしてしまいたいって思っているような人たちって、いるんじゃないでしょうか。そういう人たちが、オーブリー様のふりをして倶楽部の中を幽霊か死神みたいにうろうろして、悪い噂を広めているのかも」

「倶楽部の敵？　何者よ？　そんなのがいたらアタシにも敵だなあ。せっかくの仕事がなくなっちゃう」

「うーん、と。それはつまり、女性が自由になったり、お洒落や結婚のこと以外に頭を使うようになったり、することに反対する人たちが、進歩派の根城だっていうので目の敵《かたき》にしているのかも」

「なるほど。それはあり得ますな」

ミスタ・ディーンにそういってもらえて、ローズはちょっとだけ得意になってしまう。

「そうね。確かにあり得ない話じゃない。オーブリー様が王宮に上がったとき、女王陛下や側近の方々に倶楽部のことをお話しすると、興味を持ってくれる方たちもいるけれど、慎みがないとか、けしからんとか、反発の声も少なくないらしいから」

「でも本気で倶楽部を攻撃するつもりなら、ずいぶん遠回しで効果の知れない方法だって気がするけどなあ」

モーリスは腕組みして首を傾げる。

「もっと簡単で効果的なやり方は、いくらでも考えられるだろう。赤新聞に倶楽部についてのスキャンダルの噂みたいなものを臭《にお》わせた記事を書かせるとか、倶楽部の出入り口を見張って出入りする女性に嫌がらせをするとか」

「スキャンダルってどんな？」

「そうだな。例えば倶楽部に出入りする女たちは、ふしだらで凶暴で男を奴隷にすることを目指している連中だ、とか」

「えーっ?」

「勉強会と称して武装蜂起《ほうき》のために爆弾を作ってるとか、同性愛者の巣窟《そうくつ》だとか」

「いい加減にしなよ、モーリス。それも早耳ビルのお仕込み? あんたピンカートン探偵社に出入りするようになってから、やたら品が悪くなったんと違う?」

ベッツィが眉を寄せて頰を膨らませるのに、モーリスは眉を吊り上げて、

「綺麗《きれい》ごとじゃ探偵は務まらないぜ。品が悪いのは俺じゃなくて現実、この社会さ」

「ぺっ、詭弁《きべん》みたいィ」

いつもの口喧嘩を始めそうになるふたりを、

「はい、ふたりともそこまで」

片手で押さえた奥様は、

「じゃあ、ここで一度話を纏《まと》めるわね。少なくともオーブリー様が、わざとわたくしを呼びつけて嘘の相談事をしたとは考えにくい。実際オーブリー様の分身らしい者は、倶楽部で複数回、複数の人に目撃されているのだから、夢でも妄想でもなく現実にそれは起きた。ここまではみんな同意してくれるでしょう。ではそれが語り伝えのままの、妖精か、悪魔か、霊の仕業か、それともだれか人間が起こしていることなのか、その点についてはどう思うかしら。モーリスは百パーセント心霊現象は無し、目的はともかくなにものかの作為による、でいいわね? ベッツィはどう?」

「アタシは、そういう不思議なこともありかもって気がする、けど」

「噂をしているメイドや事務員の女性たちはどう？」

「半信半疑。ちょっと気味が悪い。でも、別に自分たちに害があるわけじゃないから、そこは気楽。仕事場は気に入ってるからなくしたくない。そんな感じかな」

「ローズは？」

「あたしは——ごめんなさい、まだよくわからないです」

オーブリー様は本当に堂々として厳《いか》めしくて、声も大きくて、目の光も鋭い鋼《はがね》の偶像みたいで、同じ部屋にいるだけで怖くて足下がそわそわするくらいだった。あの人が、つまらない嘘や悪戯で震え上がるなんて想像がつかない。そう思えば本当になにか、不思議で奇妙で恐ろしいことが起きているんじゃないかって気がしてきてしまう。ローズ自身は幽霊も、妖精も見たことはないし、たぶんそういうのは子供のおとぎ話なんだろうな、とは思うけれど。

「ミスタ・ディーンは？」

「私も子供の頃、告死婆《こくしば》の伝説は耳にした記憶があります。移民で渡った先のアメリカでも、旧家の末裔《まつえい》が死ぬ前夜、バンシーの慟哭《どうこく》が聞かれたとも。ですが、まあ、現代のロンドンに妖精が顕れたと考えるよりは、作為を疑うべきでしょうな」

「シレーヌ？」

「その答えをいまここで出すのは、時期尚早ではないかと存じます。私も信念としては、ほとんどモーリスと考えを同じくいたしますが」

「もっとデータが欲しい？」

「そういうことです」

ふむ、とひとつうなずいた奥様は、

「となると、取り敢えず明日からなにをするべきかは見えてきたようね。オーブリー様から聞けることはわたくしが聞いてきたから、ベッツィが耳にした噂話をもっと詳細に聞き取って突き合わせる必要がある。だれが、いつ、どこで、どんなふうにそれを見たか。そのときオーブリー様が倶楽部にいたか、いなかったかというのも知りたいわ。それからオーブリー様の分身は、婦人倶楽部だけで目撃されているのか、他で顕れた例はないのかということもね」

「もしもドッペルゲンガー現象が起きているのが倶楽部の中だけだったなら、これはオーブリー様に対する陰謀ではなく、倶楽部への攻撃で、オーブリー様が選ばれたのは公爵未亡人という高い身分の庇護者《ひごしゃ》だからだ、という可能性が高まりますな」

「その通りよ、ミスタ・ディーン。オーブリー様のロンドンのタウンハウスや、他の訪問先ではどうなのか。オーブリー様ご自身は、分身出現は他では聞いていないというのだけれど、彼女に遠慮して口をつぐんでいる可能性もあるでしょう」

「それ、俺が調べましょうか？」

「ぜひお願いしたいわ、モーリス。あなた、いま忙しくなかったら、わたくしに雇われてくれない？」

「了解、マイ・レディ。いまんところピンカートンの方で、俺じゃないと駄目な案件はないから問題なし。ビルに話を通して明日からかかります」

「それと、ハイランドのご領地とオーブリー様のご実家方で、そのバンシーの伝説にまつわる事件とか、お父上の死の事情がわたくしの聞いた通りだったのかとか、そういうことも把握しておきたいわね」

「では、それは私が行って参りましょう」

ミスタ・ディーンがうやうやしく一礼し、

「ベッツィはキッチンのお仕事をおろそかにできないでしょうから、ローズ、あなた、これから二、三日、倶楽部に出かけて、使用人や事務員から、オーブリー様の分身をどんなふうに目撃したか、詳しいことを聞き出してきてくれないかしら。ミス・ジェックスには話は通っているから」

えっ、大変。責任重大だ。そんなことできるかな、とローズは声を呑んだが、

「ベッツィ、仲良くなったメイドや事務員さんに、口添えをお願いね。遠慮なく話してくれて、なにも困るようなことは起きないからって」

「了解、マァム。アタシ、そういうの得意だから!」

「オーブリー様はエディスを連れて、明日からエディンバラに行かれるそうなの。新しく借りるタウンハウスを見て、大学の学長たちとも会って、秋からの就学に備えるのですって。でも幸いというか、聞き取り調査のためには、当のオーブリー様はいない方がやりやすいと思うわ」

それはきっとそうだ。例えば倶楽部の中に階を隔《へだ》ててでもオーブリー様がいらしたら、彼女の分身が顕れて、なんて話をそう気楽に口に出す気にはなれないだろう。

「シレーヌ、あなたは」

「格別のご用命がなければ、私はロンドンで当たっておきたいところがございます」

「それは?」

「ミネルヴァ・クラブが復活している、という風評を耳にしました」

ヒッと喉からカエルのような声が洩れそうになるのを、ローズはあわてて口を押さえて止める。ミネルヴァ・クラブというのはほんの二年前、それこそ奇妙な怪談じみた噂のように存在が囁《ささや》かれた、女だけの秘密クラブだ。女性の権利を擁護《ようご》し、女性を迫害する男に暴力的な報復を加える組織。それがただの噂ではなく、確かに存在していたことを、ローズも奥様も承知している。ふたりは彼らの起こした事件に巻きこまれ、その首謀者と顔を合わせ、危うく命を落としかけたのだ。

「ヤードのアバーラインと会って、改めて捜査資料を閲覧し、私なりの調査もしてみるつもりです」

「絡んでいると思うの、あの、イサドラが？」

「念のためです。杞憂《きゆう》なら幸いですから」

「危ないことはしないでね。どうか、お願いよ」

奥様の声が急にか細く、弱々しく震える。小さな子供が母親に、涙をこらえて哀願しているみたいに。そんな口調は初めて耳にする。ローズは無論口には出さないまま、ため息とともに改めて思わずにはいられない。

（あたしはなにも知らないんだなあ。奥様のことも、ミス・シレーヌのことも——）


それから三日、ローズは婦人倶楽部に通って、オーブリー様の分身らしい姿を見たという使用人たちから話を聞き、それを奥様に見ていただけるように文章にしてまとめる作業に没頭した。倶楽部の三階の使っていない一室を、デスクと椅子、ランプに筆記具もミス・ジェックスが用意してくれたので、そこでメイドたちのインタビューと、後の整理もすることになった。その間、家のことはエスタとミセス・コッシュがいるし、厨房はリェンさんが守ってくれているから気にしなくていいといわれた。奥様は小説家の仕事の方に忙殺されて、書斎に籠もっていらっしゃる。

オーブリー様からミス・ジェックスへ、この調査に協力するようにという指示が出されていたので、手の空いたメイドたちが順にローズの前に現れた。それでも彼女たちの口を開かせるには、ベッツィの口添えが必須《ひっす》だったろう。ローズは我ながら口が上手《うま》くない。自分でもそのことを意識している分、表情も口調もよけい硬くなって、なんだかえらそうに見えてしまったかも知れない。

メイドではなく、ミス・ジェックスの下で倶楽部の帳簿をつけたり、勉強会の企画を立てたりしているふたりの事務員の方は、もう少しやりにくかった。メイドから見るとローズは主人ではないが仲間ではない上の人間で、事務員から見ると逆に、使用人の方に分類される下の人間ということになるらしい。そんなことはローズにはどうでもいいのだが、ミス・チェイスとミセス・クレイル、特に未亡人のミセス・クレイルは、自分が使用人の階級ではない、れっきとした中層階級《ミドルクラス》なのだということを、口を開くたびに強調せずにはいられないらしくて、ローズはことばひとつにもかなり気を遣い、正直なところうんざりしてしまった。

話を聞いたのは全部で十五人。事務員二名の他は、それぞれキッチンや洗い場、洗濯室などで働いたり、各階の暖炉を始末するメイドたちと、通いで一番大変な汚れ仕事を請け負う下働きの掃除婦たち。全員が「貴婦人の幽霊みたいなもの」を見たといっていたが、よく聞くと又聞きで、自分で実際に見たわけではなかった、という方が多い。

話は使用人同士のおしゃべりの中で、酵母を入れすぎたパン生地のように膨れ上がっているものの、さわって確かめようとすると空気穴だらけで実体がない。それでもいくつもの話を比べたり、日時を合わせたり、話をしたメイドにもう一度問いただしたりして、又聞きではない、実際の目撃談を洗い出してみると、

＊今年の最近三ヵ月の間に、少なくとも四回か五回は「それ」が目撃されている。その前に、そうした出来事を記憶している者はいない。

＊そのうちの二回は確実にクレイギウァ公爵夫人が来訪している間に起きた。あと二回か三回は来訪されていなかった。目撃された時刻は、夫人来訪時は午後。それ以外は夕刻から夜中、早朝というのも一度ある。

＊「それ」は帽子をかぶっていることも、いないこともあったが、非常に背が高く、髪は古風な形に結い上げた銀髪、というのは共通している。

＊目撃場所は倶楽部の昇降機が一度の他は、キッチン横の貯蔵室とボイラー室の間の廊下、使用人用階段など、貴婦人が立ち入らぬはずの場所で、クレイギウァ公爵夫人の姿形を承知していない掃除婦も、それで「驚いた」「変だと思った」と口を揃える。

＊「それ」は口は利かない。叫んだりもしない。ただ足音は立てる。カツ、カツという、木靴を履いたような足音を聞いた、という者がふたりいた。その足音は離れていてもはっきり耳についたという。

（モーリスが推理したとおりだった。やっぱりみんな、顔を見てオーブリー様だと思ったわけじゃない。幽霊みたいにふわふわしたものが、いきなり顕れたり消えたりしたわけでもない――）

ローズは思う。

（背丈はある程度なら厚底の靴でおぎなえるし、鬘をかぶったらそれくらいの変装は大して難しくない。つまりだれかが仕掛けている悪戯か陰謀、そういうことになるのかな。だけどミス・ソフィア・ジェックスとミス・エディス・ペイシーは、もっとはっきり「それ」を見ているわけだから、変装だとしてもそんな簡単じゃない……）

今日の最後に話しに来てくれたのはミス・ジェックスだった。いかにも気が進まないという様子で、それでもオーブリー様の命令があるから拒否するわけにはいかないと、ローズのインタビューに応じた。

「あのときは、ユア・グレースは夜抜けられない約束があるというので、お嬢様のレディ・シットウェルの馬車で倶楽部を出られていて、私とエディス、ミス・ペイシーが残って図書室にいたんです。片付けねばならない書類仕事があって、手伝っていただいたものだから。そうしましたら図書室の奥の扉が開いて、ユア・グレースが出てこられました。夕刻にお別れしたときのままの、胸元の開いた夜会服に銀髪を華やかに結い上げたお姿で、いつもの滑るような足取りでこちらに来られるんです。

私、すっかり驚いてしまって、でもどう見てもユア・グレースとしか思われませんでしたから、椅子から立って礼をしたのですが、無言のまま私の前を通り過ぎて、廊下へのドアを開いて出ていかれました。いきなり醒《さ》めたまま夢を見ていたようで、ミス・ペイシーの方を見返ると、彼女も目を見張ってその場に凍りついています。なにが起きたのかわかりませんが、なにか尋常でないことがあったとしか思われず、ふたりで廊下に飛び出しました。

でも廊下はがらんとして人影もなく、脇階段から顔を出したメイドのケイトが、血相を変えた私たちを目を丸くして見返していました。だれも見ていませんけど、といって。足音ですか？　いえ、それは、私はよく覚えていません。ただ、すぐ目の前を通り過ぎていかれたというだけで」

ミス・ジェックスのこの話を文章にまとめるのは、少し時間が要りそうだ。ペンを握って書き出そうとしていたら、ドアを開けてベッツィが顔を出した。

「どーだった？」

「うん。話を聞くことになってた人には全部聞けた。その場で書いたメモを、忘れないうちにまとめるのに時間かかっちゃってさ。いま何時かな」

「とっくに夕食《サパー》の時刻も過ぎた夜の八時だよ。今夜はレストランの予約客もないし、アリスさんと一緒に帰っていいっていわれたんで様子を見に来たんだけど」

「書く方はまだ残ってるんだけど、お腹空いたな」

「じゃあ帰ろうよ。アタシ、下行って着替えないとならないけど」

「待って。帰る前にミス・ジェックスに声だけかけていく」

書いたものをまとめて袋に入れて小脇に抱え、四階の奥にある事務室をノックしたけれど、鍵がかかって答える声がない。ミス・ジェックスは住まいもこの建物の中にあって、かなり遅くまで事務室にいると聞いていたのだが、話が済んですぐ寝に行ってしまったんだろうか。

「レストランにはいなかったけど、どこか出かけたんじゃない？」

「そうだね。どっちにしても明日もう一度顔出すことになると思うし」

ローズは当たり前のように階段に向かったが、

「え、なんで？　リフトで下りようよ」

「使用人は遠慮するべきなんじゃない？」

「なんちゃってローズ、リフト苦手でしょ」

「まあね。だって、乗ってるときに壊れないか、とか思わない？」

「壊れないよ、そう簡単に壊れたら大変じゃん」

「箱がロープで吊るされて昇り降りしてるなんて、考えたら怖いよ。っていうか、怖くない方がいっそ不思議に思える」

「だったら鉄道は？　地下鉄は？」

「鉄道は平気。でも地下鉄はやっぱり嫌だなあ」

「えー、アタシ地下鉄も好き。地面の下を走るなんてすごくない？」

「すごいけど怖いよ」

いいながら、回り階段の中央に設置されたリフトを見たら、金属の四角い鳥籠みたいな箱の中に明かりが点《とも》り、ぐいーん、というような音を立ててそれが上から降りてきた。最上階は普通の家とは違って、ミス・ジェックスの住まいがあるはずだ。やはり彼女はもう事務室から引き上げていたのだな、とローズは思い、それならここで目礼だけでもしておくべきか、それは失礼に当たるのか、と迷う。目上の方を呼び止めて挨拶するのは無礼だろうけれど、金網越しに見えているのに無視するのはもっと無礼にも思える。礼儀作法というのはまったく難しい。

そんなことを考える間もなく、四階から下がってきたリフトがふたりの前を縦に通過して、たちまち下階へと沈んでいく。だが、箱の中に乗っていたのはミス・ジェックスではなかった。天井に着きそうなほど背の高い頭に、羽根飾りを盛り付けた小さな帽子を載せた女性。帽子の下から光る嵩高い銀色の髪、細い首、紫とグレーのドレス。

「ローズ、見たッ？」

「見た。でもベッツィ、あれって」

「公爵夫人だよ。アタシだって遠目だけど見たことある。帽子の鍔《つば》からはみ出るくらい髪の毛を膨らませて、骨張った顔に白粉《おしろい》山ほど塗りつけてさ、いやに背が高くて、キリンみたいな、あんな人って他にいないよ！」

「でもオーブリー様は、いまエディンバラに行ってるのに」

「出たんだよ、例のやつが。追いかけよう。摑まえられたら偽者、消えちゃったら本物のドッペルゲンガーだよ！」

ベッツィが声を上げながら階段に飛びこむ。駆け下りる。ローズも急いで後に続いたが、ベッツィはスカート丈が短めの仕事着姿、ローズは重くなった書類袋を抱えている上、スカートの丈は淑女らしく靴の爪先《つまさき》も覗かぬ床すれすれで、下にはペティコートもつけている。近頃のドレスはシルエットが細身になってきて、走ろうとすればスカートとペティコートが足に絡みつく。お椀《わん》のように広がったクリノリンよりはましだとしても、動きにくさは同じようなものだ。

リフトは降り続けている。途中の二階にも地上階にも止まっていない。でもふたりが地階まで下りて駆けつけたときには、リフトのドアは開け放しにされたまま、中にはだれもいなかった。正確にはベッツィが空のリフトの中に足を踏み入れたとき、やっとローズが追いついたのだが。

「だれも、乗ってない？」

「うん。いなかった。周りにも、だあれも」

ベッツィは両手を胸の前で握りしめる。

「消えちゃった。本物だよ、あれ」

「うん、そうかも」

答えた途端、ローズはぞわっと足下から寒くなった。怖くなってきた。オーブリー様の死を予言する分身、バンシー。それってつまり死神のようなものではないか。見てしまった者も呪われるとか、そんなことはないだろうか。しかしベッツィはちっともそんなことは考えないらしく、

「うわあ、アタシとうとう見ちゃったんだ、ドッペルゲンガー！　モーリスったらあんなことといって、やっぱりほんとだったんだ。ねっ、ローズ」

足を揃えてぴょんぴょん飛び跳ねている。

「すごい、すごい、すごーい！」

「でも、そんな騒いだらまずいよ」

「そっか。だけどさあ、ちょっといいふらしたい感じィ」

そこでキッチンからフランス人の女性シェフが顔を出して、「なに騒いでるんですか。あなた帰らないですか。もっと仕事したいのですか？」と睨んだので、ふたりはあわてて帰ることになったが、その夜の出来事はまだ終わったわけではなかった。

家に戻って奥様にふたりが、というより主にベッツィが、たったいま見てしまった公爵夫人の分身のことを唾《つば》を飛ばして報告すると、

「面白いこと。興味深いわ、とっても」

にっこり微笑まれる。奥様は耳でベッツィのことばを聞きながら、目ではローズが手渡したインタビューのまとめを読んでいたのだ。

「ミス・ジェックスの話はここには含まれていないようだけど、それは口頭で聞かせてくれるのね?」

そこでローズはできるだけ詳しく、正確に、聞いた話を再現してみせた。

「なるほど。他のメイドや事務の女性たちと違って、ミス・ジェックスとミス・ペイシーは、オーブリー様の顔をちゃんと見たと」

「はい。そして翌日確認すると、その時刻にはオーブリー様はお嬢様のレディ・シットウエルと王立オペラハウスの桟敷にいらしたそうです」

「ローズのまとめだと、ハウスメイドのケイトが図書室の前の廊下でそれらしい影を見た、というのが出てくるけど、これは同じときの話なのかしら」

「たぶんそうです。ミス・ジェックスはケイトと顔を合わせたときも、なんでもないからとしかいわなかったし、そのときケイトもなにかを見たというようなことはいわなかったそうですけど」

「あー、あるよねそういうの。自分では見てないし、口止めもされてるのに、噂が広まってきたらつまんないから勝手に話を盛っちゃう。でもマァム、アタシたちのは違うよ。ローズとふたりではっきり見たもの、公爵夫人の顔。いまあの人はエディンバラにいるんだから、本物のはずがない、分身でしょ？」

「そうね。でもおかげでだいたいわかってきたわ」

なんでもないことのようにいわれるので、ベッツィもローズもびっくりした。

「えっ、わかったってマァム、どういうこと？」

「今日の昼間、ミスタ・ディーンから電報が届いたの。それによると、オーブリー様のご生家、ケリー家にそういう言い伝えがあることは事実で、お父上に当たられる先々代の伯爵が亡くなったとき、バンシーが出たという噂も流れたらしい。でも、いまではほとんど忘れられた話だということ。そしてクレイギウァ公爵家にはそんな伝説はないし、オーブリー様に限らず他のだれでも、分身が顕れたという話はないのですって。

それから、モーリスからも報告が来ているわ。公爵家のタウンハウスや、オーブリー様が顔を出しておられるところ。どこを探ってみても、やっぱりそんな話は聞いたことがない。隠しているようにも見えないということなのよ」

「つまりオーブリー様のドッペルゲンガーは、婦人倶楽部にしか現れない……」

ローズは口に出してつぶやいてみる。

「ということは、倶楽部を敵視する人間の陰謀ということに、なる?——」

「ちょっと待ってよ、ローズ! それはドッペルゲンガーが作りごとだった場合の話だったろ? アタシたちはこの目で見たんだから、そっちを信じなくてどうすんだよ。それにさ、考えてごらんよ。アタシたちにドッペルゲンガーを見せたからって、なんでそれが婦人倶楽部に対する攻撃になるのさ。倶楽部の悪い評判が立つようなことを、アタシたちがいいふらすわけがない。おかしいだろッ」

ベッツィに両肩を掴まれて、思い切り揺さぶられて、ローズはなんと答えればいいかわからなくなってしまう。ところがそこに思いも寄らない来客があったのだ。それはミス・エディス・ペイシー、今頃はオーブリー様とエディンバラにいるはずの彼女で、結った髪は乱れ、目の下にはどす黒い隈《くま》まで浮かべた、長旅の疲れを隠しようもない顔で、

「夜分恐れ入ります。ユア・グレースからレディ・カレームに、言付けをいいつかってまいりました。お耳を拝借できますでしょうか」

という。

「もちろん承りますわ」

「エディンバラに、ユア・グレースの分身が現れているようなのです。大学の関係者から弁護士、不動産の取扱業者、教会の牧師様まで、つい最近ユア・グレースをお見かけしただけでなく、ことばを交わした、お茶を飲んだという人まで現れて」

後ろで聞いていたローズとベッツィも、思わず目を見張り顔を見合わせる。

「話を聞いただけ？　エディス、あなたは見てはいないのね？」

「はい。でも、どなたも面白尽《ず》くで嘘をいわれるような方ではない、かねてから親しくされている名士の方たちなので、ユア・グレースはすっかり動揺してしまわれて、寝台列車で着いたその日のうちにまたエディンバラを発たれました。寝台が取れなかったものですから、列車を乗り継いで、先ほどようやくロンドンへ戻りまして」

「それでは、さぞお疲れでしょうに」

「はい。お身体よりお気持ちの方が心配な有様です。お迎えの馬車でタウンハウスに戻られましたが、私はあちらであったことをレディ・カレームにお伝えしてくるようにといわれましたので、駅からこちらにうかがいました」

「あなたもずいぶんお疲れのよう。お茶を差し上げましょうね」

「いいえ。ユア・グレースが気がかりですから、これで失礼いたします」

そそくさと帰っていくミス・ペイシーを見送って、ベッツィは胸を張る。

「とにかくこれでもう、疑いの余地はないよね」

「本物のドッペルゲンガーで、バンシー？」

「他に考えようがないじゃん」

そして奥様はふたりを見てにっこり笑いながら、こともなげにおっしゃる。

「結論は出たみたいだわ。これからわたくしたちはどうするべきか」

「えっ、でも……」

「相手が何者だろうと、わたくしを信頼して相談を持ちかけてくださったのに、手を束《つか》ねているわけにはいかないでしょう。まして先代クレイギウァ公爵夫人は、婦人倶楽部の運営にはまだまだ必要な方。お元気でいていただかなくては困るの」

それはわかるけど、バンシーが本物で彼女の死を予告しているのだとしたら、その予告を覆す方法なんてあるものだろうか。

「わたくしの考えたことが正しいのなら、方法はあるわ」

「マァム、それってどんな?」

「バンシー狩りよ」

「バンシー狩り……」

「そんなこと、できるもの?」

「あら、わたくしができないことをできるなんていったこと、あるかしら」

レディ・ヴィクトリアはいとも快活に言い放つ。

「人間にはもちろんできることとできないことがある。絶対に勝てない闘いもある。でも努めれば勝てる闘い、勝つことで人を救う機会が得られる闘いなら、少しばかり危ない橋を渡ることになっても、立ち向かう意味はあるのよ」

ローズとベッツィは顔を見合わせた。ふたりとも、そのことばの意味はちっともわからないのだった。

その二日後、夜。婦人倶楽部はほとんどの部屋で明かりが消え、地上階の表通りに面したレストランも扉を閉ざしている。水道設備点検のため午後から明朝まで閉館、との告知が貼り出され、以前から予定されていた勉強会や講習会も延期された。知らずにやってきた会員たちはこもごもに不平を口にし、中には「政府の弾圧じゃないでしょうね」などと不安をつぶやく者もいたが、それもいまは絶えている。

倶楽部の二階、その面積のかなりの部分を占める図書室の中央に置かれた、重厚な王政復古期風の肘掛け椅子に、先代クレイギウァ公爵夫人は座り、身体の前に突いた杖《つえ》を両手で握りしめていた。エディンバラから戻った直後、気力を使い果たしたかのように床についてしまったという夫人だが、レディ・ヴィクトリアの訪問を受け、ベッドを出てここまで身を運ぶほどには回復したらしい。

もっともその面差しに現れた憔悴《しょうすい》ぶりは、ローズの想像を遥かに超えていた。一週間足らずの間に二十も歳を取ったかと思われるほど、目は落ちくぼみ、頬の血の気は失《う》せ、長身の背中も折れ曲がって、杖を握る手は小刻みに震えている。ただその灰青色の双眼ばかりが、光を失うことなくしっかと前を見つめて動かない。

ローズとベッツィは本棚の陰、その横顔をうかがえる位置でじっと息をひそめている。なにがあっても声を立てては駄目、動いても駄目よと奥様からいわれて。そして当の奥様はすぐそこで、先代クレイギウァ公爵夫人の横のスツールに座り、顔に顔を寄せるようにして、小声でことばを交わしている。奥様がどんな理由を付けて夫人をそこへ連れ出し、座らせているのかローズたちには一向にわからない。初めただの世間話かと思っていた会話は、いつのまにかエディス・ペイシーのことになっていて、

「そう。あなたは気づいてしまったのね」

「すみません。詮索をするつもりはないのですけれど」

「いいの、ヴィクトリア、あなたには隠さないことにするわ。あの娘は私の夫が晩年、ロンドンで知り合った女に産ませた子供。遺言状にさえ書かれていなかったけれど、夫の死後一年ばかりして、まだ五歳のあの子が前触れもなく北へ送られてきたの。夫の与えた書き付けと、夫の紋章を彫った指輪を持って。生前、そんな問題を起こしたことなど一度もなかった夫が、女優だか踊り子だかに子を産ませたなんて信じ難かったけれど、書き付けの手蹟《しゅせき》は間違いなく夫のものだったから、認めるしかなかったの」

「母親は、亡くなったんですの？」

「そう。臨終を看取《みと》った医師が連れてきたの。イーストエンドでずいぶんひどい暮らしをしていたみたい。この世にはいろいろ、思いがけないことが起きるものだわ」

「そのお嬢さんを引き取って、お育てになった。立派ですわ」

「有り難いことに、エディスは出来のいい娘だったわ。母親がどんな人間だったにしろ、浮ついたところはどこにもない。器量はせいぜい十人並みだけど、私が産んだ五人の子供たちより頭も心がけもずっといい。公爵家の引き立てを期待して寄ってくるろくでもない求婚者の中から、少しでもましな男を選ぶしかない結婚なんかより、自分ひとりで生きられるよう、仕事がしたいというのも結構な話よ。

私がこんなことをいうと、せがれのロバートは眉を吊り上げて怒るの。母さんは無責任だ、とかなんとか。家族のことや、自分が死んだ後のことをなにも考えていないって。あなたはどう思って？　私の考え方は、私のような階級の人間からすれば過激かも知れないけれど、決して間違ってはいないでしょう？」

「間違ってはいない、と思います」

「私はもう少し長生きしたい。女王陛下より生きて、次の世紀を見て、社会が変わるのを見届けたい。変わり目は近いという気がするから。そのためにもエディスに医学を修めて、私を助けて欲しいのよ。利己的な理由かしら」

「いいえ。生きたいと願うのは人間だれでも同じですわ」

「人頼みにするつもりはない。私は私を救うために闘う」

自分に言い聞かせる呪文のように、夫人はつぶやく。

「私の顔をしたバンシーに、私の魂を奪われるものですか。決してお父様のように、死にはしない。私には、まだやることがある」

そのときどこからか、コツ、コツ、という、堅い足音が聞こえてきた。長い長方形をした図書室の端にあるドアが音もなく開いて、そこから丈の高い人影が、こちらに向かって近づいてくる。妙にぎこちなく硬直した、操り人形のような足取り。本棚の端からそろっと片目を覗かせたベッツィは、危うく自分の手で開いた口をふさいだが、見開いた目だけでローズに合図する。

(来たよ。あれだよ!)

それはわかったが、ローズはとても動けない。足が痺れたようになって、一歩でも踏み出したら音立てて転んでしまいそうだ。でも、それより大きな音を立てたのは先代クレイギウァ公爵夫人、オーブリー様の方だった。彼女は肘掛け椅子を軋《きし》ませて立ち上がると、

「この、忌《い》まわしい死神め!」

手に摑んでいた杖を振りかぶり、近づいてくる夫人の分身に向かって打ちかかったのだ。奥様が横から素早く腕を伸ばし、杖を摑んだ手に手を添えて引き下ろす。コースを変えられた杖の先は、それでも分身のスカートに包まれた脚に当たった。堅い音が響き、分身が姿勢を崩してその場に倒れる。布の襞《ひだ》の中から転がり出した奇妙な履き物。そして頭から脱げて落ちた銀髪の、鬘。

「エディス、エディス——あなた、これは、いったい」

そこに倒れ伏し、身を縮めているのはエディスだった。履き物はスリッパの底に十インチはありそうな木の柱をつけたもので、小柄な彼女はそれを足に履いて、オーブリー様のドレスと鬘で変装していたのだった。

「いったい、なんのつもりなの。すべてあなたの仕業だったの。私を死ぬほど脅えさせて、なにが面白くて、そんな」

「お赦しください……」

エディスは床の上で身を縮め、すすり泣いている。

「お赦しください。こんな騒ぎになるとは、思わなかったんです」

「それにしても、なんのために」

エディスは顔を覆ってしゃくり上げていたが、ようやく真っ赤に泣きはらした目を向けて、

「わたし、大学に行きたくありません。医学の勉強もしたくありません」

「なん、ですって。でも、あなたは」

「働くつもりでした。けれどわたし、死んだ母のように舞台の仕事をしたいんです」

「そんなこと、あなたはいわなかったじゃありませんか」

「いおうとしました、何度も」

エディスはいきなり激したように声を張り上げた。

「いおうとしたんです。いいかけたことも、あります。でも、お聞き届けいただけませんでした。わたしのためになることだとおっしゃって、わたしの望みなど耳を貸してはくださらなかったのです。ユア・グレース、あなたは、いつも、いつも」

「勝手なことを――」

「勝手です。わかっています。でも、わたしには他にどうしようもなかったんです」

「だからといって、これは、裏切りですよ。私は、あなたを実の我が子のように可愛がってきたというのに……」

オーブリー様はそれでも必死に、湧き上がる怒りの感情を抑えようとしているらしかった。まだらに赤くなった頰を痙攣《けいれん》させ、唇を震わせながらことばを探していたが、

「でも、変ね。あなたひとりのやったことというなら」

「私も手を貸しました、ユア・グレース」

廊下側から入ってきたミス・ジェックスが、腰の前で両手を重ね真っ直ぐに立つ。

「あなたが？」

「はい。厚底の靴と鬘で貴女様の格好をして、メイドたちに姿を見せました。噂話をお耳に入るようにもいたしました。エディスとふたり、図書室でそれを見たというのは無論嘘です。先日は変装してリフトに乗って、ローズさんにも見せました」

あのとき、とローズは思う。確かにミス・ジェックスなら、階段を駆け下りた自分たちより一足早く、地階に降ろしたリフトから飛び出して、食料庫かボイラー室に身を隠すこともできたろう。

「お心に背いて申し訳なく存じます。ですが、後悔してはおりません」

ミス・ジェックスは悪びれる様子もなく、深々と頭を下げる。先代クレイギウァ公爵夫人の顔に、怒りの色が強くなった。

「理由をおっしゃい。なぜそんな真似を」

「エディスの母、ローラ・ペイシーは私の母の妹でした。お考えのような娼婦紛《まが》いのふしだらな女ではない、舞台の仕事に誇りを持つ本物の女優でした。公爵に後援者になっていただいても、愛人として囲われたわけではありません。エディスを身籠《みご》もってからも、いずれ舞台に戻るつもりでいた。身体を悪くしてそれも叶わないとなっても、公爵に無心しようとはしなかった。誇り高く独りで逝ったのです。

私も女ひとりで余裕などない生活でしたから、エディスとふたりで飢えるよりはあなた様におすがりする方が、彼女のためにもなるだろうと思ったのです。けれどユア・グレース、もしもあなた様がエディスに辛く当たられるようなら、いつでも引き取りに行くつもりでした。あなた様は継子《ままこ》いじめのようなことはなさらなかった。でも、悪意以上に有り難くない厚意というのも、この世にはあるものなのですね」

ミス・ジェックスのことばは穏やかだが、同時にエディスの心を知ろうとしなかった公爵夫人へのきつい非難でもある。そのことばを聞かされた貴婦人の顔は、仮面のように強張っている。

「私はすべて、エディスのために、良かれと思って将来を選んだのです。芽が出るかどうかもわからない浮き草のような女優稼業が、医者になるよりもよいなどと、どうして考えられるのでしょう。エディス、あなたは厳しく辛い学業の道から逃れて、楽をしたいだけではないのですか」

だが、もはやエディスは泣いてはいなかった。目は赤く充血し、頬は濡れていたものの、見開かれた双眼は臆することなくオーブリー様を見返していた。

「楽ができるとは思いません。おっしゃる通り、わたしが舞台女優になれるかどうかもわかりません。でもラテン語を詰めこむより、自分には向いている気がします。私、やってみたいんです。そのためならどんな苦労も厭《いと》いません」

「家を出るつもり？　まさかそんな後脚で砂を掛けるような仕打ちをしておいて、まだ私の厚意を期待できるとは思っていないでしょうね？」

「もちろんそんなことは考えておりません。すべて覚悟の上です」

唇を歪《ゆが》め首を背けたオーブリー様は、しかしまたふっと考えこむ表情になって、「待って」とつぶやいた。

「それでは、エディンバラでのことはどうなるの。あちらにも私そっくりの者が現れた。遠目に見られただけでなく、話をしたり食事までともにしたり。それも以前私と会ったことのある方たちがそういっていた。エディスのはずがない。といってソフィア、あなたもそう長くロンドンを留守にしていたはずはないし、いくら変装や演技ができたといったところで、あの方たちを騙せたとは思えません。これはどういうこと?」

図書室の隅で、本の背に身体を預けてひたすら目と耳だけを働かせていたローズも、いまさらのようにそう思わずにはいられない。お話の中でなら、家族友人の目も欺く変装の名人とかいくらも出てくるけど、現実にはいくら巧《たく》みに真似てみてもばれるに決まっている。だからこそ、この剛毅《ごうき》な未亡人が震え上がって神経衰弱になりかけたのだ。自分の顔をした死神の出現を信じこんで。

エディスが口を開いてなにかいいかけたそのとき、隣にいたベッツィがいきなり、

「出た」

つぶやいてローズの手を摑んだ。

「やっぱりいたんだ、バンシー」

ベッツィにしては声をひそめていたのだろうけれど、その場にいる全員がそれを耳に入れたに違いない。重なり合う衝立《ついたて》のような本棚の列の間から、音もなく滑り出てくる長身の影。髪型や服装は、少しもオーブリー様とは似ていない。

しらが髪は乱れて肩から背に垂れかかり、服装は緑色の、経帷子《きょうかたびら》のようなドレスに灰色のマント、そのどちらもが地獄から這い出て《はいで》きた亡者のように、黒ずんだ染み《し》だらけで裾《すそ》はぼろぼろに裂けている。けれど乱れ髪の間から覗く年老いた女の顔、足音を立てず滑るように近づいてくるそれは、いかつい鷲鼻《わしばな》も、角張った顎《あご》も、間違いなくオーブリー様のものだった。

差し伸ばされた手の、折れ曲がった指先がいまにもオーブリー様の顔に触れそうだ。そしていままで聞いたことのない、地の底の洞窟《どうくつ》から吹き上がってくるような不気味な声が、耳に届く。

《ハリアット……アンジェラ……オーブリー……》

先代クレイギウァ公爵夫人の名を呼ぶ。

《迎えに来た。遥か、父祖の地から》

《汝《なんじ》、醜き本性の素顔を、美徳の仮面にて覆い隠すものよ》

「違う、私は、そんな」

《いかに否《いな》もうと意味無きこと》

《汝が手と口のなせしことは、汝自身が知る》

「だ、だれなの」

バンシーの唇の端がニイッと、三日月形に吊り上がる。

その口が、ぱくりと開く。大きく裂けた口の中から化鳥《けちょう》のような笑い声がほとばしり、恐怖に凍りついた室内に響き渡る。

《だれでも、ない。我は、汝。汝は、我》

夫人の双眼がくるっと回って白目に変わる。

短い悲鳴を上げて、老未亡人はその場に失神していた。

# 第五章

# 仮面とヴェールの陰《かげ》に

「やりすぎだったと思うわ、シレーヌ」

「私はそうは思いません、マイ・レディ」

レディ・ヴィクトリア・アメリ・カレーム・シーモア、先代シーモア子爵未亡人に仕えるミス・シレーヌが、当たり前のレディズメイドでないのは、この家に暮らす者のほとんどだれもが承知していることだろう。だがこんなふうに、真っ向から奥様のことばに反論してはばからないところを目の前で見せつけられると、どんな顔をしていればいいのだろうと、ローズはどきどきしてしまう。

昨日の晩、婦人倶楽部での一幕は驚くべき結末を迎えた。失神したオーブリー様はタウンハウスへ運ばれ、一夜明けたいまも無言のまま伏せっているという。エディスはミス・ジェックスとともに倶楽部に留まっていて、倶楽部自体は今日はまた通常どおり開かれているらしい。そちらの様子を見に行って戻ったミス・シレーヌを、奥様がローズとともに書斎へ招き入れた。と、そこでいきなり目の前で、ふたりの口論のようなものが始まってしまったのだ。

婦人倶楽部の図書室に現れて、先代クレイギウァ公爵夫人を恐怖に凍りつかせ失神させたのは、いうまでもなくミス・シレーヌだった。夫人が気を失って倒れた後、ミス・シレーヌは即座に鬘を脱ぎ、不気味なメイクを拭《ぬぐ》い落《お》としてくれたので、ローズはみっともなく悲鳴を上げたり逃げ出したりしないで済んだ。それでも侍女姿に戻った彼女の、大理石よりも白く端整な顔を見ていると、それは一種の仮面でその下にはあの恐ろしいバンシーが隠れているのだろうか、などと思ってしまい、少し怖い。

「すべての原因が公爵夫人《ダッチェス》のエディスに対する振る舞いから起きた、というのはわかるわ。でもあの方は別に悪意があって、亡き公爵の忘れ形見を大学に行かせようとしていたわけではないでしょう。一方的で配慮を欠いた部分はあっても、彼女なりの厚意と愛情だったことに変わりはないのだし」

奥様のことばはしごく当然に思えたが、ミス・シレーヌは軽くかぶりを振ってこれに反論する。

「それはどうでしょうか。ミス・ジェックスがいわれたように、有り難くない厚意は悪意より始末が悪いものですし、夫人がミス・ペイシーに持っていたのは愛情とはいいにくいのではないか、夫人がつけていたのは仮面というより、素顔の透けて見えるあまり厚くないヴェールだったのでは、と私は考えています」

「まあ。それはどうして?」

「あの方はエディスがまだ丈の短い女児服を着ていた頃から、乳母《ナース》や家庭教師《ガヴァネス》に任せきりにはせず、ご自分でしつけをし、教育もしていたそうです。ご自分の子供たちは、普通に人任せで育てたのと異なって、それは厳しく。与えた課題を終わらせなければ、夕食を抜いたり笞《むち》で打ったりも毎度のことだったと」

「わたくしもそういう教育法には賛成しないけれど、でもそれは例えば男の子がパブリック・スクールで味わうようなことでしょう」

「その上口癖《くちぐせ》のように『あなたはせいぜい十人並みの容姿だから』と言い聞かせていた」

奥様はそこで、ちょっと表情を改めた。

「それはわたくしも聞いたわ。そんなことはない、とてもきれいなお嬢さんなのに、とは思ったのだけれど」

「ミス・ペイシーは、女優だった母親のローラとよく似ています。ミス・ジェックスのところに、細密画が残されていましたし、彼女が出ていた劇場の支配人とも会って話を聞いてきました。舞台で主役を務めるにはやや小柄ではあったが、舞台化粧の映える顔立ちとよく通る声の持ち主で、将来を期待されていたといいます。エディスには明らかに、母親のそうした資質が伝えられています」

「ヴェネツィアの娼婦が履いていたようなとんでもない高靴で身長をおぎなって、長身の公爵夫人になりすますくらいの演技力はあったわけですしね」

苦笑しながらそういってうなずいた奥様だったが、ふいに大きく目を見張ってミス・シレーヌを見つめると、

「シレーヌ。あなたは、公爵夫人が亡き公爵が別の女性に産ませた子供に、そんな形で仕返しをしていたのだというつもり？　好意厚遇の仮面の下に、隠していたのは隠微な悪意だったのだと？」

「ご自身で意識はされていなかったでしょう。女性が大学で学び医師となる、それは素晴らしいことだと考え、利発さを見こんだ少女に厳格な教育を課した。将来に期待する女性の社会進出のさきがけとして。自分が老いたときの主治医として。そしてなにより私生児として生まれてきてしまった当の少女のために。

けれどその底に、夫の心を奪った少女の母に対する憎悪はなかったでしょうか。あの方はご自分の容姿は若いときから、決して美しくなかったと考えていたようです。亡き公爵から心ないことばを聞いた、という可能性もありますでしょう。ミス・ペイシーに向かって、おまえは頭はいいが顔は十人並み、と繰り返すたびに、心の内でひそやかに冥《くら》い快感を味わっていたのだとしたら、そこからミス・ペイシーを救い出すにはなまなかな手段では足りない、と私は考えました」

「そう。それがあなたのいっていた、公爵夫人の『美徳の仮面』」

「同意いただけないなら、残念です」

奥様はすぐには答えられなかった。胸の前で腕組みして、しばらく思いに沈んでおられるようだったが、やがてひとつ深い息をついて顔を上げると、

「わかったわ、シレーヌ。裁きの天使のように、正義を掲げて断罪の剣を振るう資格が、わたくしたちにあったとは思わないけれど、どうことばを尽くしてみたところで、ご自分がエディスにしていたことが虐待だったとは、あの方はお認めにならなかったでしょう。仮面にせよヴェールにせよ、本心を自分自身から隠すために使われることは珍しくないわね。それでももう少し穏やかに、エディスの本当の希望をお伝えできたら良かったのだけれど」

「もっと以前にこの件と関われたのでしたら、それも可能だったかも知れません。ですが、エディンバラでのことがございましたから」

「そうだわ。公爵夫人もいわれていたけれど、エディンバラに現れたという分身の正体はなんだったの？　まさか、それもあなたのはずはなし」

「私ではありません。ですが、仮面に顔を隠すことを日常にしている人間は、素顔を晒している者より真似ることがたやすいものです。先代公爵夫人の知人を数時間は騙しおおせる程度なら、私でも可能だったかも知れません」

「そう――」

奥様はあまり驚いてはおられない。

「ご報告が後になってしまいましたが、エディス・ペイシーに、分身の出現を装って夫人を脅かす策を授けたのも同じ人物でした。夫人が整えた遺言書には、自分の死後エディスにかなりの金額の年金が与えられるよう明記されていて、それについてはあの方の公正さを認めたいと思うのですが、その人物はあまり待つことなく遺言が実現されるよう、手を貸してやるとも申し出ていたそうです」

「つまり、公爵夫人の命を縮めてやろうと？」

「ミス・ペイシーは断ったといいます。将来を自分に決めさせて欲しいだけで、育てていただいた恩にも報《むく》いず、ご期待を裏切ることになるのだから遺贈など受ける資格はない。エディンバラでの分身出現も、自分が依頼したわけではなかったと」

「でも分身は顕れた。そして公爵夫人は、これまで以上に大きな衝撃を受けた。その結果急逝でもされたなら」

「当然その人物は、助力の見返りとして金銭的な対価を求めてきたでしょう。エディスが拒否したなら、夫人の死は彼女の図り企《たくら》んだことだと告発する、そう脅迫することも可能です。いえ、すでにそれに近いこともいわれていたらしいのです。ですからその前に、私どもの手で早急に決着をつける必要がありました」

「シレーヌ。あなた、『その人物』に心当たりがあるようね」

「マイ・レディ、そのままおことばを返します」

奥様とミス・シレーヌ、ふたりの視線が宙でぶつかって、ガッ、と白い火花が散るのが見えたようにさえローズは感じる。いつか両手を胸の前で固く握り合わせ、息を詰めている。そしてふたりが口にしている『その人物』というのが、だれを指しているのかわかってしまった気がした。

「あ、あの、その人物って、もしかしたら──」

とうとう我慢できなくなって声を上げてしまったローズに、奥様が立てた人差し指を唇に当てて小さくかぶりを振りながら微笑む。それは口に出さずにおきましょうね、というように。だが、口にはしなくとも忘れることはできない。ミネルヴァ・クラブ。ペンブルック伯爵家の不幸な女性たちに接近して復讐の助力を申し出ながら、伯爵を殺させその財産を奪おうと企んでいた秘密組織。

その首謀者らしいイサドラという長身断髪の女を、ローズも自分の目で見ている。広すぎるお屋敷の二階の、真っ黒な廊下からぬっと現れてこちらを見下ろした、その白い顔はいまでもときどきローズの悪夢に現れる。すべらかな額にすっと通った鼻筋、細い眉。不美人ではないがどこといって特別な特徴の無い、女の顔。でも、あれもまた仮面なのだろう。個々の人間としての性格も見えない、規格品の『メイド』という仮面をつけた女。駅のポーターや伯爵家のメイドに化けて現れたあの女なら、巧みな変装と演技でオーブリー様の知り合いさえ騙すことができただろう。

「あの人、いったい、なにが目的でそんなことをしているんですか？　お金が欲しいんですか。それとも公爵や伯爵のような貴族の人を操る、権力みたいなものを手に入れるためですか？」

「さあ、なんなのかしらね」

奥様は首をかしげて、憂鬱《ゆううつ》そうに微笑まれた。

「彼女、イサドラは最初に会ったとき、『汝の欲するところをなせ』が自分たちの掟《おきて》だといったわ。それは決して快楽万能主義の標語などではなく、人間の自由意志の尊厳を讃《たた》えることばなのだと」

「で、でもっ」

「ええ、わかってる」

奥様は両手で胸を抱えるようにして、書斎の中をゆっくり歩きながらつぶやく。独り言のように。

「でもわたくしたち、彼女がペンブルック伯爵家の女性たちを操って、伯爵を死なせその財産を奪い取ろうと企んでいたのを見てしまったわね。目的がどれほど高邁《こうまい》であっても、やっていたことは悪辣《あくらつ》な詐欺《さぎ》と強盗。目的のためならどんな手段も許される、というのはあり得ない。もしも出発点は善であっても、それはすでに上っ面の仮面に堕している。地獄に魂を売り渡した、つまり悪魔ね」

我知らず、身体がガタガタと震えてきてしまう。そんなふうに自在に姿を変えて、背後からそっと近づいてきて、耳元に恐ろしいことばを吹きこんで誘惑する、悪魔か魔女みたいなものが本当にこの世界に存在するなんて、信じたくない。でも、それはいるのだ。そう思えば怖くてたまらない。

「大丈夫、大丈夫よ、ローズ。怖がらないで」

滑るように近づいてきた奥様が、ローズの肩に腕を回してやさしくささやいた。

「あなたは大丈夫、わたくしたちは大丈夫。なぜかって、不幸ではないからよ。悪魔は、苦しんだり悲しんだり恨んだりひとりぼっちだったりの魂が、なによりの好物なの。そういう魂は飢えていて、水に溺《おぼ》れた人のように、死にものぐるいで助け手を探し求めずにはいられないから、悪魔は甘いことばを聞かせて安心させて、するりと心の隙に入りこんでしまう。ひとたびそれに馴染《なじ》んでしまったら、もう手放せない。

でもわたくしたちはひとりじゃない。辛いことがあったら耳を貸してくれて、手を差し伸べてくれる家族のみんながいつもそこにいる。悪魔に耳を貸すことなんてあり得ないわ。エディスにしても、実の従姉《いとこ》であるミス・ジェックスにもっと早く心を開いていたら、こんなことにはならないで済んだでしょう。でも、遅すぎたわけじゃない。後戻りできないことになる前に、わたくしたちは止められたんですもの。きっとこれからなにもかも、病気が癒《い》えるように良くなっていくわ。ね？」

本当にそうだと思いながら、ローズはこくりとうなずく。奥様がいわれたとおり、オーブリー様は失神しただけで死んだわけじゃない。目を覚ましたらきっとお心もゆるんで、エディスさんの希望にも耳を貸してくれるだろう。大丈夫。そうなったら、いただいた鍵のかかるノートにそのお話を書こう。

（でも奥様、奥様はひとつだけ考え違いをしておられます。あたしが怖いのは、あたし自身が悪魔に誘惑されるかも知れないとか、そんなのじゃないんです。あたしは臆病《おくびょう》だし、特別な欲もないし、毎日奥様にお仕えして、階段を磨いたりお茶を淹れたりで充分すぎるくらい幸せですもの。

あたしが心配なのは奥様、ヴィクトリア様、貴女のことです。イサドラは奥様が欲しいんです。奥様を誘惑して、魂を奪って、自分のところに連れていって、仲間にしてしまいたいんです。あたしはそれが怖い。いつまでも決してそんなことが起きないように、それだけを考えてます――）

そこに、ドアの外で咳払《せきばら》いの音がした。

「なあに？　入ってちょうだい、ミスタ・ディーン」

いつも通り一分の隙も無い黒の礼装姿の執事が、銀の盆を手に書斎に入ってくる。盆の上には小ぶりな訪問カード。

「どなたかしら。今日はだれとも約束はなかったし、時刻もそろそろ四時だわ。不在だとお答えしてもいいと思うのだけれど」

「いいえ、お会いになった方が」

そういったのは訪問カードを一瞥したミス・シレーヌで、ミスタ・ディーンもほとんど同時に、

「マイ・レディ、私もそのように存じます」

奥様は不思議そうな顔になって、銀盆からカードを取り上げた。そこに書かれた花文字の名前を読み取って、人差し指で額を押さえながらため息をついた。

「ああ、なんだかまた厄介ごとが飛びこんできた気がするわ。パリから締め切りのことで文句をいわれる羽目になりそう」

「ですがマイ・レディ、お断りするわけにもいかないのでは？」

「そうね、ミスタ・ディーン。グリーンルームにご案内してちょうだい」

どんな厄介な来訪者なのだろう、と不思議そうな顔になったローズに、

「レディ・ペンブルック、オーガスタ・ヴァイオレット・アン・シーモア。私の夫チャールズ・シーモアの息子、いまはロード・ペンブルックとなったトマス・シーモアの、配偶者よ」

そうしてローズは初めて、その女性の顔を間近く眺めることとなった。といってもお茶を運んだ後は、相手の表情を見た奥様から「下がっていてね」といわれたので、ミス・シレーヌとともに隣室に控えることにする。グリーンルームからは羊歯《しだ》の葉で隠れているが、小さな窓があって話し声はもちろん来客の表情も見通せるのだ。

ペンブルック伯爵の称号についた特許状の特記事項によって、爵位は一昨年亡くなった老侍従武官からその娘婿であるトマス・シーモアに渡った。シーモア子爵はペンブルック伯爵となり、シーモア子爵夫人はペンブルック伯爵夫人となった。先のシーモア子爵夫人の没後、先のシーモア子爵と再婚した奥様には、義理の息子とその妻になる夫妻が、奥様にいい感情を持っていない、もっと露骨にいえば敵意を持っているということは、ローズも耳にしている。一昨年のペンブルック伯爵の別邸での事件については、彼らは関わってはいなかったのだが。

新ペンブルック伯爵夫妻は、その後もなんの動きも見せなかった。それまでは、社交界に一切出入りしない奥様に、嫌がらせのように様々な招待状を送りつけたりしてきたというのに。それがいきなりいまになって、予告もなしに、しかもレディ・ペンブルックひとりが訪れたというのがそもそも普通ではない。しかも彼女は四輪とはいえ辻馬車を使い、侍女も連れずにやってきたのだ。これは伯爵夫人としては、帽子と手袋抜きで外出するというくらい異例の状況だった。

「お礼を、申し上げなくてはと思っておりましたの。この春は、南仏におります母たちを訪ねて、しばらく滞在したものですから、その、そこで貴女のことを、うかがって」

声だけ聞いていても表情や物腰が想像できるような、緊張した口調だった。お茶をお出ししたときに顔は見ている。一目見たときに驚いたのは、その顔立ちやほっそりと小柄な身体つきが、奥様と似ていると思ったからだ。しかし二目見て逆に「似ていない」と思った。奥様と比べるとずいぶん老けている。髪には白髪が目立つし、顔は皺っぽい。なにより表情に精彩がない。いまも隠し窓から覗いていると、向かい合って座ったふたりのレディは、なまじ似ているところがあるだけ無惨なほど違って見える。

「お母様とジェラルディン様は、お元気でいらっしゃいました？」

「ええ。母は元気とはいえませんが落ち着いていましたし、義妹も下の兄がよく見てくれているので、穏やかな日を送れています。――それで」

「はい？」

「義妹からいろいろと、聞きましたの。貴女が母たちのために、してくださったこと。あたくし、なにも知らなくて、いままでお礼も、ご挨拶も、しないままで――」

奥様が「お礼なんて」といいかけるのに押しかぶせるように、

「それにあの、ハイゲートでの恐ろしいこと。貴女を騙して連れ出して、あんな。そして逃げ出してしまった。きっと、お怒りでしょう？」

「まあそんな。もう三年も前のことではありませんの」

「でも、あの館が火事になって、あたくし、後も見ずに逃げ出してしまってそれきりでした。貴女は亡くなっていたかも知れませんのに。そう思うと、恐ろしくて」

「ずっと、気に病んでいらしたの？」

「ええ、それは――」

うつむいてしまったレディ・ペンブルックの手を、奥様がそっと両手で握った。

「オーガスタ、とお呼びしたら、お怒りになる？」

「えっ？　いえ、でも」

「間違いだったらごめんなさい、オーガスタ。以前のことを謝罪してくださるのも、お母様たちの消息を聞かせてくださったのも嬉しく思いますけれど、そのためだけにわざわざお運びになったわけではないわね？　なにか、わたくしに打ち明けてお話しになりたいことがあるのではなくて？　もしもそうでしたら、いいのよ、なにを話してくださっても。上流の方たちとはほとんどおつきあいがありませんもの、なにをうかがっても外に洩らすことはありません。お信じいただけたら嬉しいのだけれど」

「あの、あたくし……」

レディ・ペンブルックはまだ少しためらっていたが、奥様に手を握られたまま、わっと小さな子供のように泣き出した。

「あたくし、あたくし、思っていましたの。あなたは狡《ずる》い、悪い女だって。姑《しゅうとめ》があなたを、夫を奪ったふしだらな娼婦だと繰り返していて、結婚以来姑が亡くなるまで八年間、ずっとそれを聞かされ続けて、頭に刷りこまれてしまったというのはありますけれど、でもそれだけではないんです。夫の、トマスのせい。あたくし、ずっとうちの人が、あなたのことを好きだと思って、それであなたを恨んでいたんですわ」

すすり泣き混じりにそう語り出したレディ・ペンブルックに、奥様は驚いたように目を丸くされている。

「まあとんでもない、オーガスタ。そんなはずがありませんでしょう。彼はお母様と同様、いいえ、お母様以上に、お父上の名を汚したわたくしを憎み嫌っていらしたわ。年に一度くらいは口実をつけて呼び出して、わざわざ嫌みを聞かせるくらい」

「そうですわ。家でも口を開けば貴女のことを、売女《ばいた》だとかあばずれだとか、他人には聞かせられないような罵り方をしていました。──でも、あるときあたくし、気がついてしまいましたの。それは自分の、本当の気持ちに蓋をするためのことばではないのかと。愛の反対語は憎悪ではなく無関心。彼は貴女を憎んでいるつもりかも知れないけれど、妻のあたくしに対しては居間に飾った花瓶《かびん》程度の関心も持っていない。割れたりひびが入ったりしては困るけれど、いつもの場所にあって当然、ありさえすればわざわざ視線を向ける必要もないものだと」

「どうしてそんな誤解をなさるの、オーガスタ。あの方はいつもわたくしにあなたの自慢をしたわ。社交よりも家にいてピアノや刺繍をしているのが好きな、内気な少女のような妻、三人の嫡子を与えてくれた後も変わらず愛らしく純真な、天使というよりフェアリィだと。未婚時代は気ままに世界をほっつき歩き、いまは好き勝手な独り身の暮らしで、子供も産まなかったわたくしへの当てつけよ。それくらい彼はわたくしが嫌いよ」

「わかっています、それは！」

レディ・ペンブルックは、突然激したように叫んだ。

「とても楽しそうに貴女の悪口をいった後、夫は決まっていま貴女がいったようなことばであたくしを誉める。だからあたくしは、夫が嫌う貴女のようにならないために、いつも心がけるしかなかったわ。貞淑な妻、おとなしい妻、少し身体が弱くて外出を好まない。少女のように無垢《むく》で、夫のことばを神のお告げのように聞き、自分の身の回りのこと以外に一切関心を持たない女。本など読まない女。

無論夫の求めを拒むことはせず、今日まで二十四年の結婚生活で男の子三人の他に女の子ふたりが育ったわ。もうふたりは生まれても一歳になる前に死んだし、流産したこともあるけれど、あたくしはいつも夫に忠実だった。そうしていまではすっかり老けてしまって、髪も白髪だらけで顔には皺も増えて、なのに貴女はあたくしよりひとつ歳下なだけなのに、そんなにきれいで若々しい。不公平じゃない。やっぱり貴女は狡いわ！」

ずいぶん無茶なことをいう、とローズは呆れずにはいられない。トマス・シーモアが実は奥様への好意を隠し持っていたとしても、それは彼の勝手で一方的な感情に過ぎないだろう。夫妻の夫婦関係は、奥様にはなんの責任もないではないか。ましてや妊娠を重ねて自分の容色が衰えたことなど、八つ当たりもはなはだしい。レディらしい慎みも忘れるくらい、取り乱しているのだとしてもだ。

そして奥様は、怒りの色も見せずに相手の理不尽な非難を聞いていたが、

「オーガスタ、ロード・ペンブルックが浮気をしているということ?」

ビクッと、レディ・ペンブルックは椅子の上で身を震わせた。

「どっ、どうして、おわかりになるの。貴女は人の心を読めるのッ?」

「いいえ、ただそう思っただけ。でもオーガスタ、浮気相手はわたくしではなくてよ。もちろんそれはご承知ね。あなたは貞淑で忠実な妻だけれど、決して彼が信ずるような無邪気な少女でも、浮き世離れした妖精でもない。ものを合理的に考え計画する頭脳と、実行力をお持ちですもの」

レディ・ペンブルックは苦笑した。

「そうありたいと思います。でもいまはどうすればいいかわからなくて、貴女に会って心の内をさらけ出す以外、なにも思いつかなかったんです。貴女なら、あたくしのためになにか、有益な助言をしてくれるのではって。虫がいい頼みですけれど」

「つまりオーガスタ、相手の女性の目星はついているのね」

「ええ。貴女もお聞き及びではないかしら。それはいまロンドンで話題になっている、パリから来た踊り子、『サロメ』と呼ばれている女です」

ローズは思わず「あっ」といいそうになって、危うく自分の手で口を塞《ふさ》ぐ。その踊り子のことは、モーリスが持ってきたあんまり品の良くない絵入り新聞で読んだ覚えがあったのだ。だが奥様はちょっと不思議そうな顔で、小首を傾げていわれる。

「サロメ？　ムッシュ・モローが描いた『踊るサロメ《サロメ・ダンサン》』や『出　現《ラパリスィヨン》』は以前にパリで見たし、なにかと話題の文筆家オスカー・ワイルドが、その絵に触発されて、サロメを題材に刺激的な一幕物の戯曲を書くらしい、というのは風の噂に聞いたけれど」

「まあ、本当にご存じないんですの？」

レディ・ペンブルックは、ひどく不当なことをいわれたとでもいうように、目を大きく見張って声高く聞き返す。だがふいに、自分の声の大きさ、はしたなさを意識したように顔を赤らめると、

「あの、あたくしだって大したことを知っているわけではありませんの、本当に。ただ、トマスがそのサロメを連れて、劇場やレストランに出入りしているのを見て、そんなことをわざわざ耳に入れに来てくれる人がいるんです」

「ずいぶんとお節介《せっかい》だこと」

奥様は不快げに眉をひそめる。

「そういう、人の家庭に騒ぎを起こして楽しむたぐいの人間のいうことは、あまりまともに聞かない方がよくってよ」

「あたくしも、そうは思いました。別に、好きで耳を貸したつもりもありません。でも、それがひとりやふたりではないのですもの。あまり親しくもしていない方と、訪問先の応接間で同席してしまったら、さも同情しているように、『あなたも大変ね』とささやかれたり、晩餐会の席で年配の紳士から『ご夫君もいくらかさばけてきたようだが、奥方としては羽目を外しすぎぬよう目配りを忘れなさんな』と親切ごかしに忠告されたり、なんだかロンドン中で噂になっているようで」

「大げさに考えすぎてはいけないわ。率直に尋ねてみられたら？　人に頼まれてエスコート役を引き受けたとか、悪友と賭《か》けをしたとか、なんでもないことかも知れなくてよ」

「尋ねましたわ。でもトマスはどう尋ねてみても、話を逸らすか、腹立たしそうに横を向くだけ。そして、あたくしの父の爵位を継いだこともあって、当面忙しいなんていいながら、場末のミュージック・ホールなどにまで足を運んでいるらしいんです。サロメが出演するから」

「話題になっているというなら、踊りの名手ではあるのでしょう。彼女のダンスのファンになった、とか？」

「でもトマスは、そういうタイプではありませんわ。以前から本当に、音楽にも演劇にもまったく興味がなくて、およそ面白みのない堅物で通っていましたもの」

隣室で耳を澄ましながら、そういうお堅い人ほど、なにかの拍子《ひょうし》で足を踏み外したら落ちる穴は深いんじゃないかな、などとローズは思ってしまったが、

「あたくしが怒っていい募《つの》ると、踊り子のサロメなんて、名前を聞いたこともないとトマスはいいました。つまらぬ噂話に浮き足だって、夫のことばを信じられないのは妻として失格だと。自分は実際いま大変に忙しい。機密でありおまえにも説明するわけにはいかないが、国家の重大任務なのだと。でも、あたくし彼の書斎のデスクに、これを見つけてしまいましたの」

夫人は手にしていた手提げから、小さな手札大の写真を出してテーブルに置く。白の仔《こ》山羊革《やぎがわ》の手袋に包まれた指先が、痙攣するように小刻みに震えている。

「わたくしが見てもよろしいの?」

「どうぞご覧になって。トマスの嘘の証拠、踊り子のサイン入りの写真ですわ」

「まあ。そんなものが」

レディ・ペンブルックは写真と一緒に、手提げからレエスの縁取りで飾られた小さなハンカチーフを取り出していた。だが彼女はそれで涙を拭うのではなく、いまにも引き裂きそうな勢いで揉《も》みしだきながら叫んだ。

「踊り子と遊ぶことが国家の重大任務だなんて、いくらあたくしがなにも知らない小娘のような女だったとしても、あまりにも、あまりにも馬鹿にしているとは思われません？　もうこれ以上、トマスとの結婚など続けられません。でもあたくしに帰る実家はないんです。これからどうしたらいいんでしょう。いっそ死んでしまいたい！」

「可哀想《かわいそう》に、オーガスタ――」

奥様は両腕を広げ、レディ・ペンブルックをそっと抱き寄せた。

「聞かせて。あなたの望みはなに？　トマスと離婚すること？」

「い、いいえ。もしも、望んで叶うなら」

「ええ、叶うなら？」

「元どおりに、あの人が戻ってくれたら……」

「彼があなたを裏切っていたのでも、赦せて？」

「それは、たぶん――」

「わかったわ。わたくしがきっと、あなたのトマスをあなたの元に返してあげる」

「本当に？」

レディ・ペンブルックは、泣き腫らした目を見開いて呆《ほう》けたように聞き返す。

「そんなことが、おできになるの？……」

「ええ、約束するわ。だからそんなに泣かないで。大丈夫だから」

# 第六章

# 生首を抱《いだ》くサロメ

レディ・ペンブルックの唐突な訪問があった晩、チーム・ヴィクトリアは今度は一階の正餐室《せいさんしつ》で顔を揃えている。今夜は料理人のリェンさんも含め、それに加えてピンカートン探偵社ロンドン支部のウィリアム・エドワーズ、通称早耳ビルまでが、だれよりも大きな顔で椅子にふんぞり返っていた。ベッツィに「へーえ。よっぽど暇なんだねえ」と嫌みをいわれても一向に応《こた》えた様子もなく、

「なんだかここのところ、あんたらがまた面白そうなことをやってるらしいんでな、俺もひとつ交ぜてもらおうかなって」

「歓迎するわ、探偵さん。早速あなたの顔と知識の広いところを役立ててちょうだい。それだけでなくいざ本番となったら、せいぜい働いてもらうことになるわよ」

「望むところでさ」

「だったらまずはあなたたちみんなに、この写真を見てもらうとしましょう。わたくしはうかつにも全然知らなかったんだけれど、いまロンドンでずいぶんと評判の有名人だそうなのね、この『サロメ』というひとは」

そういって奥様は手元の封筒から、一枚の写真を取り出してテーブルに置く。そこには襞を寄せた薄物を身に纏って、波打つ黒髪を背に垂らし、身をくねらせポーズを取る、踊り子らしい人の姿が写っていた。

今世紀の前半に発明された写真の技術は、その後年々進歩を重ね、それにつれて写真を撮る、撮られるということが、一般庶民にも手の届く楽しみごととなった。ミスタ・マンクとセアラ姉が結婚してオーストラリアに渡る前に、家族みんなで記念の写真を撮った。アーサー兄がドリスと結婚したときは披露パーティに写真家を呼んで、派手に着飾ったドリスを中心に、ずいぶんたくさん撮ったはずだ。

そうして写した写真は、原版が保存してあれば複製も作れる。印画紙をちょうどトランプくらいのサイズの厚紙に貼り付けたものは、カルト・ド・ヴィジットと呼ばれ、アルバムに貼り付けて居間に備え、来客に見せたりする。そこには交換した知人の写真や、女王陛下以下の高貴な方々、自分が興味を持った著名人などの写真も貼り付けられ、中にはコレクションの対象になって高値で取り引きされるものもある。人気の俳優や芸人なら宣伝として、名前入りの台紙に貼った写真にサインを入れて配ったりもするらしい。

「つまり、個人的な贈り物とは限らないということですかな?」

「ええ、ミスタ・ディーン」

「しかしこれには、サインは入っていないようですが」

「レディ・ペンブルックが持ってきたものは、元どおり書斎のデスクに返しておくようにといったわ。なくなったらトマスが気づくでしょう。これはさっきモーリスに手に入れてきてもらったもの。すぐそこの、チェルシー河岸の写真館で売られているそうよ」

「女もやっぱり肌には、自分と同じように色がついてる方がいいのかいなんて、写真館の小僧め、薄笑いしやがって。余計なお世話だってえの」

「確かにこの写真、化粧のためかも知れないけれど、アラビアの人のように見えるわね」

「エジプト人だとかインド人だとか、でも化粧だけで中身は白人だと思うな」

「まあ、ベッツィもちゃんと知っているのね」

「そりゃそうだよ、マァム。ローズだって知ってるくらいだもんね」

「あたしは、モーリスが持ってた絵入り新聞の記事を読んだだけだから」

「話題に上ったのはこの春先からだと思います。初めはテムズ南岸のランベスにあるミュージック・ホールで、かなりきわどい踊りを披露して人気を集めていたのですが、その後しばらくの間姿を消していたかと思うと、今度は画家のモデルとして詩人や芸術家たちのサークルに出入りするようになった。異国趣味の主題には合うということで、ミスタ・アルマ＝タデマやサー・レイトンも彼女を描きたがっているとか。そしてこの秋には、本当かどうかわかりませんが、コヴェント・ガーデンの大劇場の舞台に立つことが決まっているといいます」

「まあシレーヌ、それはずいぶんと大した出世ね」

「はい。それも不自然なほど、早いように感じられます」

話の合間にも問題の『サロメ』の写真が手から手へと閲覧《えつらん》されている。レディ・ペンブルックが夫の書斎で見つけたのと、写真としては同じものだという。全身は薄物の襞の中にすっぽりと覆われ、画面にほとんど背を向けて、顔だけがこちらを振り返っている。現れているのはその斜めになった顔と首筋、背に垂れる艶《あで》やかな黒髪、そして床を踏みしめた左足の爪先ばかりだ。

いや、もうひとつ。彼女はその腰のあたりに、布で覆われた手で男の生首らしきものを持ち、画面の方に向けていた。それは写真で見ても、紙か木か石膏《せっこう》で作った芝居の小道具のようなものだったが、それがサロメのしるし、斬《き》られた聖ヨハネの首ということなのだろう。格別みだらな、性的な姿勢を見せているわけではない。だが一目見てローズは、なんともいいようのない、落ち着かない気持ちを覚えていた。

纏った布は薄く、その下のポーズははっきりわかる。脚を左右に広げ、大きく腰をひねり、その腰骨あたりに生首を持って、身体を蛇のようにくねらせる若い女だ。黒々と化粧で縁取られた目は大きく見開いて、写真を手にした者を見返し、大きめの唇には誘うような、同時に嘲《あざけ》り拒むような笑みを浮かべている。

「なんかこの写真って、やらしー」

ベッツィが顔をしかめ、鼻面に皺を寄せた。

「絵入り新聞の挿絵で見たより、ずうっと生々しくて感じ悪い。こんなのがいまのロンドンの流行り物なの？　アタシにはわかんない！」

「女性向けじゃないってことだろ？　だけど色っぽいのは確かだ」

「モーリスッ」

「怒るなよ、ベッツィ。商売女が客に媚《こ》びを売るのは当たり前だろ。なあ、ビル？」

「まあ、そうだな。俺の好みじゃないが」

ビルは写真を一瞥してテーブルに戻した。

「しかしロード・ペンブルックの奥方は、この踊り子が夫と浮気をしていると疑って、我らがレディ・ヴィクトリアに泣きついてきた、と」

「そういうことなの」

「で、マイ・レディはどうお考えになる」

「あなたの意見を聞かせて欲しいわ」

「だったら率直に、結論からいっちまいますが、浮気の線はないと思いますね。ロード・ペンブルックは断れない筋から頼まれて、心ならずも踊り子と付き合うような真似をさせられている。無論奥方への口止めも含めて」

「探偵さんがそう考える、根拠は？」

「実をいうと俺は、マイ・レディにも関わりがあるっていうんで、トマス・シーモア子爵、現ペンブルック伯爵については常に動向をチェックしてきていました。その観察によるならあの男は博物館級の堅物ですな。変人の趣味人で、遊び人といわれた父子爵の轍《てつ》は死んでも踏むまいと、それが人生の掟《おきて》になっているんでしょう。結婚以来いまにいたるまで、浮いた噂ひとつない。そんな鉄の男が皮肉にも、ペンブルック伯爵の爵位を継ぐことになった。ところが奥方の父親である先代が、自分の妻と養女にどんな仕打ちをしてきたかというのは、外には出なかったものの、女王陛下のお耳にまで達してしまったという。三十年近く前に逝った夫のためにいまも喪服を脱がぬ、夫婦の絆《きずな》については極めて潔癖な陛下のことだ。侍従武官として長らく忠実に務めてきたお気に入りの側近が、晩節を汚したというか醜い馬脚を露《あら》わして逝った。最悪の不忠者よというわけで、いまやペンブルックという名を聞いただけで眉間に黒雲が湧く始末だという。

気の毒なのは血の繋がらぬ、舅《しゅうと》の悪徳を知る由もなかった娘婿のトマス・シーモアで、新伯爵に対するお覚えは麗しいの正反対。だったらいっそここは、有能な家令のおかげで豊かに経営されている領地に籠もり、時が経つのを待つというのもありだろうに、彼はやはり宮廷でそれなりに認められたい野心があると見える」

「どうしてそこまでのことがおわかりになる？　伯爵の口から存念を聞かされたわけでもありますまい」

ミスタ・ディーンの問いは当然だったが、ビルはケロリと答える。

「そりゃ推測だ。しかし当たっているはずさ」

「推測で結構。続けてちょうだい」

「合点で、マイ・レディ。じゃ、いいかねご一同。俺が考えるに、ロード・ペンブルックはそんなわけで、陛下のご機嫌があと一歩傾いたら奈落《ならく》へ落ちようっていう崖《がけ》っぷちにいて、自分にとって有り難くもない頼まれごとであっても、それが宮廷のかしこき筋から出ているとなれば断るわけにはいかない。いくら奥方に誤解されようと、なにも打ち明けられないいんじゃないかな」

「だけどさ、だれか知らないけど、ペンブルック伯爵に踊り子とデートしろなんて命令するもの？　なんのためにそんなことするの？」

ベッツィが口を尖らせたが、

「サロメは、どっかの国から遣わされた女スパイなんじゃないかね」

そのことばに「えーっ、スパイ？」とモーリスも揃って目をまん丸くした。

「スパイだとしたらどこのさ？」

「わからん」

あっさりかぶりを振られて、

「なによ、それはー」

「それじゃあ、なにもいってないのと同じだよ」

ベッツィとモーリスがまた声を揃える。

「フランスか、ドイツか、いっそロシアとか。インドの独立派、なんてのはどうだい？」

「ないない。だいたいスパイって、目立たないようにするもんじゃない？」

「ここそこ隠れなくたって、踊り子の評判や化粧が闇の代わりに人目をごまかす煙幕じゃないか。だれもそんなことは想像もしない」

「そりゃ想像しないけどさ、ちょっと馬鹿馬鹿しいよ」

「無理をいうなよ。俺は占い師じゃない。ロード・ペンブルックについては前から気をつけて観察していたし、売り出し中の異国の踊り子も名前くらいは知っていたが、そいつが結びつくって聞いたのはついさっき、ここに来てからだぜ。もちろんご依頼とあれば、これから踊り子の正体を探るってことでもかまわないが」

「そうね。どういう手順で物事を進めるかはまだ決められないけれど、少なくともトマス・シーモアが個人的な理由で、サロメ嬢と付き合っているわけではないという点に関しては、わたくしも探偵さんと同感なの」

奥様がそういわれたので、ビルは目を輝かせて椅子の上で背筋を伸ばした。

「おっ、本当ですか。そりゃ嬉しい。百万の味方を得た気分だ」

「別に嬉しがらせをいっているわけではなくてよ」

「いやいやいや、俺が勝手に喜びます」

「はいはい」

そうして奥様はビルと、残る使用人たちを順に、等分に見やりながらことばを続ける。

「探偵さんの分析どおり、トマス・シーモアという人は、紳士同士のつきあいなら一応しても、女性を含めた社交は苦手。他人に誤解されかねない場所には、絶対足を踏み入れようとしない。踊り子と浮気するなんてとんでもなく不自然。けれどももちろん彼にも問題はあって、夫人に対してまったくことばが足りない。態度も足りないのね。愛しているなんて、口に出す必要も行動で示すことも要らないと思いこんでいる。

夫人が自分を信じずに、浮気を疑っているなどと知ったなら、さぞかし傷ついて嘆き悲しんで、けれど自分の態度を改めるよりも、ありそうなことはますます頑《かたく》なになって傷を広げるだけでしょうね。だからそうならないように、上手にすれ違いを解きほぐして心が通じるようにしてあげられれば問題は解決する、と思ったから、レディ・ペンブルックにも大丈夫と請け合ったのだけれど」

「ということは、やはりロード・ペンブルックは一種の『任務』として、踊り子嬢とこれ見よがしな交際をしてみせている、とお考えなわけですな？　しかもそれには伯爵の将来がかかっている。少なくとも彼はそのように信じている」

ミスタ・ディーンの問いにひとつうなずいて、

「ええ、わたくしはそう考えます」

「どこからの命令とお考えで?」

「推測するなら女王陛下のお近くから、ではないかしら。例えば陛下の侍医長のドクター・ウィリアム・ジェンナーとは、亡くなった彼の母上、チャールズ・シーモア子爵夫人を通じて、彼が幼い頃から見知りだったと聞いているから、あの方からなにか依頼されたなら、どれほど不本意でも受けざるを得ないわね」

「ということは、女王陛下じきじきの指示ということでしょうか」

ミス・シレーヌのことばにローズは思わず「ええっ?」と大声を出してしまい、その場の視線を集めてしまって真っ赤になる。でも、いまこのとき女王陛下が生きて現実に存在していることは知っていても、ローズからすれば同じ人間だという気がしない。去年、即位五十年記念祭《ゴールデン・ジュビリー》のパレードは見物に行ったけれど、護衛兵の銃剣の列の間から、無蓋馬車の上のでっぷり太った半喪服の老女がちらっと見えただけだった。そんな雲の上から、ああしろこうしろなんて命令が下りてくること自体、夢物語だとしか思えない。

「あたし、女王様って、大臣が持ってくる書類に署名したり、議会でスピーチをしたり、後はパレードとかそういうことだけするものだって思ってました」

「そりゃ違うぜ、ローズ。『不思議の国のアリス』のハートの女王みたいに、首を刎《は》ねろ! とはおっしゃらないとしてもな」

ビルが皮肉な口を挟む。

「ヴィクトリア女王の意志は常に明確で、指さす方向は一貫してる。大英帝国が輝かしく偉大な存在として、世界の頂点に君臨し続けることだ。そのためには眠れる獅子を足下に踏みにじり、インドを我がものとし、抵抗するアイルランドは断固として押さえつける。アロー戦争やインド大反乱の鎮圧は無論のこと、アイルランドに自治を許す法案を通そうとしたグラッドストン首相を、自由党を分裂させて辞任に追いこんだのはつい一昨年《おととし》のことじゃないか。あの寡婦の白いヴェールの中にまで、民草の怨嗟《えんさ》の声は届いていないんだろうがな」

一瞬、冷ややかな空気がその場を流れたと感じたのは、ローズの錯覚だったろうか。

「話が拡散しすぎましたね」

ミス・シレーヌがだれへともなく静かなことばを返し、奥様がうなずく。

「とにかく、陛下のご意志という可能性はあると思うのよ」

「サロメ嬢の正体をあばくことが、いよいよ必要になってきましたな」

「国家的な問題だっていうなら、やっぱりスパイの線だろう」

「それなら命令の出所は、保守党のソールズベリ首相方面じゃ?」

「陛下は我が子我が孫がヨーロッパ中の王家と結婚しているから、家庭問題は国際問題だ。スパイ探索についても、侍医長経由で命令が下りてくる可能性はあるさ」

どうやらミスタ・ディーン、ビル、モーリスたちは、ローズのように驚いたり戸惑ったりはしないらしい。だがそこでいままで一言も話さないままだったリェンさんが、「奥様」と遠慮がちな声を上げた。

「ひとつだけ、この写真を見ていて気がついたことがあります」

彼の手にはあの、サロメの手札写真がある。

「この写真に写っている踊り子は、女性ではない、若い男性ではないでしょうか」

いくつもの口が「ええっ？」と驚きの声を上げた。そしてベッツィが、

「どうしてわかるの？　顔の他に見えてるところったら、左足の爪先だけじゃない」

「布越しに、身体の線と凹凸は見て取れます」

「うん。それはそうだけど、後ろ姿だよ？」

「男と女、骨盤の形が違います。後ろ向きの方がはっきりします」

ミス・シレーヌが立ち上がっていって、リェンさんの手から写真を取り上げた。ランプの側《そば》に寄ってためつすがめつして、「本当に」とつぶやいた。

「迂闊《うかつ》でした。先入観に囚《とら》われて見落としていました。確かにこれは男性です」

「でもさ、サロメの踊りってすごくきわどいんでしょう？　もっと身体見えるわけなんでしょ？　男なのに女だと思わせてばれなかった、なんてあり？」

ローズの胸に浮かんだ疑問を、また先にベッツィがことばにしてくれた、

「いや、考えてみりゃそれもありだわ」

ビルが大きくうなずいてみせる。

「探偵さんは、サロメの踊りを見ているのね？」

「流行りものはなんでも、取り敢えず目に入れとく方針ですんでね。すでに結構な評判になっていたから、観客が押し寄せててかぶりつきでとはいきませんでしたが、見ましたよ。エジプトにゃあ『蜜蜂の踊り』って、服の中に蜂が飛びこんだんで、女があわてて蜂を追い出そうとして、身につけてる服やらヴェールやらを脱いでいくってぇ趣向の踊りがあるんだが、それとちょっと似ていたな」

「えー、なによそれ！」

「なによそれったって、そういうのがあるんだよ。サロメの踊りも怪しげな東洋風の音楽を流して、薄物をひらひら何枚も脱いでみせるんだが、考えてみると観客の目に触れるのは最後まで、肩から腕、脚もせいぜいが膝までくらいなんだ。それでもこういうクルクル、くねくね、としたポーズや目つきがやたら色っぽくて、挑発的っていうかな。目が惹きつけられていって、いよいよっというところでパッ、と照明が落ちる。だから手足がごつくなっていない、若い男が毛を剃《そ》って化粧したら、充分行けるぜ。こりゃまいった」

ベッツィは写真を手にしてムーッとそれを睨んでいたが、

「それじゃ少なくとも、ペンブルック伯爵の浮気だけはあり得ないわけじゃん」

「あ、そうだよね」

とローズもうなずいたが、

「そうともいえない」

というモーリスに、ふたりは揃って目を見張る。

「どういうこと？」

「同性愛、男が男を愛するってのもあるだろ。ただ、いまの英国では紳士が十六歳の女の子に金を払ってそういうことをしても罪にはならないが、同じ年齢の男の子と同じようなことをすると逮捕されて、裁判で有罪となれば強制労働つき懲役二年の刑になるんだ。そうだろ、ビル？」

「一八八五年の刑法改正だな。それでもロンドンのあちこちには、男娼館《だんしょうかん》もありゃ同好の士の集うカフェもあるぜ」

「えー。ビル、モーリス、まさかそんなとこ行ったことあるの？」

「なんだよ、ベッツィ。興味あんのか？」

「はい、そこまで。話を脱線させないでね、あなたたち」

奥様が微笑みながら片手を上げる。

「でもサロメ嬢が実は男だったとなると、少し事態の見立てが変わってくるわね。そうではなくて、シレーヌ？」

「あるいは、焦点が定まってきたといえるかも知れません」

ビルが身を乗り出す。ローズを含め他の者たちも、思わずミス・シレーヌの顔に注目している。

「ということは？」

「その一、ロード・ペンブルックが巷で話題の、素性のわからない踊り子と親しげなところを人目に晒している。その二、ロード・ペンブルックはかしこきあたりから命ぜられてそれをしていると考えられる。その三、踊り子サロメ嬢は、一般には知られていないが男性である」

ミス・シレーヌが胸の前に、手のひらをこちらに向けて上げた白い右手の指が、その一、その二、その三といいながら折られていく。

「この三点から導かれる結論は、かなり限られているといっていいのでは」

「つまり――」

モーリスが目を見開き、

「ああ。つまり――」

ビルが口を曲げてニヤリと笑い、

「そうね、たぶん……」

奥様が眉をひそめながらつぶやいたときだった。

「お待ちください。呼び鈴が鳴っています」

耳聡《みみざと》いミスタ・ディーンが、そういって立ち上がる。

「まさか、ロード・ペンブルックが登場とか？」

ベッツィは無論冗談のつもりでいったのだろう。

「やだ。夜のこんな時間に訪問ってあり得ないでしょ？」

「だからさあ、奥方がマァムに打ち明けたのに気がついて、大変だって血相変えて」

「脅かさないでよ」

ロード・ペンブルックってローズは見たことはなくて、奥様は「死んだチャールズと似ている」といっていたけど、寝室の写真立てのチャールズ・シーモア様は優しそうだが、息子は話を聞く限りなんとなく怖い。それに礼儀を無視した夜の訪問というだけで、相手がだれにせよいいことではない気がしてしまう。

この家のドアはどれも厚くて、声はほとんど洩れないようになっているから、玄関ホールでどんなやりとりがあったかはわからなかったけれど、戻ってきたミスタ・ディーンの表情は緊張に強張っているように見えた。

「マイ・レディ」

「どなただったの？」

「ロード・ペンブルックでございました」

うそっ、とベッツィがつぶやく。

「火急の用向きにつき、不作法は曲げてお許しいただきたいとのおことばで、お伺いを立てずに第二応接室にお通しいたしました」

「それで結構よ。すぐ行くわ。夜にふさわしい服装ではないといっても、幸いティ・ガウンといって通る程度だし、髪も解いてはいなかったから。でも、あなたたちお願いね」

ローズは奥様の後を、ブランデーのデカンタとグラスを載せた銀盆を手にして、応接室に入っていった。奥様の最愛の方、亡きチャールズ・シーモア子爵の嫡男は、応接室のソファで、いかにもいらいらと落ち着かなげに脚を組み替えたり、手にしたままのステッキを動かしたりしていた。癖の強いダーク・ブロンドの髪に、それより濃い色の口髭《くちひげ》。目は青。なるほど、顔は写真で見たシーモア子爵とよく似ている。だが、

「お待たせして」

そういった奥様をジロリと一瞥した表情には、礼儀もなければ敬意もない。ローズがテーブルに盆を置こうとすると、吐き捨てる口調で、

「人払いを」

という。思わずビクッとして、グラスがカチャカチャ音を立ててしまった。こんな人とふたりだけにして、大丈夫かしら。奥様が目顔で「いいから」といわれたので、応接室を出てドアを閉めてから、べーッと舌を出してやった。

隣の隠し部屋にはほとんど全員が入っていて、ぎゅうぎゅう詰めだったけれど、遠慮している場合ではない。とはいっても、たったいま見てきて思ったことも口には出せず、覗き穴の周りでじっと物音も立てないようにしているしかないのだが。

火急の用向きだといったわりには、ロード・ペンブルックはすぐにはその用件を切り出さなかった。もじもじしているというほどでもないが、どう口火を切ればいいのか迷っているふうに、膝の間でステッキの象牙の握りを揺らしていたが、

「貴女は、若手の画家たちとつきあいがおありだと聞く。まだ芽の出ない卵のような連中を、援助したりというような」

「ええ。そういうこともありますわ」

「実は画家を捜している。名はまだ知られていないが、腕はある描き手だ」

「描いて欲しいということかしら」

「まあ、そうだ」

「どんなタイプの絵を？」

「異国趣味の、古代風な主題が得意な画家がいいんだが」

「アルマ゠タデマかウォーターハウスのような？」

「いや、そこまで名が知られていない者で」

「画題は古代というと、ギリシャ神話か、聖書とか？」

「ああ、そうだ」

「画風はラファエル前派よりは唯美主義、あるいは象徴主義。フランスなら、ギュスターヴ・モロー」

「いや。私は絵には暗いので、よくわからないのだが——」

「サロメ」

「なッ——」

ロード・ペンブルックは、危うくソファから腰を浮かしかけたが、奥様は少女のように邪気のない笑みを見せながら続ける。

「ご存じない？ 洗礼者聖ヨハネの首を斬らせた毒婦ヘロデヤの娘サロメ。マタイ福音書に書かれていますわ。モローが描いた一連の作品が、とても印象的でよく知られていて、けれど英国でこのモチーフを描いている画家は、まだおりませんでしょう」

「あ、ああ。そうなのか。描かれていないのか」

「でも踊り子のサロメ嬢は、彼女を描きたいという著名画家の方が、列を作っているとか聞きました」

口が大きく開いた。目が引き剝かれた。しかしそれを危うくこらえて、ロード・ペンブルックは膝の上で手を握りしめる。

「踊り子サロメ。貴女もその名前は知っているわけだな」

「名前だけですわ。でもずいぶんな人気で、下町のミュージック・ホールからコヴェント・ガーデンの劇場に出演するのだとか？」

いかにも呑気《のんき》な世間話風の口調に、いくらか緊張が解けてきたようだ。

「貴女が、それほどの世情通とは思わなかった」

「尼寺に暮らしているわけではありませんもの、わたくしのささやかな巣の中にも浮き世の風は吹きこみますわ。貴男様《あなた》も、わたくしがこう申し上げてもお怒りにならないでいただきたいのですが、いろいろご苦労がおありのようですわね」

ロード・ペンブルックの表情がまた硬くなった。じっと真正面から奥様の顔を凝視している。どこまで知られているのだろう。よもや、自分と踊り子の交際までは聞きつけていないだろうな。だが、もしかしたらあり得る？　いや、まさか。そんな思いが彼の脳裏を慌ただしく飛《と》び交《か》うのが、目に見えるようだ。隠し部屋で耳を澄ましているローズの隣で、ベッツィが声を出さずにニヤニヤ笑い、ついにこらえきれぬように「うくく」と小さく声を洩らす。その瞬間ミス・シレーヌの氷の一瞥を浴びて、両手で口を塞いでいたが。

「――レディ・ヴィクトリア、貴女は秘密が守れるだろうか」

ようやく聞こえてきた声は、押し殺したようにひどく低かった。

「わたくしにも、口に出していいことと悪いことの区別くらいはつくつもりでおりますわ。紳士方のお目には、理知乏しく創造性を欠いた劣れる性の女であっても」

奥様の答えは明らかに皮肉だったが、そんなことに気づく余裕もないのか、ロード・ペンブルックは真顔で首を振る。

「いいや。貴女が極めて賢明な、男に勝る知性と、それに加えて実行力の持ち主だということは、私はすでに承知している。だがどうか、気持ちを静めて聞いていただきたい。これは国家の重大事なのだ。私はいまそのために尽力している。しかし悲しいかな、私ひとりでは力及ばぬことがある」

「わたくしに、そのお手伝いができると？」

「できると思う。貴女は社交界から身を退いた気楽な未亡人ではない。貴女がサー・ミットフォードが関わった日本芸人殺害事件や、私の妻の実家で起きた忌まわしい出来事の解決に一役買われたのは承知している。その手腕を貸して欲しい。ただ――」

「ただ、なんですの？」

「気がかりなのは、あなたが手足と使うだろう者たちのことだ。この微妙な問題に、彼らをどこまで関与させてよいものか。そこで思い迷わずにはいられないのだが」

奥様は、まあ、と大きく目を見開いた。

「それがわたくしのために力を貸してくれる、我が家の執事や侍女、メイドたちのことでしたら、はっきり申し上げておきますが、わたくしはなにも隠すつもりはありません。すべて彼らに話します。これから貴男が聞かせてくださることも」

「それは困る。とんでもない話だ」

奥様はすかさず立ち上がった。腕を伸ばしてドアを示しながら、

「ではお話はここまでですわ、ロード・ペンブルック。画家捜しならアカデミー会長のサー・レイトンをお訪ねになればいい。わたくしの口利きなど不要でしてよ」

ロード・ペンブルックは呆然としていた。自分の依頼が正面から、考慮の余地なく拒否されたことがようやくわかってきて、

「待ってくれ。それは、私の一存では決められない。妻にもなにひとついってはならないと、箝口令《かんこうれい》を敷かれているのだから」

「それならばどうぞ、決定権をお持ちの方のところへ相談にいらして、その上で戻ってこられるなりなんなりなさってくださいませ」

ロード・ペンブルックは、奥様にほんのわずかの妥協の余地もないと知らされて、気の毒に、困惑しきってうなだれている。すると奥様はふっと表情を緩めて、

「では、貴男がうっかりお悩みを洩らしてしまった、それを聞いてわたくしが勝手にお助けすることにしたが、貴男はなにもご存じない、ということにしたらいかが?」

驚いたのは壁一枚隔てた隠し部屋のローズたちだった。それでは奥様はなんの保障もないまま、ロード・ペンブルックいうところの『国家の重大任務』に尽力させられることになる。とはいっても、抗議の声を上げるわけにはいかないのだが。

「貴女はわかっていないのだ。これがどれだけ危機的な状況なのか……」

ロード・ペンブルックの情けない弱音に、奥様のきっぱりとした答えがかぶさる。

「それでも推測は可能ですわ。外れていたらどうぞ遠慮なくお笑いになって。わたくしの考えるところサロメ嬢は憎むべき恐喝者。どなたかの弱みを摑んで、大きな要求を突きつけている。到底受け入れがたいなにか。無論金銭ではない。貴男の任務は『それ』を、サロメ嬢から対価抜きで奪い取ること。画家について口にされたということは、捜し物は絵かしら。公表されては困る絵。その絵にはなにが描かれていると？」

「踊り子サロメの手札型写真が売られているのを、貴女は知っているかね」

やっと観念したように、ロード・ペンブルックは語り出す。

「写真館で、とはいっても店頭に飾られてはいない。声をかけられた店主がげすな薄笑いを洩らしながら、カウンターの下から取り出して売りつけるたぐいのものだ。薄物を纏って髪を振り乱した女が、男の生首を持って踊っている」

「洗礼者聖ヨハネの首を斬らせたサロメ、踊り子嬢の舞台姿なのでしょう？」

「そうだ。舞台ではハリボテの首を持って踊るそうだが、その絵では、首はだれが見ても一目でそれと知れる人物の顔になっている。それも、なんというか」

彼はそこでことばに詰まり、顔を赤らめ目を伏せながら、ようやく続けた。

「その、人目に晒すわけにはいかない表情の」

「貴男はその絵をご覧になった？」

「見てはいない。だが、送られてきた写真を見た」

いかにも嫌そうに、眉を寄せている。

「人目に晒すわけにはいかない表情をした、頭部のみの写真だ」

それってつまりどんな顔だろうと、ローズは首をひねったが、ビルやモーリスは「ハハーン」といいたげな表情。ベッツィまでわかっているみたい。なんだか悔《くや》しい。

「相手の要求を拒んだなら、踊るサロメの胸にその顔をした首が抱えられた絵が公開されることになる」

「いつ、どこで」

「場所はわからない。ロンドンの中というだけで。しかし、日は七月の三十一日」

それならあともう一週間しかない。焦っても当然か。

「絵と引き換えに、サロメ嬢はなにを求めているの？」

「それはいえない」

「洗礼者聖ヨハネに当てられたのがだれか、ということも」

「いえない。すでに私は話しすぎるほど話してしまった。だが、事態はまことに深刻なのだ。レディ・ヴィクトリア、どうかこのけしからん企みに荷担した画家を捜し出し、絵を押さえる手助けをして欲しい」

奥様はすぐには答えなかった。ロード・ペンブルックをソファに残したまま、両腕を胸の前に組んで、ゆっくり足を運びながら考えこんでいる。その後をロード・ペンブルックがソファから腰は上げぬまま、すがるように目で追いかけている。

「あなたはこれまでサロメ嬢を説得、あるいは懐柔しようとしていたのね？　劇場やらレストランやら、エスコートして歩いたのでしょう？」

「仕方があるまい。できるだけ要求は聞くようにといわれている。買い物に付き合って、帽子やら花やら買わされて、だがこちらは可能な限り人目につきたくない。毎度冷や汗を掻かされる。しかし私は、妻に恥じねばならぬようなことは一切していない！」

奥様がとっくに彼と踊り子の交際を承知していたのも、気がついていないようだ。

「どんな子なのかしら、サロメ嬢」

「どんな？　なんといえばいいのか、私にはわからない。顔立ちは美しいとはいえない。アラビア人のような馬鹿馬鹿しいほどの厚化粧に、どこか獣じみた油断のない目つきをして、身のこなしは軽い。教養は皆無。口を開けば下品で礼儀作法のかけらもない。うちの娘たちと歳はさほど変わらぬようだが、間違っても淑女ではない」

「そうね。淑女ではないわね、確かに」

奥様の口調に、不審そうな表情を浮かべて彼は聞き返す。

「なにか、ご存じなのか？」

「ええ、トマス。このことを貴男が知っていて口に出さないのか、あなたに命令した方が知らせないままでいるのか、そこをずっと考えていたの。でもどうやら後者のよう。だからわたくしがいってしまうわ。どうか驚かないでね」

「なんだって？　なにを、貴女は」

「サロメ嬢は、男よ」

ロード・ペンブルックの口がぽかんと開いた。

「男？……そんな、馬鹿な」

「馬鹿でも本当なの。それに、落ち着いてよく考えてみて。サロメ嬢が女の子なら、貴族や王族と愛人関係になったとしても、そう大騒ぎして隠す必要があるかしら。貴男が違う考えを持っているのはよくわかるけれど、夫婦間の貞潔にこだわるのは必ずしも貴族的ではないわね。ましてやプリンス・オブ・ウェールズ、王位継承権者第一位のアルバート・エドワード殿下は、結婚後にリリー・ラングトリーという公式愛人を持たれて、女王陛下もこれを認めていたくらいですもの。

でも、その愛人が男性だったら。彼の生首を手に踊るサロメが、写真とは違って裸体を露わにしていて、だれが見ても男性だとわかるようだったら。そして抱かれている男性があなたのいう『人目に晒すわけにはいかない表情』、わたくしなりにわかりやすく補足させてもらうなら『性的な表情』をしていたら、当然話はまったく違ってくるわ」

「そんなことが起こったら、まさしく悪夢だ。世界に冠たる我が大英帝国が、土台から覆《くつがえ》りかねない。そんなことは絶対に、許すわけにはいかない……」

呻くような声を洩らしたロード・ペンブルックの顔からは、すっかり血の気が引いてしまっている。

「そう。いまのことばで、トマス、貴男が明かすまいとしていた人の名前、サロメ嬢の胸に抱えられているだろう生首がだれの顔をしているか、わたくしわかってしまった」

奥様は身をかがめると、そっと彼の耳元にささやいた。

「大丈夫、秘密は守ります。わたくしたちの手で、この件を解決することにしましょう。でもいまだけ、一度だけその名を口に出させてくださいね。その方はアルバート・ヴィクター・クリスチャン・エドワード殿下、愛称エディ、ヴィクトリア女王陛下の内孫、皇太子アルバート・エドワード殿下のご長男で、お父上の後を襲っていずれ王位に上がられる可能性もある方。でも彼にはどういうわけか、以前からそうした噂がつきまとっていたわね。もちろん噂は噂だけれど、それが噂ではない、本当に同性を愛する志向の持ち主で、女装の踊り子と深い関係があるとしたなら」

「ヴィ、ヴィクトリアっ」

「確かにそれは、この国が土台から覆りかねない事態ね」

今月の最後の日が期限なら、それまでもう少し頑張ってくださいなと奥様にいわれて、それ以上反論する元気もなくなっていたロード・ペンブルックは、

「本当に、信じていいのだろうな。レディ・ヴィクトリア、貴女を？」

なかばうわごとのように繰り返しながら帰っていった。その、足取りもおぼつかない後ろ姿を見送って、

「さあ、すっかり夜も更けてしまったけれど、あと少しだけあなたたちの時間を貸してもらうわね。でもそれ以上に急がなくてはならないのは、探偵さん、捜さなくてはならない画家に心当たりはなくて？」

「ある程度の腕はあって、ただし露見しても失うものは大してない、つまりは名が売れているとはいえないやつってことだな？」

打てば響く、という調子で、ビル・エドワーズが応ずる。

「踊るサロメと生首を描ける知識、それにふさわしい画風と、モローに倣《なら》っているならそちらの情報も持っていると考えていいな」

「それと、ある程度の大きさの絵を人目を気にせずに描き上げて、隠しておけるだけのアトリエが使える画家、というのも条件ね。それともうひとつ。どう？」

「ああ、そうだな。お任せあれと胸を叩きたいところだが、まあ三日ありゃあなんとか？」

「一日で」

ビルはなにかいいかけたが、自分からそれを止めると、仕方ないなというように両腕を広げてみせた。もともと無理は承知に決まっている。

「了解」

それだけいってさっさと出ていく。さて、と奥様は両手を腰に当てて、もう一度正餐室に顔を並べたチーム・ヴィクトリアを見返った。

「では解散する前に、わたくしの読みを聞いてもらうことにするわ。百パーセント正しいとはいい切れないけれど、ほぼ間違いないと思うから。そう。探偵さんはいいの。聞かなくても同じことを考えているでしょうからね。

まず、脅迫されているのは英国王室で第二位の王位継承権者、エディ殿下だということがわかった。とはいっても、殿下がそれを承知しているか。違うでしょうね。女王陛下はご存じだとしても、対応に動いているのは侍医長のドクター・ジェンナーを初めとする、陛下側近の一部。彼らは当然必死になって対策を講じているはず。絵の捜索はもちろんのこと。でもロード・ペンブルックは、そうしたことはなにもご存じない。なぜか。

彼はひとつのコマに過ぎないからよ。サロメ嬢とその協力者の目を惹きつけ、時間稼ぎをするための手段として使われているコマ。依頼を断れないお人好《ひとよ》しが、よけいなことはなにも知らないまま、踊り子の機嫌を取り結ぶために四苦八苦して冷や汗を流す。演技ではない彼の苦闘振りがあるから、相手も油断するだろうということね」

「うーん、なるほど。しかし、そりゃあなんだか気の毒ですねえ」

「えー、なんで？　アタシあいつ嫌い。マァムにもえらそうで失礼なんだもん」

声を洩らすモーリスに、ベッツィが頬を膨らませたが、

「だってさ、あの旦那はあの旦那なりに、奥方に誤解されても秘密を守って頑張ってきたわけだろう？　マイ・レディに助けを求めるなんてのも、命令には反するわけだからずいぶん悩んだだろうさ。なのにただのコマ扱い。本当のことを知ったら、がっくりきて首でもくくりたくなっちまいそうだ」

「ええ、モーリス。そうならないためにも、ちゃんと解決してあげなくてはね。で、脅迫される側にエディ殿下、そして女王陛下の側近がいるとして、では脅迫者の正体は何者だと考えられるかしら。サロメ嬢がひとりでこれを企んでいるとは、わたくしには思えないのよ。なぜかって、脅迫者の要求は金銭ではないようですもの。お金なら、ロード・ペンブルックがあんな強張った顔で答えを拒否したりはしないでしょう」

「英国王室に泥を塗ることが目的なら、やはりドイツ帝国の陰謀なのでは？」

ミスタ・ディーンが答えたが、

「それなら日を限って引き延ばす理由がないわ。博覧会か、いっそパリの官展にでも変名で出展して、騒ぎが広まるのを眺めていればいいので、サロメを名乗る踊り子が脅迫者として現れる必要もないのじゃないかしら。危険が大きくなるだけだわ」

「すると、どうなります」

「脅迫者はエディ殿下から、あるいは陛下の側近からなんらかの譲歩を引き出すのが目的で、殿下の顔の生首と踊り子の絵を広く公開することなんて、望んではいないのだとわたくしには思えるのよ。それは彼らの利益にも反する。そしてつまりは対立するふたつの陣営が、サロメ嬢とロード・ペンブルックのいくらか喜劇的な応酬を中に挟んで、互いの様子をうかがいながら牽制《けんせい》し合っている。陛下の側近にしてみれば、サロメ嬢をさっさと捕縛して、一味の顔ぶれと絵の在処《ありか》を吐かせてしまいたい。それができないのは、敵対する陣営が彼らの出方を見据えているから。どちらも相手が待ちきれずに動けばおのれたちが有利と見て、我慢比べのうちに時間が尽きかけているというわけ」

ククッ、とベッツィが笑う。

「なんだか、少し馬鹿みたい」

「ええ。その通りよ、ベッツィ。でもそこにこそ、わたくしたちの勝機があるの」

「どうするの、マァム?」

「その絵とサロメの身柄を、かっさらうのよ、わたくしたちが!」

「どんな作戦を、ヴィタ?」

「そうね、シレーヌ。名付けるなら――マスカレード作戦」

## 第七章

# 華麗なる仮面舞踏会《マスカレード》

ロンドン中央部に広がる広大な公園ハイド・パークの中でも、その南辺にハイド・パーク・コーナーから西へ向かって、ケンジントン・ガーデンズのパレス・ゲートまで伸びるロットン・ロウは、砂地の直線路で乗馬のための道として知られている。そして乗馬といえばわざわざ断るまでもなく、裕福な上流階級のための娯楽だ。七月二十九日、日曜日。教会のミサを終えて着替えた紳士淑女らが、三々五々集まってきている。

最新流行の乗馬服、テイラーメイドのジャケットに脚を覆い隠すスカートを着こなしたレディと、ほどよく砕《くだ》けた身なりの青年が轡《くつわ》を並べ、優雅に並足で行き来しているかと思えば、騎乗技術を見せびらかすように砂を蹴立《けた》てて馬を全力疾走させる男、身体をひねって乗らねばならない女鞍《おんなぐら》ながら、頬を紅潮させ、帽子からヴェールをなびかせて疾駆する女丈夫と、乗り手の表情は様々だ。

道のさらに南側には富裕な人々の無蓋馬車が列をなし、車上から乗馬姿を眺め、知り合いを見つけては交わす挨拶の声で賑わう。それより階級が下の徒歩の見物人は、北側の柵の外に陣取って、賑やかに好き勝手な品定めを楽しんでいる。

ロード・ペンブルックも南側の、しかしできるかぎり目につかなそうな木立の陰に、無蓋の四輪馬車《ランドー》を止め、自分は半分上げた幌の中に身を隠すように座っていた。空は晴れていても決して暑すぎはせず、むしろ心地よい気候なのに、それはいかにも奇妙で秘密めいてかえって目立ってしまっていたのだが、彼としては知人に出くわすことがなにより耐え難かったので、他にしようがなかったのだ。

先週、アンカー・ウォークのレディ・ヴィクトリアを訪ねてからも、彼の置かれた状況はなにひとつ変わっていない。ただじりじりと時間が過ぎていく。焦燥のあまり神経が焼き切れそうだ。唯一の慰めは妻のオーガスタで、浮気を疑っているのかと思われたのも、そのときのただ一度限り。いまはまるで彼の苦悩を理解しているかのように、やさしくまめまめしく、慈愛をこめて接してくれている。

なにもかもおまえのせいだ、と伯爵は向かいの席に座った『サロメ』を睨みつける。造花や羽根飾りで盛り上がった派手すぎる帽子から、顔に半透明のヴェールをかけて、ぼんやりとロットン・ロウの方へ目を向けている踊り子。無蓋馬車に乗って日曜日にここへ来たいというのも、無論サロメからの要求だった。忌まわしい男娼め、男が化粧して女の服で着飾るなど言語道断。だがこうして見ても、男だとはどうにも信じがたい。レディ・ヴィクトリアにはああいったが、顔は決して不細工ではない。正直にいえばむしろ愛らしい。いや、間違ってもそんな、誤解を招きそうなことは口に出せはしないが——

ロード・ペンブルックの向かいで、身体をひねって馬場を眺めている踊り子も、今日はいつになく物思いに沈んでいた。それまではいつもわざとらしく、下品な笑い声を立ててはしゃいでみせたり、手を伸ばして身体に触れようとしたり、街娼が客を引くときのような蓮っ葉《はすっぱ》な真似をしてみせていたのだが、今日は無言で向かいの座席に座ったままなことを、伯爵はまったく気づいていないようだ。それは昨日サロメのアジトに、突然予想もしていない正体不明の来訪者があった、そのせいだった。

無論それまでも、後は尾行《つけ》られないように細心の注意を払ってきた。一番気をつけたのは伯爵と別れて帰るときで、ちょっとした物陰に身を隠して服装を変えてしまう。女物の帽子やスカートを外して、下に着込んでいた男物のハンチングやズボンを出す。上着は裏返せば灰色だし、脱いだものはまとめてストールで一巻きすれば大して嵩張《かさば》らない。途中からこの企てに割りこんできたお偉い方の腹心とやらは、「相手から危害を加えられないよう陰から守ってやる」といっていたが、初めから信じてはいなかった。

例の絵は、明夜その連中が運び出すことになっている。約束された報酬の残額を受け取り、当日の昼も約束している伯爵様には待ちぼうけを食わせて、自分はこれを限りロンドンから消える。この街に未練はない。舞台で踊ることは好きだったが、サロメなんてどうせ際物《きわもの》だし、こんな犯罪に関わらなくとも、あと二、三年もしたら身体つきも男のものになって、どこでも通用しなくなる。

それならどこで、なにをして生きていく。なにも決めていないし、いまさら心配したって仕方がない。先のことなんて考えるだけ無駄だ。なるようになるだろう。これまでだって結局そうして生きてきた。だからこれからも同じことだ。取り敢えずは海を渡って大陸の、パリへでも行ってみるか。ぼんやりそんなことを考えていた。

（だけど、そろそろ危ないなって気はしていたんだよな……）

唯一の相棒で、そもそもこの話を立ち上げた張本人、絵描きのダヴィが二日前からねぐらに戻らない。ずぶずぶの酒飲みで、これまでも道端《みちばた》で寝こんで留置場に引っ張られるのは毎度のことだったが、脅迫状を送りつけた後はさすがに自分でもやばいとわかっていたのだろう。できる限り出歩かず、おとなしく部屋で買ってきてやるジンを舐めていたのが、一昨日帰るとどこへ消えたのか姿がない。絵だけはそのままの場所に隠されていたし、床板の下にある金入れの壺にも手はついていなかったのだが。

どうしよう。捜しに出るべきかと迷っていたところに、そいつは現れた。ほとんど足音も立てずに。黒のボウラーハットに黒のタキシード、黒のエナメル靴。帽子の鍔の下の血の気のない白い顔から、ひやりと冷たい青の瞳がこちらを見下ろしている。唇だけが濡れたように赤い。男にしては美貌に過ぎる。けれど女だとしたら、その表情はあまりに冷たすぎる。《悪魔》って、こんな顔をしてるんじゃないだろうか。声もなくその場に棒立ちになっていたら、笑いを含んだ声が聞こえた。

「ようやく会えたな、麗しのサロメ嬢」

「お、俺、そんなんじゃ」

いまさら誤魔化せないとは思いながら、かぶりを振ろうとしたその顎先を、冷たい指が捕らえた。薄い仔山羊革の手袋を隔てても、氷のような感触だった。ほんの指先で摘ままれているだけなのに、動かすことができない。仮面のような顔が近づいてきて、声が甘く柔らかに耳元をくすぐった。

「君の友達の画家の、消息を伝えに来た。そして忠告を。彼の後を追いたくなければ、耳に入れておくがいい」

「ダ、ダヴィを、殺したのか？——」

「殺してはいないし、まだ死んでもいない。街頭で倒れて病院に運ばれた。だが、あまり保《も》たぬだろう。そして脅迫というのは常に危険なもの。彼には賢明さと慎重さが欠けていた。君はどうかな？」

宝石のような視線に射貫かれて、声も出せない。

「賢くおなり、サロメ。私たちは味方だ。君を助けてあげられる」

静かなささやきについ聞き入りそうになって、声を上げて手を振り払った。

「そんなこと、だれが信じられるもんか。みんなそうやってお為《ため》ごかしを並べておいて、利用するだけ利用してから裏切って、罠に嵌《は》めて、見捨てるんだッ」

「無理に信ずる必要はない。ではなにか起きたときは、君をこれまで生かしてきた本能に従うがいい。この芝居もいよいよ終幕だ。たぶん君にならそのとき正しい選択をすることができるだろう」

それだけいって《悪魔》は立ち去ったのだったが。

（正しい選択？　いまさらなにが正しいって？——）

ぼんやり物思いに沈んでいたサロメの耳を、突然甲高《かんだか》い女性の悲鳴が貫《つらぬ》いた。

「なっ、なんだッ？」

ロード・ペンブルックも向かいのシートから身を起こし、幌の陰から外をうかがう。どうやら騒ぎが起きているのはロットン・ロウの馬道《ばどう》だ。驚きにいななく馬の鳴き声、蹄《ひづめ》の轟き。「危ない」「避《よ》けるんだ」という声も聞こえる。周囲の馬車からも脅えたような声が上がり、

「いやだわ。どうしましょう」

「馬車を動かしてちょうだい。怖いわ」

「いや、待ちなさい。あわてるとかえって危ない」

そんな会話が耳に飛びこんでくるのに、混《こ》み合《あ》った馬車の間を分けるようにして、ふたりの乗っている馬車までが動き出している。

「待て。行かなくていい。こちらまでは来るまい」

伯爵は腰を浮かして馭者に声をかけたが、その声が急に変わった。

「だれだ、おまえは。ボブではない。いつ入れ替わったのだ！」

だが上着の襟を立て、毛羽の立ったトップハットをかぶった馭者は、それには答えず音立てて馬に鞭を当て、馬車はいきなり走り出す。そこに馬道から、叫ぶ声と蹄の轟きが近づいてきた。

「きゃあ、避けて、避けてちょうだい！」

艶《つや》やかな黒馬に乗り、小ぶりのトップハットからヴェールをなびかせた貴婦人だった。しかしその馬の様子がただごとではない。馬道にいる他の乗り手を蹴散らすように、右へ跳ね、左に飛びながらも駆ける速度は落ちない。乗り手は前屈《まえかが》みに、両手で手綱と鞍の前を握って身体を支えている。なにかに脅えて狂奔を始めた馬を、制御できなくなった女性騎手だろうか。おかげであたりは大混乱だ。交錯する女性たちの悲鳴が、馬を脅えさせ、なおのこと混乱を増している。

だがよく注意して見れば、貴婦人の鞍は男鞍だ。乗馬靴を履いた足は左右でしっかりと鐙《あぶみ》を踏み、布の襞はたっぷりと脚を覆って馬の両側に垂れていたから、地に下り立って足を揃えれば長いスカートとしか見えなくなる仕掛けだろう。しかもその顔に恐怖はない。口を開いて甲高い叫び声を繰り返し上げながら、目は輝き口元には笑みがある。馬を抑えられないというのは演技、悲鳴も演技ではないのか。

貴婦人を乗せた馬は、たちまちロットン・ロウを西へ駆け去っていく。そしてサロメとロード・ペンブルックを乗せた馬車も、混乱する馬車の群れの間をかいくぐりすり抜けて西へ走り、木立の間に入ってその足取りがわずかに緩んだと思うと、頭上からいきなり人が降ってきた。それもふたり。驚いたことにそれはインド人らしい浅黒い青年と、磨いた黒檀《こくたん》のような肌の若い娘で、

「わあい。着地成功」

「喜んでないで急げよ」

「わかってるって。借りるね、この帽子とショール！」

彼女は有無をいわさずサロメからそれを取り上げて、身に纏う。帽子につけたヴェールを顔に巻きつければ、たぶん遠目には入れ替わったとはわからない。

「よし、それじゃ行こう。でも気をつけろよ、ふたりとも」

「平気平気、心配ないって」

「お任せを」

駆者台から落ち着いた声が答え、次の瞬間サロメはインド人青年の両腕に抱えられて馬車から飛び降り、すぐそばに止まっていた箱馬車の中に運び入れられている。その馬車もすかさず動き出していたが、ロード・ペンブルックと黒人娘を乗せたランドーはすでに元いた方へ走り出していた。

しかし、これはいったいなんの真似だ。いま自分が乗せられている馬車はどこのだれのものなのだ？　その問いを口に出したわけでもないのに、

「説明の必要があるかな」

聞き覚えのある声がした。窓を閉じた箱馬車の奥に、あの白い顔が見えた。

「あ、悪魔」

思わず口を突いて出たことばに、赤い唇から歯並みが覗く。

「呼び名としては悪くないな」

落ち着け。神様も天使も悪魔もただのおとぎ話だ。相手は少なくとも人間だ。

「俺を、さらってどうする気？」

「さらおうとしていた者は、他にもいたと思うが」

「今日あたり危ないかな、とは思ってたよ。要求に応じるより、俺をテムズに沈めちまってからゆっくり絵を捜す方が、話は簡単だって向こうが思えばそれまでだ」

「君たちの背後にいる者も、手間取りすぎた脅迫をいったん白紙に戻して他の手を考える気になったら、同じように画家と君を消そうとするだろうな」

「そこまでご承知なのかい」

「ああ。しかし、絵はこちらが押さえさせてもらった。アパートの壁の羽目板に見せかけて、裏返せばキャンバスだとは、悪くない隠し場所だったが」

昨日のうちに場所を変えておくべきだったと、悔《く》いたところでいまさら遅い。自分ひとりの手で動かすには大きすぎるし、ねぐらに踏みこまれてしまった以上、見つけられるのは時間の問題だった。

「で？　俺はこれからどうなる。留置場か、裁判か、面倒な手続き抜きで監獄行き？」

「私はヤードの刑事ではない。味方だといったはずだが」

へっ、と笑って肩をすくめると、

「信じたくないなら馬車を降りていい。ただ生き延びるつもりなら、あの住まいに隠してある金は取りに戻らず、駅に直行するべきだろう。大陸まで逃げ切れれば、追っ手もついてこない可能性はある」

それは無理だ。いま、懐中には一ペニーも入っていない。

物心ついたときにはすでに、親と名のつく者は知らなかった。曲芸と芝居が半々の旅の一座で、雑用にこき使われながら踊ることを覚え、その合間に殴られ、蹴られ、罵倒《ばとう》されて暮らしてきた。十四歳のとき腸チフスが流行って座員のほとんどが倒れた隙に、そこから逃げて行き着いたのがロンドンの男娼館で、しかしせめてもの幸運というか妙に客筋のいい店だった。客からもらうチップを貯めるのが楽しみになった。この境遇から抜け出すには一にも二にも金だと思ったからだ。

絵描き崩れのダヴィともそこで知り合った。娼館の元は客だったのが主人の情夫になって、客室の装飾に絵筆を握る他は、しらふのときが滅多《めった》にないろくでなしだが、中流以上の家柄の出で、画家としてもそれなりの名声を勝ち得ていたのが、男色が露見して逮捕され、懲役に行き、落魄《らくはく》したというのがどこまで本当のことかはわからない。ただ確かに絵の腕と、審美眼は備えていた。そして自分からすべてを奪った社会に、じりじりと燃えくすぶるような恨みを持ち続けていた。主は彼が望むままに画材も写真撮影の道具も買い与えていたが、ダヴィは内緒で客を迎える部屋にカメラを仕掛け、撮った写真を元に春画を描いて売っていた。手伝うと分け前をくれた。だがひょろりと首の長い若い男が贔屓《ひいき》になると、ダヴィは目の色を変えて「これはすごい金になるぞ」といい出した。

「その客は、『白鳥首』と呼ばれていたそうだな」

白い顔の《悪魔》がささやく。俺の腹の底までお見通しだ。

「君は知らなかったのか、『白鳥首』の正体を」

「知るもんか。金には鷹揚《おうよう》で、なんとなく世慣れてない感じがしたから、どっかの貴族の坊ちゃんだろうとは思ってたけど」

「クラレンス公アルバートだと知っていたら、やらなかったか」

「どうかな。わからない。俺はダヴィが嫌いじゃなかったし、同情する気持ちもあったから、手を貸したかもな。彼の復讐に」

そうさ。ダヴィの目的は金じゃない。女王の君臨する大英帝国そのものに復讐してやりたい、男色は罪だというが女王陛下の孫もそのお仲間だ、と世の中に公表してやりたいと考えたのだ。『白鳥首』の寝顔を写真に撮り、それをサロメの持つ首にして一枚の絵に仕立てる。話題を大きくし、世間の注目を集めるために、首を持つ踊り子も無名ではない方がいいとダヴィはいい、サロメの踊りを振り付けて踊らせることにした。ところがそれが予想以上の評判になったおかげで、話が意外な方に転がり出してしまった。

王孫殿下の脅迫に本格的に取りかかる前に、別の者が食いついてきて、利用するつもりが利用されているとわかったときにはもう、ダヴィの復讐は紐付きにされ、ダヴィはいよいよ酒浸りの自暴自棄になって、俺はどうしていいかわからないまま、『あいつら』のいうままに動くしかなくなって——

「『あいつら』というのはどんな人たちだったか、覚えていて？」

突然、すぐそばから新しい声が聞こえて、「わあ」と悲鳴を上げそうになった。

「驚かせてごめんなさい。でも大丈夫よ。わたくしはあなたの味方だから」

いつの間にか馬車が駐《と》まっていた。そして外からドアを開け、素早く乗りこんできたのは、あの暴れ馬を駆けさせていた貴婦人だった。髪に載せていたトップハットが、ずれて落ちかかっているのも構わず向かいのシートに座る。と、《悪魔》が手を伸ばして貴婦人の鬢《びん》のほつれ毛をそっと掻き上げた。

その瞬間にやっとわかった。《悪魔》は女性だ、それだけは間違いなく。近づいたふたつの顔、男装の《悪魔》と貴婦人は、女性だという以外の共通点などないくらい対照的で、《悪魔》の顔は仮面のように白く不動で、貴婦人は頬を薔薇色に染め、《悪魔》の目は鉱物の冷ややかさ、貴婦人の瞳には明るく生き生きした命の輝きが宿る。だが貴婦人が《悪魔》を見る目はとてもやさしいのだ、母親が我が子に目を向けるときのように。

「ねえ、あなたはどれくらい覚えているかしら、その『あいつら』のこと」

「そんなには、覚えてないです。ただ、俺たちにわからせないようにっていうつもりか、仲間同士はドイツ語で話していたというのと、日焼けの仕方で船乗り、海軍の人間っぽく見えたことくらい。俺がわかるのはほんの片言だから、なにを話してたかまではわからないけど、ドイツ語だってのは確かです」

《悪魔》の方を振り返って目を合わせた貴婦人は、またすぐこちらを向いて、

「あなたがダヴィと呼んでいる画家さんとは、わたくし一度だけ会っていると思うの。でも彼が逮捕されたときはロンドンにいなかったので、知るのが遅くなって、彼のためにはなにもしてあげられなかった」

まったく思いがけないことばに、目を見張ってしまう。

「それ、ほんとですか？　あ、いえ。貴女が嘘ついてるって意味じゃなくて、ダヴィはほんとに有名な画家だったかってことだけど」

「本当よ。まだ若手ではあったけれど、独特の甘美な個性があって、後援者もついて将来を期待されていた。それが同性愛の罪で逮捕されて、世間に見放されて、もうわたくしを見てもわからなかった。この数年飲み過ぎたジンの害ね。内臓が老人のようにボロボロになってしまって、いまは手当てを受けているけれど、助けるのは難しいらしいの」

「だから俺のことも、助けてくれようっていうんですか？　ダヴィの代わりに？」

「いいえ、たまたまよ。わたくしは神様でも天使でも聖人でもないから、すべての困っている人を助けることなんてできない。たまたま出会ってしまった人に、自分の手が届く範囲のことをするだけ。だから、間違っても恩に着たりしないで」

ニコッと少女のようなあどけない笑みに、どう返せばいいかわからない。

「あなた、お名前は？　サロメではない、ご両親からいただいた名前を聞かせて」

「親はいないんです。顔もわからない。だから名前だって知れない」

自分でもびっくりするほど、素直な答えが口から出ていた。

「昔持っていた祈禱書《きとうしょ》の見返しに名前が書いてあって、祈禱書はとっくになくなっちゃったし、それが俺の名前かどうかもわかんないけど、その名だけは覚えてて、読み書きはできないけど、それだけは読んで書けます。ヘクター・マンロウ、Hector Munro です」

「マンロウというのはスコットランドの旧家の名ね。そう、わたくしでも思い出せるくらい、知られた一族の名だわ」

「じゃあ、やっぱりあの祈禱書は俺なんかのものじゃない。拾ったか盗んだかしたやつが、たまたま俺と一緒にあっただけなんだ」

「どうして？　そんなことわからないのじゃない。これからはあなたをヘクターと呼んでいいかしら。それともミスタ・マンロウと？」

「いいえ。あの、だったら、ヘクターで」

「ではヘクター、あなたがこれから、していきたいと思っていることはなに？」

「して、いきたいこと」

そんなこと、尋ねられたのは初めてだ。ことばをかけられるときは「＊＊しろ」と命令されるか、「＊＊するな」と禁止されるかで、希望や意志など聞かれた覚えはない。やりたくないことははっきりしている。身体を売るのはもうたくさんだ。それなら、やりたいことといったら。

「俺、踊りたいです」

熟れた果物が枝から落ちるように、答えが口からこぼれ出た。

「ガキの頃はちんけな旅の一座で、白粉と紅塗って、女の子のなりで飛んだり跳ねたりしてました。まともな師匠についたこともない、ただの自己流で。でもダヴィがその踊りを誉めてくれて、ミュージック・ホールであいつの振り付けでサロメを踊ったら、たまげるくらい受けちまって」

「もっと踊りたいと思うようになったのね」

「は、い」

顔が熱くなる。そしてなぜだか目の中がずきずきしてくる。会ったばかりの赤の他人、それも身分がすごく上の貴婦人の前で、自分の本音を隠しもせずに口にするなんてあり得ない。やばい。恥ずかしい。心臓がどきどきいって、息が苦しくなる。身体がパニックを起こしてる。逃げ出したいけど動けない。閉じたまぶたから涙が溢れる。

するとふたつの手が伸びてきて、そっと顔の両側から触れた。手袋を脱いで、汗ばんだその指が頬に触れている。滴《したた》り落《お》ちる涙を拭ってくれる。

「では踊り手になりなさい、ヘクター。イギリスではバレエはそれほど重んじられていないけれど、フランスでもロシアでも舞踏は立派な芸術として認められているわ。大丈夫よ、あなたならきっとできる。そしていつか、ロンドンに凱旋《がいせん》することになるでしょう。その日の様子が目に見えるようだわ」

でも、とヘクターは口籠もった。なんだかいきなり立て続けに、強い酒のグラスを飲み干してしまったみたいだ。頭がぐらぐらして、上手く考えられない。

「でもそんなの、ただの夢物語ですよ。俺は王宮を脅迫した重罪人で、おまけに男娼で、あの人とは何度も寝てる。裁判に出すわけにもいかないから、闇に葬られるんだ。首をくくられるか、ぶっすりやられてテムズに沈められるか」

「そんなこと、断じてさせるものですか」

貴婦人は胸を反《そ》らし、きっぱりと断言する。

「ヘクター、あなたは宮中の権力争い、次々期の王位争いに巻きこまれて利用されかけただけなの。彼らにとってはそれこそ至上の大事で、ブリティッシュ・エンパイアの尊厳を護持するためなら、貴族だろうが平民だろうが犠牲にしてためらわない。わたくしはそんな考え方が大嫌い。フランスのように革命を起こして国を覆すべきとはいわないけれど、人間は国家のために生きているわけではないわ。

でもヘクター、あなたのおかげで敵の正体が知れた。ロード・ペンブルックをコマに、画家さんの怨念《おんねん》を利用して勝負に出た者。防戦に回った顔ぶれは最初から明らかだったけれど、賭けられているのが、女王陛下の後を継がれるプリンス・オブ・ウェールズの次の王座なら、継承権第二位の白鳥首殿下が失墜したとき、利を得るのはだれ？　その方の、後ろ盾になっているのはどのお方かしら？」

「決めつけるのは危険です、ヴィタ」

後ろから《悪魔》がささやいたが、

「今夜それが判明するわ。彼らが潔白なら指一本動かしはしないでしょう。でも、動かないはずがないとわたくしは読んでいるの。女王陛下の御前が醜聞の泥を浴びて困るのは、対立する両者どちらにとってもでしょうからね。面白くなってきたこと」

貴婦人の笑みが深くなる。まなじりが高く上がり、目が輝き、赤い唇からは真っ白な歯が覗いている。その表情は少し怖い。

「ですが、貴女が矢面に立つのは反対です。今回の一件が落着しても、この先なにがあるかわかりません」

「そのときはそのとき。レオーネの後を追いかけて、みんなしてアフリカへ渡るか、ロシア、東アジア、オーストラリアと南太平洋。旅していない土地、見ていない景色はまだまだあるわ。大丈夫、わたくしたちはどこへ行っても生きていけてよ」

「あの、今夜なにがあるんですか？」

恐る恐る尋ねたヘクターに、ヴィタと呼ばれた貴婦人は陽気に笑いかけた。

「舞踏会よ。仮面仮装の舞踏会。進歩的婦人倶楽部の創立五周年記念パーティなの。本来は女性だけの、でも今回は特別にゲストをお招きする。そこで『サロメ』をご披露するわ。貶められた画家の作品と、ヘクター、あなたの踊りを」

サウス・ケンジントン地区の一角、染みひとつない高雅な純白の壁と、ギリシャ神殿を思わせる三角破風の軒を二本の円柱が支える玄関を持つ、その建物の中に進歩的婦人倶楽部は収まっている。決して身を隠しているわけではないものの、その存在を誇示することはなく、どちらかといえば慎み深く、あたかも『家庭の天使』のように。

だが、この宵ばかりは様子が違った。二本の通りの両側に面し、常日頃は高い玄関のある西側の通りと、ずっとこぢんまりとした東側では、訪れる女性たちの身なりや、馬車を使うか否かはっきりした差があるのだが、この日は東側はもっぱら作業用の出入りに当てられ、夕刻になってからは客らしい人々が西側の表玄関の階段を次々と登っていく。ただし玄関扉は几帳面《きちょうめん》に開け閉めされ、内側では厳格に招待状のチェックが行われていた。

そして一般のパーティと違っているのは、来訪者のほとんどが女性で、男性は婦人に伴われた少数が、どことなく気が進まなげな様子で扉をくぐっていくという点だった。その中にはロード・ペンブルックも交じっていて、新しいライトグリーンのドレスで、彼の左腕に右手をしっかりと絡めて隣を歩いているのは、いうまでもなく妻のレディ・ペンブルックだ。目の前で『サロメ嬢』が黒人少女と入れ替わり、ロンドン中心部を一周するほどの間、凄まじい勢いのドライブでへとへとにされ、なにを尋ねる気力も無くしたまま自邸に送り届けられた伯爵は、満面の笑みを浮かべた夫人に迎えられた。

「貴男、今夜は私におつきあいくださる約束でしたわね？」

約束した覚えはまるでないのだが、このところ例の件のせいで、家庭生活万事が疎《おろそ》かになっていた自覚はある。妻との約束が、記憶から抜け落ちていても不思議はない。差し出された招待状の『進歩的英国婦人の友愛と向上のための倶楽部』という名にはさすがに目を丸くしたが、夫人はにこやかにいう。

「先代クレイギウァ公爵夫人が後援していらっしゃるそうですのよ。慈善事業だけでなくとてもためになる講演があって、私も誘っていただきましたの」

「しかしこの、『進歩的』というのは?」

「もちろん、敬意をもって遇されるべきという意味ですわ」

「オーガスタ、頼むから危険思想に染まったりはしないでくれよ」

「そうおっしゃっても、なにが危険かなんて私にはわかりませんもの。それに、お友達もおられますわ。貴男もご存じの方。レディ・ヴィクトリアよ」

ロード・ペンブルックは、今度こそ目も口もぽかんと開けてしまった。

「レディ・ヴィクトリア、それは、まさか」

「貴男のお義母様《かあ》。やっとお目にかかったらとてもいい方で、親切にしていただいて、私いっぺんで好きになってしまいましたの。もっと早くお会いすれば良かった」

「では、このパーティも彼女の差し金で?」

「差し金ってどういう意味ですかしら。パーティは倶楽部の主催ですわ。仮面仮装は強制ではなくて、でも余興にサロメのダンスと新作絵画の展示があるとか」

ロード・ペンブルックはいよいよ目を回して、卒倒してしまいそうになる。いますぐドクター・ジェンナーに、緊急事態を告げて指示を仰ぐか。しかし許しを得ぬまま、ヴィクトリアに相談を持ちかけたのは自分だ。騒げば火の手はこちらに及ぶ。

「まあ、貴男。どうなさって？　お顔の色が悪いわ。今夜は休んでおられます？」

そこにあるのはいつもの、少女のように無邪気な妻の微笑みだ。しかし、本当にそうなのだろうか。三男二女、五人の子を与えてくれたこの妻が本当になにを考えているのか、自分はなにも知らないのではないか。急になにもかもが不確かに感じられ、世界がぐらりと傾いて、足の下でぐるぐる回り出したような気がする。

「い、いや。行こう。その婦人倶楽部というのがどんなものなのか、確かめねば」

「まあ嬉しい。一緒にお出かけしてくださるのも、本当に久し振りですわね」

妻はコロコロと鈴を振るように笑い出し、それは確かに聞き慣れた笑い声だ。だがいつも子供のようだと思っていた笑顔が信じ切れない気がして、ロード・ペンブルックは心底困惑を覚えていた。

婦人倶楽部の玄関ドアの内側には、頭に白い鬘をかぶり赤い軍服めいた上着を着た従僕が立って、丁寧に招待状を確かめている。いかにも屈強な馬面の、ただし下は半ズボンならぬ白いスカートなので、女性であるらしい。その背後には昇降機の横に、夜会服というには控えめな服装のどこか家庭教師風の女性が立っていて、スカートを両手で持ち、膝を折って宮廷風《カーテシー》の礼をしている。

「ようこそおいでくださいました。レディ・ペンブルック、ロード・ペンブルック。ご案内させていただきます」

「ミス・ジェックス、夫ですわ。貴男、こちらが倶楽部の運営に携わっておられる、ミス・ソフィア・ジェックスでいらっしゃいます」

妻の紹介を受けて、ロード・ペンブルックはぎこちなく挨拶を返したが、なにもかも妻のペースで進んでいるというのがどうも面白くない。しかしオーガスタはそんな夫の機嫌など気づきもしないらしく、ミス・ジェックスと楽しげに小声でなにか話している。そしてリフトが最上階で止まると、廊下にも楽しげな音楽が流れてきていて、淡い藤色《ふじいろ》のドレスに目の周りだけを覆う半仮面をつけた、それだけで見違えるわけがない、レディ・ヴィクトリアが待っていた。

「ヴィクトリア様、もう始まっていますの?」

「ええ、オーガスタ様。パーティといっても、そんな大げさなものではないんですもの。ピアノにバイオリンにフルートに、楽団もすべて身内ですのよ。そして飲み物や召し上がり物はあらかじめ隣の部屋に用意して、キッチンメイドやハウスメイドや事務の方もみんなで楽しめるようにしています」

「メイドが?」

ロード・ペンブルックは思わず尖った声を上げてしまい、同時に三人の女性の冷ややかな視線を浴びて顎を引いた。これは、やはり『進歩的』というのは危険な平等思想ではないか。オーガスタが思想的に汚染されている。由々しい事態だ。

「仮面はおつけになります？　ヴェニスのカーニバル風の、軽くてちゃんと顔が隠れるものをたくさん用意いたしましたわ」

「すてき。見せてくださいな！」

妻とミス・ジェックスが連れ立って控えの間に行ってしまうと、ロード・ペンブルックはヴィクトリアの肘を摑んで引き留め、「どういうことだ」と詰問した。だが黒い半仮面の目穴から双眼をきらめかせたレディ・ヴィクトリアは、

「どうって、一夜限りの無礼講ですわ。わたくしたち女は悲しいくらい現実的なんです。この世界が一朝一夕で変わりはしないくらい百も承知。夢に酔って革命など、間違っても起こしませんからご安心なさいませ」

ククククッと、喉の奥から鳩の鳴くような笑いを洩らす。

「そんなことよりも今日のことだ。馬を暴走させてあの場を混乱に陥れたのは、貴女のしたことだろう。踊り子サロメと入れ替わったのは、貴女の所の使用人だ。あのインド人の若者の顔も、馭者の男も見た覚えがある。あれはなんの真似だったんだ」

「ロットン・ロウでのことでしたら、お礼をいっていただきたいわ。あのままでしたらあなた方、白昼馬車ごと誘拐されていましてよ。ずっと尾行されていたこと、お気づきではなかったのでしょう？」

「いや。確かに以前から不審な馬車を何度も見ていたが――」

「警戒しているようには思えませんでしたわ」

「いや。しかし、私をさらう理由などないだろう」

「呑気な方ね」

レディ・ヴィクトリアは畳んだ扇を口元に当てて、クスッと小さく笑った。

「たぶん今日だけの話ではないし、尾行の馬車も一台ではなくてよ。脅迫者側の黒幕は、ずっとあなたの後をついて回っていたはずだわ」

「それはともかく、あれから踊り子はどうなったんだ。問題の絵は見つけられたのか？　しかしそれならなぜ一言知らせてくれない。新作絵画の展示といって、まさかそれをここで公開するわけではないだろうな？」

「ええ。お察しの通り、その絵も踊り子サロメ嬢もここに、倶楽部の庇護下にあります。そのためにご招待したのですもの、すぐにご自分の目でご覧になれます。でも待って。ただの約束事でも、仮面をどうぞ」

腹立たしさを押し殺して手渡された半仮面をつけ、ロード・ペンブルックが足を踏み入れた広間は、無礼講と聞いて想像される乱れた状態は微塵もなかった。そこにいる者の八割以上が女性で、女性同士で手を繋いでワルツを踊る者、これも女性揃いの楽団の演奏に並んで座って耳を傾ける者、壁際のソファに座って飲み物のグラスや軽食の小皿を手に楽しげに会話する者、それは他で見たことのない情景だったが。

仮装というほどのこともなかった。ただ伯爵が見慣れた舞踏会のレディたちのように、高級な仕立ての夜会服やきらめく装身具で着飾る代わりに、彼女たちが着ているドレスは色ばかりはあざやかな木綿布で、髪飾りや胸飾りは摘んできた花だ。顔には染めた鳥の羽根で作られた軽い仮面を着け、アセンズの森の妖精たちのように笑いさんざめき、くるくる回っては飛び跳ねている。

男はいた。黒のイヴニング・コートに、ロード・ペンブルックが渡されたと同じ半仮面を着けて、不機嫌そうにグラスを手にしている姿があちこちに見受けられたが、その姿は妖精の宴に迷いこんだ不機嫌な土鬼《ノーム》といったところで、ひどく不吉か無粋《ぶすい》なものに映り、自分もああ見えているのだろうと思えばいよいよ腹立たしい。

「ペンブルック！」

背後から肘を摑まれて、ぎょっとして振り向けばそこにいたのは女王陛下の侍医長、ドクター・ジェンナーだ。半仮面を着けても禿頭《とくとう》と長い白髯《はくぜん》は隠しようがない。

「一体なにが始まろうとしているのだ。この進歩的婦人倶楽部とやらはなんなのだ。君にはわかっているのか？」

嚙みつくような調子でいわれて、仕方なくかぶりを振る。

「わかってはおりません。ただ、問題の絵は現在この婦人倶楽部が押さえているそうで」

「ではここの女どももも、すべて脅迫者の棒組《ぼうぐみ》ということか」

「い、いや。そうではありません、たぶん。ただ、私は今日ロットン・ロウで、例の踊り子といるところを、尾行する馬車がいて」

「そうだ。これまで君が踊り子と会うときは、ずっと後をつけさせていた。万一君が敵に連れ去られたりしてはまずいし、踊り子の背後にいる連中が姿を見せるかも知れんと考えたからだが、もう時間がない。こうなれば多少の危険を冒しても、踊り子めの身柄を押さえて、絵の在処と背後関係を吐き出させようとしたのだ」

「それは——せめて一言なりと事前に、お教えいただきたかったですな」

なんの理由もわけも知らされぬままで、子供の使いのように「ああせよ」「こうせよ」と命じられて動くことが嬉しいはずがない。だがドクター・ジェンナーは平然と、

「君が知る必要はなかった。必要のないことは知らぬ方が安全なのだ。ところが今日、君は馬車ごと行方を眩《くら》ませて、さては敵方に拉致《らち》されたかと思えば平然と、奥方とこんなところに現れている。ペンブルック、君はよもや陛下を裏切ったわけではあるまいな。あやつを懐柔するどころか、逆に籠絡されて敵の企みに荷担しているのではないか？」

さすがのロード・ペンブルックも、これには怒りを覚えずにはいられなかった。

「なにをいわれますか、ドクター。それをいうなら私は未《いま》だに、その敵方、踊り子の黒幕がだれかも知らないのですよ」

すると老医師は、呆れたというように目を引き剝いた。

「それこそいうまでもあるまい。童子のように、いちいち教えられねばわからぬというつもりか？　賭けられているのが皇太子殿下のご長男、王位継承権第二位のエディ殿下の面目なら、彼が失墜して利益を得るのは第三位、ご次男のジョージィ殿下だろう。そして海軍に在籍される殿下の直属の上司は、皇太子殿下のふたりの男子が失格となったときにはその位を埋めることになる、皇太子殿下の弟君エディンバラ公アルフィ殿下だ」

「では、エディンバラ公が黒幕なのだと？──」

「おふたりとも、声が大きすぎますわ。無粋な口説はどうぞ、それくらいで」

壁際のソファで険悪な表情を突き合わせ、それでも声はひそめてことばを交わし合っていたふたりは、背後から畳んだ扇で肩を叩かれて凍りついた。レディ・ヴィクトリアの瞳が、半仮面の中から楽しげにきらめいていた。

「ここは敬意を持って扱われるにふさわしい婦人たちの聖域で、今夜は楽しい無礼講。倶楽部創設五周年の記念のパーティに、ちょっとした余興を催しますの。興味を持たれそうな紳士方には声をかけてみましたけれど、汚いことばや乱暴狼藉《ろうぜき》は御法度《ごはっと》といたします。目に余れば退席をお願いすることになりましてよ。か弱い女にも、身を守るための爪と牙はありますから」

「あんたは先代シーモア子爵未亡人か。ここでいったいなにを始めるつもりか、伺ってもよろしいかね」

だが彼女がそれに答える前に、

「これはこれはドクター・ジェンナー。ご老体、お元気そうでなによりだ。しかしお互い思いがけぬところでお目にかかりますな」

馴れ馴れしげな口調で話しかけてきた巨漢がいる。椅子を勧められるのも待たず、近くからスツールを引きずってきて、ソファの向かいにどっかりと腰を据えた。身に纏うのは黒の正装だが、頭部から顔の上半分を覆った羽根製の仮面は派手な黒と黄色に染め分けられ、頭の両側に耳が立って、虎《とら》を模しているらしい。だが赤らんだ鼻先から、黒い髭に囲まれた大きな口はそのまま見えていて、その素性は男を知る者には一目で知れた。

女王陛下のお子は九人。そのうち男子は四人で、長男は皇太子殿下、次男のアルフレッド・アーネスト・アルバート殿下はいずれ、いまは亡き王配殿下の御生家であるドイツ帝国内、ザクセン・コーブルク・ゴータ公国を継ぐことが決まっている。現在のエルンスト二世公はすでに七十の高齢であったから、いつそれが実現してもおかしくはない。この男は公から遣わされた軍人で、名はカール・グッデン男爵、というがむしろ『虎男爵』の異名で知られている。負傷で失った右の指先に鉄の爪を植えていて、戦場ではその爪で人の喉を掻き切るのが好みだ、といった伝説が流布していたが、虎男爵がその多血質めいた見かけによらず、働きの良い間諜《かんちょう》組織を未来の公のために作り上げ、情報を駆り集めていることは、宮廷の事情通には薄々気づかれているところだった。

「やっ。これはロード・ペンブルック、そしてシーモア子爵未亡人。おふたりはあまり親しくはされていないと聞いた覚えがあるが、まったく人の噂は当てにならぬものだ」

「本当ですわね、グッデン男爵。信じられぬは人の噂と女の浅知恵。あなたがおいでになるとは、わたくし思ってもおりませんでしたもの」

「いやいや、レディ。ドイツでも見たことのない婦人たちの倶楽部で、しかも今宵《こよい》はなにやら趣向があると耳に挟んだのでな。我が輩、こう見えてもいたって物見高いのだ。なんと申しても山出しの田舎者で」

「では男爵も、下々で評判になったサロメの踊りをご存じですのね？　さすが世情に通じていらっしゃいますこと。ならばドクター・ジェンナーやロード・ペンブルックと同じようにお楽しみいただけると存じますわ。ランベスのカンタベリ・ミュージック・ホールで人気を博した踊り子の引退の舞いを、十五年前ロンドンの画壇から追放の憂《う》き目《め》を見せられた天才画家の最後の作品『生首を抱くサロメ』の前でご披露に及びます」

虎男爵の口が、グッというような音を洩らした。

「では貴女は、その絵を持っているとおっしゃる？」

「やはりご存じでいらっしゃいますのね。はい、絵はここにございます。それに、踊り子もわたくしのもとにおりますわ。そして今日お声がけしたのは、おふたりから誠意あるお答えを聞きたいと思ったからですわ」

「誠意ある答え、ですと?」

「なにを望まれるのだ、レディ」

ドクター・ジェンナーと虎男爵カール・グッデンが同時に声を上げ、ふたりの男の前に立ったレディ・ヴィクトリアはにこやかな笑みを絶やさぬまま、

「いま申し上げた通り、踊り子は今夜限りで舞台を下り、姿を消すでしょう。あなた方は二度とその姿を見ることはありません。ですからその者の素性を詮索し、後を追って危害を加えるようなことはなさらないと誓っていただきます。それともうひとつ、十数年前に同性愛の罪で告発投獄されて、それきり世間から抹殺された画家ダヴィッド・シラーの名誉回復を」

ドクターよりいち早く、カール・グッデンが即答した。

「それはまったく問題にならんよ、レディ。いずれにせよ我が輩が回答することではない。だがそのふたりが英国の法律で禁じられている行為に関与したなら、それなりの罰は受けてもいたしかたあるまい。またその画家の絵には、なにやら淫《みだ》らがましいものが描かれいると聞き及んでおる。そのような醜聞に連座していた者が、尊き帝国王冠を頭上に戴《いただ》くようなことがあっては断じてならない。我が輩はそう考えるが?」

「語るに落ちたな、グッデン。踊り子と画家の背後で糸を引いておきながら、よくもぬけぬけと。罪人猛々《たけだけ》しいとは貴様のことだッ」

ドクターは膝の上で、握りしめた両拳をわなわなと震わせている。対する虎男爵は小気味よげに歯を剝いて、

「はて、思いもよらぬことをおっしゃる。なにやら悪い夢でも見られましたかな」

「ええい、黙れ。他国人の身で要らぬ口を挟み、国家の大事に手を出す不埒者《ふらちもの》が。貴様など英仏海峡に叩き落としてくれるわ」

「もう充分」

ピシッと鋼鉄の刃を一閃《いっせん》させたように、レディ・ヴィクトリアは扇で宙を薙《な》ぎながら、その一言でふたりの男を黙らせた。むろんそれはその瞬間のことで、彼らはすぐに今度は彼女に向かって怒声を浴びせようとしたが、

「聞き苦しい口喧嘩はここでは不要です。決闘がお望みでしたら、どうぞどこでも邪魔の入らぬところにいらして、同好の士たちに囲まれて、好きなだけ吠えたり唸ったり嚙みつき合ったりなさいませ。わたくしは唾液《だえき》を滴らす狂犬ではなく、理性のことばに耳を傾けられる紳士をお招きしたのですから」

いい捨ててくるりときびすを返すと、今度は楽団の指揮者のように、頭上高々と左右の手を掲げる。と、ふいに広間の照明が落ちた。真っ暗になったわけではない。楽器を手にワルツを奏《かな》でていた女たちが、左右に広がって壁際に退いたのだ。そして広く開いた空間に現れたのは、三人の仮面を着けた踊り子たちだった。

三人とも背丈は小柄で、肩まで届く大きな被り物で頭部を隠していて、それが普通の人間の頭よりずっと大きいから、人形か戯画のようにしか見えない。身体には薄物を纏い、足下に置いた燭台の蠟燭の光にきらきらする装身具を着けた、中東風の踊り子の出《い》で立《た》ちだが、よく見ると腕や脚は素肌ではなく皮膚を模した肌色の襦袢《じゅばん》だ。楽団が奏でる異国風の旋律に乗って、大きすぎる頭をぐらぐら揺らしながら、三人の踊り子はおどけた身振り手振りで踊り出す。三人がひとつに手を繋ぎ、くるくると回り、離れ、また集まっては、腕を回し、足を跳ねる。見物の女性たちが陽気な歓声を上げ、手拍子を贈る。

「おいおい。あれがサロメだというつもりかね、レディ・ヴィクトリア」

カール・グッデンが失笑した。

「のようなもの、ではありますわね。でも楽しそうではありませんの。ほら、ご見物からも受けていますわ」

「茶番だな。我が輩はサロメの踊りを見ている。あれは子供の遊戯《ゆうぎ》じゃないか。ならばあんたがサロメの絵を手に入れたというのも眉唾物《まゆつばもの》だ。なんのつもりでしゃしゃり出てきたのかは知らんが、火傷《やけど》する前に退散した方がよいぞ」

「本当にそう思われる？　でしたらあの絵を包んだ幕を落として、ご覧頂きますわ」

「ま、待て。幕を取るのは待ってくれ。ここでは人が多すぎる！」

ひび割れた悲鳴を上げた白髯の老医師に、虎男爵は乱杭歯《らんぐいば》を剝いて笑うと、

「ドクター・ジェンナー。ここは思い切ってお互い腹を割ろうではないか。本音を聞かせてもらおう。あんたとて白鳥首殿下が大英帝国の帝位を継ぐことを、心から是とするわけではあるまい。他に人がおらぬならともかく、弟君は叔父アッフィ殿下に海軍で鍛《きた》えられた心身とも遥かに健全なお方だ。不適格な兄を除いて、よりよい弟君に席を譲るのがなぜ悪い。女王陛下とてそれを望まれているのではないか」

「——法を恣意《しい》で歪めることはならん。将来に禍根を残す」

ドクターはようやく答えたが、その額には一面に汗の粒が浮かんでいる。

「さて、禍根を残すはいずれかな。エディ殿下は幼き頃から蒲柳《ほりゅう》の質で、その上近年は悪いお遊びが過ぎてフランス病を罹患《りかん》されたとも聞く」

「それは悪意に満ちた誤情報だ！」

「まあいい。レディが用意した絵を見ようではないか。そこになにが描かれているか。実をいうと我が輩も、薄暗い部屋の隅でちらりと眺めただけなのだ。そこに描かれているのが本当に白鳥首殿下と見えるか見えないか、確かめてみよう」

「つまりグッデン男爵、あなたはご自分が踊り子と画家の黒幕だったことは認める。そうおっしゃるんですのね？」

レディ・ヴィクトリアの問いに、虎男爵はふん、と鼻で笑う。

「それはあんたの解釈だ。証拠はない。我が輩はなにも認めんよ」

「いかん。もしも絵が聞いているようなものだったとしたら、グッデン。そちらの陣営とて無傷では済まぬぞ。大英帝国の威信が汚辱にまみれるのだぞ」

「さて、それはどうかな」

ずかずかと絵の方へ近づく虎男爵を、老医師が後から追いかけたところで、踊り手たちの足下にあった蠟燭が一斉に消えた。絵を包んでいた幕が落ちるぱさり、という音だけが、楽の音の絶えた広間にやけにはっきりと響いた。そして、

「あれを見ろッ」

叫んだのはふたりのうちのどちらだったのか。ぼーっと怪しい薄明かりが広間の空間を貫き、壁に立てかけてあったドア二枚分ほどの大きな板と、その上に描かれた絵を映し出している。半透明の垂れ布が半ば覆い隠す、二本の円柱に挟まれた画面に描かれているのは、こちらに背を向けた半裸の踊り子だ。垂れ布の端から左の肩と腕、背中を顕し、首をねじって黒々と化粧で縁取られた目をこちらに向けている。そしてその踊り子の左腕に抱えられ、はすかいにこちらを向いているのは若い男の顔。のっぺりと面長で、両目を閉じ、口髭の下から喘ぐように大きく唇を開けた、生首だった。

「いかん。いかん。これは、エディ殿下だ！　こんな絵は、存在してはならん！」

ドクター・ジェンナーが悲痛な叫びを上げ、

「そのことばを忘れるな、ドクター。あんた自身が認めたってことをな」

虎男爵の高笑いがそれに重なる。

「なるほど。これはなかなかの筆さばき。見事に描いたり、性の恍惚《こうこつ》のさなかの殿下を。確かに埋もれさせておくには惜しい画家か。確かになあ」

老医師の血走った目が引き剝かれた。

「なにをいうか、この恥知らずめが。なにがジョージィ殿下の方が後継にふさわしいだ。ドイツ帝国の息のかかった者を将来我が国の王位につけたい。すべてはそのために仕組まれた陰謀ではないか」

「なんと吠えてもご老体、証拠はないぞ」

「黙れ。わしの命にかけて、こんなものは消してやる。見ていろ、虎男爵！」

老医師は突然身をひるがえすと、飲み物を置いた壁際のテーブルからブランデーの瓶を摑み取る。栓を取った瓶を頭上に掲げ、ざぶりと中の酒を頭からかぶった。もう一本、そばの酒瓶を摑んで絵の方へ駆け寄る。その手には黄燐《おうりん》マッチが握られている。

「燃やしてやるぞ。こんなものはいますぐに。どうだ！」

酒瓶の酒を絵に浴びせかけると、老人は床に置かれていた燭台を取り上げて、マッチで火を点けた。老医師の頭から上半身はブランデーに濡れ、足下にしずくを垂らしている。彼の意図がようやくわかった。女王陛下の侍医長は、我が身とともにその絵を焼き捨てようとしているのだ。

「明かりを点けて！」

レディ・ヴィクトリアが叫んだ。そして次の瞬間、あまりのまぶしさにだれもがかえって視力を失った。婦人倶楽部には最新式の電灯照明が備え付けられていた。天井からの光の下で、ようやく目をしばたたいていたロード・ペンブルックは、驚きにあっと声を上げた。老医師の背後の壁に立てかけられた大きな絵が、いまはなにも描かれていない白いキャンバスに変じている。ドクター・ジェンナーの他のだれも、絵に手の届く場所にはいなかった。まして絵を動かしたり隠したりする間は、なかったはずなのに。さすがの医師も血走った目を引き剝いたまま、呆然と動きを止めている。

「な、なんだ。これは。絵はどこに行った。どこに行った！」

「どこにも行きませんわ、ドクター。絵は消えましたの」

答えたのはレディ・ヴィクトリアだ。ゆっくりと、だがためらいのない足取りで近づいていき、その正面に立つと静かに繰り返す。

「英国の未来に影を落とす絵は消えた。なぜなら失意の画家ダヴィッド・シラーの命も、今頃は聖バーソロミュー病院の寝台の上で消えているはずだからです。彼は怒りと復讐心に駆られて、王孫殿下を貶める絵を描いた。ですが彼の死とともにその悪しき一念も過ぎ去り、彼の執念をこめて練られた絵の具で描かれた画面は、電灯の光に晒されて色を無くし、消えていく」

神託を告げる古代の巫女《みこ》のように、レディ・ヴィクトリアは頭を上げ、胸を張り、威厳を籠めてつぶやく。

「ドクター、あなたの愛する国が、サロメの幻影に脅かされることはもはやありません。悪しきものは消えました。お心を安んじられますよう」

「消える、のか。そう、か」

ドクター・ジェンナーの中で、張り詰めていた糸がぷつんと切れたようだった。険《けわ》しく寄せられていた眉、嚙みしめられていた唇がゆるみ、表情はだらしないように弛緩《しかん》している。

「そうだ。それでいいのだ。エディ殿下は、いずれ王位を継がれる。わしは、それを見届けて逝きたい。女王陛下、も、それをお望み、で——」

「ええ。きっとそうなりますわ、ドクター」

宙を向いてうわごとのように話し続ける老人を、やさしくいたわりながら、

「だれか手を貸して、ドクターを別室で休ませて差し上げて。それから馬車を」

「人手が要りますわね、レディ・ヴィクトリア」

そう声をかけたのはオーガスタ、ペンブルックの妻だった。

「あなた、お願い。肩を支えてさしあげて」

「あ、ああ」

「お手伝いいたします」

子供のような若い従僕がそばから手を貸す。なんだか見たことのある顔だ、とは思ったが――

ドクターを中に、ペンブルック伯夫妻が退場するのを見送って、カール・グッデンはまた、「ふふん」と鼻で笑った。

「上手く誤魔化した、というところか。レディ・ヴィクトリア？」

「さあ、なんのことでしょう」

「我が輩は老いぼれの医者とは違う。時が経って絵の具が劣化し剝落《はくらく》したり、陽に焼けて退色したりすることはあるが、さっきまで見えていた絵が一瞬で消えて真っ白になるわけがない。あんたが見せたのはファンタズマゴリア、ガラス板に描いた絵に後ろから明かりを当てて、大きく映してみせる見世物だろう。カンバスはもともと白で、なにも描かれてはいなかったのさ」

「先ほどおっしゃったことばをそのままお返ししますわ。証拠がない」

「そこのカーテンを引き開けてみれば、幻灯機が出てくるのではないかな？　おい」

連れらしい屈強な男に顎をしゃくってみせたが、その男が動き出すより早く、

「勝手な真似は止めてください！」

レディ・ヴィクトリアの声が高い。

「絵は消えました。エディ殿下を王位継承権者から外させるというあなた方の企みも、これで潰《つい》えたのですから、どうかお引き取りください！」

「だから、絵が消えたとは俺は信じんよ」

「たとえあっても、あなた方に利用はさせません」

「それが本音だな」

カール・グッデンは小気味よげに、ふふふ、と笑いを洩らす。

「しかしあれだけの大きさの絵、そう容易くは隠せまい。倶楽部中を家捜しすれば出てくるのではないか？」

「家捜しですって？　あなたになんの権限があって、そのような真似を？」

「権限か。まあ確かに権限はないな、そんなものは」

仮面を無雑作に脱いで捨てたカール・グッデンは、ぶらぶらと、呑気そうな足取りで、白くなったカンバスを立てかけた壁の方へ歩いていく。

「だがたったいまこの場で、それを取り出してみせられれば話は別だ」

「魔法使いを自認しておられる？」

「魔法など無用。人間の心理の裏を掻くだけのことだ。見つけられたくない隠しものはどこに隠す？　目の前にぶら下げておけばいい。それも一度は疑い、改めた場所にな」

虎男爵が右手の手袋を引き外すと、伝説通りの鋼色をした『虎の爪』が露わになる。やにわにその手を振りかぶってカンバスに突き立てようとした、そのとき「止めろッ」と甲高い声を上げながら、彼の腰に組みついてきた者がいた。黒のお仕着せを着た小柄な少年は、先ほどドクター・ジェンナーに肩を貸して出ていった従僕だったが、腕の一振りで払《はら》い除《の》けられ、床に倒れている。

「なんだ、おまえは。——いや、待て」

胸ぐらを摑んで引き上げ、顔を覗きこんで、いきなり吠えるように笑い出した。

「どうにも見覚えがあると思えば、貴様、サロメに扮《ふん》していた男娼ではないか。捜すまでもなく現れてくれたな。レディ・ヴィクトリア、こいつの尻をふたつみっつ叩いて口を開かせれば、白鳥首を永遠に玉座から遠ざける証拠は出てくるなあ」

「手をお放しになって、グッデン男爵。その子はヘクター・マンロウという名のスコットランド人で、婦人倶楽部の従僕です。こちらに雇われる前にどんな仕事についていたにせよ、あなたの狼藉は認められるものではありません。警察を呼びます」

「ああそうかい。だがそんなものが辿りつく前に、決着がつくさ。そらっ」

ズサッ、と鈍い音を立てて、虎男爵の鉄の爪が白いカンバスに突き刺さった。しかし次の瞬間、「やっ」と驚きの声を上げたのも、また彼だった。爪の先には薄い布の端切《はぎ》れが引っかかっている。カンバスと見えたものは、シーツのような薄手の白布だった。

「な――こ、これは――」

グッデンは両手で裂けた白布を摑み、掻き開き、引き下ろす。そうして現れたのは、布を張ってあった木枠と背後の花柄の壁紙だ。

「どこに絵がございまして？　おっしゃる通り、余興のひとつとして幻灯機の用意はありましたけれど、あなたが引き裂いた白布は映写幕ですわ」

「謀ったな」

「どちらが？」

「このままで済ませられると思うのか。俺はひとりではないぞ」

「ええ、わたくしもひとりではありません」

ひとりで来たドクター・ジェンナーとは違い、グッデンは五人、いずれも礼装よりは軍服が似合いそうな屈強な男を従えてきた。いざとなればそのあたりの女を盾にして、と考えていたのが、気がつくと彼の部下たちはそれぞれ皆、倶楽部の者に立ち交じっていたらしい人間に、あるいは後ろを取られ、あるいは利き腕を摑まれている。そして、中折れ帽に細身のグレーのコートという気取った身なりの若い男が近づいてくると、

「カール・グッデン男爵、失礼ながら暴行脅迫器物損壊の容疑で、身柄を拘束させていただきます。ご同道願います。私はスコットランド・ヤード犯罪捜査部のフェリクス・アバーライン警部と申します」

「いつもお世話になるわね、警部」

レディ・ヴィクトリアはにこやかに警部の労をねぎらったが、そのとき虎男爵が身体ごと振り返ってわめいた。

「こんなことで俺の牙を抜けると思うなよ、レディ。この世界には階級《クラス》というものがある。あんたはアル中の画家や男娼や使用人どもを可愛がって、いっぱしの主面《あるじづら》をしているようだが、雑魚《ざこ》連中がなんの頼りになる。羽振りのいいうちは媚びて擦り寄ってきても、風向きが変わればとっとと逃げ出すか荷物になるだけだ。俺は軍人で男爵で王族の後ろ盾を持つ身。身分が違うのだ。警察ごときが指一本触れられはせんわ。覚えておけ！」

「さあ、これで済んだ！」

警部たちが立ち去ると、レディ・ヴィクトリアは弾んだ声を上げて手を叩いた。

「ドクター・ジェンナーはお帰りになったのね。ペンブルック伯ご夫妻も。それはいいけれど、まあ、倶楽部員の方たちもみんな引き上げてしまったの？　残念。わたくしはまだワインの一杯もいただいていないし、一曲も踊っていないのよ」

「でもアタシたち、けっこう上手に踊れたでしょ、マァム？」

「あたしは駄目。でもミス・ペイシーがフォローしてくれたから」

「もう少し練習の時間があったらよかったんですけど」

三人のサロメは、ベッツィとローズとエディス・ペイシーだった。

「しかしマイ・レディ、虎男爵がカンバスを破り出したときは、ばれたか、いよいよやばいかってひやひやしましたぜ。だって、絵は確かにあそこに隠されていたんだから」

「左様、有り様はまったくやつが考えた通りで、一度疑って改めた場所に隠す。カンバス枠のシーツを剥《は》いだところが壁紙が現れて、間違いだとなった。だがその壁紙も実は絵の上に貼られたものだとまでは気がつかなかった。これこそ策士策に溺れる、ですな」

「でも、かなり危ない橋だったと思うなあ。もうちょい時間があれば、あいつだって、壁紙の色があそこだけ少し違うのに気がついたかも」

　早耳ビルとミスタ・ディーンとモーリスも、それぞれ仮面で顔を隠して、パーティの中に紛れていたのだった。

「サロメの絵はどうなるの、マァム？」

「保管場所はまだわからないけれど、しばらくはだれにも見せずにおこうと思うの。だってあの絵は決して、恥じねばならないものではなかったわ。画家の動機がなんだったにせよ、彼は結局、美神の使徒だった。あと百年も経てば、いま成人している人間のほとんどは死んで、サロメの腕に抱かれた聖ヨハネの首がだれの顔かなど、大した問題にもならない。そうすればきっと政治的な意味などなく、絵は絵として評価されるようになるでしょうから。ヘクター、ダヴィッドの様子はどうでした？」

「眠っていました。苦しんではいなかったです。あんまり、長くはないとしても」

「そう。それはせめてもね」

「あ、あの、レディ・ヴィクトリア？」

「なあに、ヘクター」

「さっきあの男が、いったことですけど」

「身分が違う？」

「はい。それで、どうしてレディはそんなに、よくしてくれるんだろうって」

ひどく大それたことを口にしているというように、少年は身を震わせている。

「そうね。確かにこの国には階級というものがあって、わたくしたちはそれに四六時中縛られている。持つ者と持たざる者は別々の世界で暮らしていて、持つ者から与える慈善は決してその間の溝を埋めない。グッデン男爵も有罪になることはないでしょう。せいぜいが国外退去で、世間にはなにひとつ伝わらないまま終わる。

けれどそんな不合理な仕組みも、ヘクター、百年も経てばきっと消えてなくなっているわよ。そしてね、人は死んでも、社会は変わっても、芸術は生き延びる。良きもの、美しきものは消えない。わたくしはただそれを信じているの。そのためにわたくしは闘いたいの。わたくしが愛しているもの、わたくしを愛してくれるもののために。これで、あなたへの答えになっているかしら」

「はい――」

「楽団は行ってしまったけど、楽器は残っているわ。ピアノも、バイオリンも。誰か音楽をくれない？　そして、わたくしと踊ってくれない？」

「ではレディ、私がピアノを弾かせていただきます」

そう答えたのは婦人倶楽部のミス・ジェックス。

「だったら俺はバイオリンを借りるかな」

「えー、ビルったらほんとに弾けるのォ？」

「そう馬鹿にするなよ。ただし、後で俺もレディと踊らせてもらうぞ」

「そうよそうよ。みんなで踊りましょう。ほら、ベッツィ。モーリスと組んで。ローズはヘクターと」

「えー、あたしワルツなんて踊れません！」

「俺がリードするから、大丈夫ですよ」

「ミスタ・ディーン、エディスのお相手を」

「は――」

「よろしく、お願いします」

そして、

「どうぞ一曲、レディ」

微笑みながら手を差し伸べたのは、一分の隙もない黒のスワローテールコート姿の、

「まあ、シレーヌ。あんまり静かなのでいないのかと思った」

「意地悪をおっしゃらないでください。ちゃんと目の隅に入れていてくださったはずですよ」

「だって、もう少しそばにいて欲しかったわ。あんな恐ろしい虎男爵と、顔をつきあわせなくてはならないときくらいは」

「もちろん、あの男が指一本触れるようなことがあれば、彼の右手を撃ち抜いてやるつもりでした」

「本当に？」

「ええ、ヴィタ」

「これからも、ずっとそう思っていいのね？」

シレーヌの唇が動いたのは見えた。けれどなんといったのか、その声はヴィクトリアの耳に届き損ねた。ビルの鳴らすバイオリンの音量が、あまりに景気よすぎたので。あるいはシレーヌの声が、あまりに小さかったので。

# エピローグ／我が名は切り裂きジル

そしてまた、アンカー・ウォーク六番地に静かな毎日が帰ってきた。規則正しく、仕事と休憩、食事が続く日常が愛《いと》おしい。使用人ホールの午後、ローズは新しく下ろしたペンをインクに浸して、外に知られるわけにはいかない今回の事件の顚末《てんまつ》を、自分が理解できたなりにまとめていく。ベッツィがしきりと「読ませてよ」というし、妹のエスタも気になっているようだけれど、やっぱりこれはローズだけの秘密のノートだ。それでも、

(奥様に読ませてっていわれたら、読んでいただきたくなってしまうかも……)

昨日はヘクターが別れの挨拶に来た。

あの後、髪を切って完全に男の身なりに戻ったヘクター・マンロウは、婦人倶楽部で倒れて以来めっきり身も心も弱ったクレイギウァ公爵未亡人の介護役となって、スコットランドの領地への旅に付き添うことになった。奥様がいわれた通り、マンロウ一族というのはスコットランド高地では知られた名だといい、幼い頃にかどわかされるかどうかで生死不明となった子供がいないか、尋ねてみるようにと勧められたのだ。

「もしかしたら、親やきょうだいが見つかるかも知れないというんだけど、俺は気が進まなくて」

ヘクターは嬉しいというより、ひどく戸惑って困っている顔だった。

「えっ、どうして？　もしも血縁の人が見つかったら、会ってみたくない？」

ローズは驚いて聞き返したが、

「だって俺、そんなこと考えてみたこともなかったし、この先俺がやりたいことといったら、やっぱり踊りだなって思うからパリに行きたいんだ。それを親みたいな人が出てきて、どこにも行くなとかいわれたらかえって困るし」

「でもさあ、もしかしたらスコットランドの大地主か、貴族様の子供だったとか、わかるかも知れないよー」

ベッツィがからかったが、ヘクターはますます困惑の顔で、

「もしもそうだったら、よけいまずいよ。ご立派な血筋の人間が、ロンドンで男娼してたなんてばれたら大変だもの」

「でもさ、別にヘクターが悪いことしてたわけじゃないじゃん」

「だってさ、男娼はいいこととはいえないよ。法律でも禁止されているし」

「だから、他人様がどういうかどう考えるかじゃなくて、自分の気持ちの問題だよ。あんた自身はどうなの。悪いことしてたと思うのッ？」

ベッツィに目の前でテーブルをドンッと叩かれて、目を白黒させていたが、

「悪いとは思わない。うん、思えないな」

少し考えて、ヘクターは答えた。

「俺は、身体を売るのやっぱりいやだったし、抜けられて良かったって心から思うけど、でもそこで知り合ったダヴィのこと好きだったし、白鳥首の殿下も嫌いじゃなかったよ。あの殿下は、たぶん王様にはならない方が幸せだと思う。身体も心もあんまり丈夫じゃなくて、いつだってふわふわ、ふらふら、自分の考えがなくて、強い調子でいわれるとすぐ流されるし、楽ばっかりしたがるし。でもさ、そういう弱い人間だっているんだし、それがたまたま女王様の孫に生まれちゃったからって、無理やり王様にされたらよくないだろう？　そういうことがわかったのも、男娼やってたからだなと思うと、無駄でもなかったかなあとは思うんだ」

「だったらいいじゃん。ちゃんと役に立った過去なんだから、大声で他人に触れて歩く必要はないけど、恥ずかしがったり後ろめたく思ったりする必要はないだろ？　あんたはこれまでさんざん苦労して、だけどひとりきりで立派に生きてきたんだもん。これってすごいことなんだよ。万一貴族様の御曹司だったとわかったとしても、これまでのことを恥ずかしがる必要なんかない。びくびくしないで胸張っていりゃあいいさ」

「そう、だね」

「マァムがいってたじゃん。百年も経てば人間みんな入れ替わって、その頃は階級みたいなものもなくなるだろうって。だからその頃は、男色が悪いことだなんて法律はとっくのとうに昔話で、むしろかっこいいとか、そっちの方がありとか、思われるようになってるかもよ」

「まさか――」

「たまげるだろ、ベッツィはときどき過激だから」

モーリスが横で、だらしなくテーブルに肘を突いたままけらけら笑い、

「ですが、考え方として間違っていないと私も思います」

ミスタ・ディーンが平静にことばを添える。

「そもそも性愛に関わる問題に、法律が口出しをすること自体奇怪千万です。それは個々の人間が決するべき事柄です」

「へえ？　ミスタ・ディーンって、もっとお堅い考え方をするとアタシ思ってた」

「私はもともと無政府主義者ですよ。ただし暴力主義は反対ですが」

「あー、そこは俺と違うな。弱者には暴力をもって敵と闘う権利がある。弱い者が武器を手放したら、いずれ鎖に繋がれて奴隷に落ちるだけだ」

「剣にて殺す者はおのれも剣にて殺さるべし。暴力は暴力を呼び、破壊は新たな破壊を引き起こし、憎しみは憎しみしか生まない。それが真理です、若者よ」

「で、でもさあ——」

「手遅れにならぬうちに、君がその真理を手にできればよいのだが」

ミスタ・ディーンの口調がやけに厳《おごそ》かだったので、モーリスもそれ以上いい返すことばに迷い、なんとなくしらけた空気が流れる。と、そこへリュエンさんが厨房から、湯気と香ばしい香りの立つ大皿を捧げ持ってしずしずと現れた。

「ミスタ・マンロウ。間もなくお発ちなら、しばらくロンドンの味ともお別れでしょう。お口に合うかどうかわかりませんが」

「なんですか？」

「フィッシュ・アンド・チップス、といっても私流です」

普通の屋台で売られているフィッシュ・アンド・チップスは、もっと茶色っぽいし、大きな切り身そのままだ。それとは全然違う、一口大の、衣の色も白っぽい揚げ物を不審そうに眺めていたヘクターは、いかにも気が無い様子でひとつ指で摘まんで口に入れ、その途端に目を見張った。

「えっ、なにこれ」

「鱈《たら》の身に、泡立てた卵白入りの衣を着けて揚げたものです」

「だって、普通のと全然違う。ふわふわして、軽くて、いい匂《にお》いがして、なんか別の食べものみたいだ！」

手が止まらない。子供みたいなことばつきになりながら、夢中で頬張《ほおば》るヘクターの様子に、ローズたちは目を見合わせ、うっふふっ、と笑うことになる。

「どう? リエンさん特製フライド・フィッシュ」

「美味しいでしょッ」

「美味しいに決まってるよな」

「うちの料理人は特別なんです～」

「本当に、このうちはなにもかも特別なんだなあ」

大皿の揚げ物の大半をあっという間にひとりで平らげて、ヘクターは油のついた指を舐めながら、ため息のようにつぶやく。

「働いてる人たちはみんなすごい特技があって、変わってて、危険な思想の持ち主だったりして、でも仲が良くて、だれも威張ってはなくて、楽しそうで。だけどなにより特別なのは、ご主人のレディ・ヴィクトリアだけど」

「左様ですとも、ミスタ・マンロウ。奥様はまことに特別な方で、私たちがいまのようであれるのもすべて奥様のおかげなのです」

ミスタ・ディーンのことばに、今度はその場のみんなは無言のままうなずきあった。他のだれでもない、我らの奥様、マイ・レディ、ヴィクトリア・アメリ・カレーム・シーモアこそが、この聖域の至高の女神なのだと。

その夕刻ローズとベッツィは、キングズ・クロス駅から北へ向かう列車でクレイギウァ公爵未亡人の一行が発つのを見送りに行った。といってもヘクターは未亡人のお気に入りになっていて、数人の侍女に交じって彼女のそばについていなくてはならなかったし、周りには他にも何人もの召使いや、紳士淑女の見送りもいたから、それを掻き分けて近づくわけにもいかない。目と目を合わせて、小さく手を振っただけだ。やがて列車が蒸気機関車の煙に包まれて動き出し、遠ざかって、視界から消えてしまうとため息が出た。

「行っちゃったねえ」

「うん――」

「でもさ、秋が来る前に戻ってくるんでしょ」

「それから奥様が用意する紹介状を持って、パリへ舞踏の修業に行くんだもん。きっと会う暇なんてないよ」

「会いたいんだ」

「別に、そうでもないけど」

「そういえばあの仮装舞踏会で踊ったとき、いい感じだったよねえ。彼、ローズのことすごく上手にリードしてくれて。もしかしたらときめいた？　恋の予感？　わお。もう、なあにしょったれてんのよ、ローズったら。だったらスコットランドは地続きだし、パリなんて海峡渡れば目と鼻の先じゃんか。会いたけりゃすぐに会いに行けるよッ」

思い切り肩を叩かれて、どんな顔をしていいのかわからない。「他の人にいったらやだよ」と口止めしたけど、危ないものだ。

「本当に、いわないでよ。だれにもッ」

「いわない、いわない」

ローズはまだ知らなかった。この年、いままでにない大きな事件が、アンカー・ウォーク六番地の住人たちを見舞うことを。


午後の郵便を玄関ドアで受け取って、ホール横の丸テーブルに下ろして、ざっと仕分けする。ほとんどは奥様宛だが、オーストラリアのセアラ姉から、ローズとエスタ宛の手紙が届いていたので、それはエプロンのポケットに入れた。一枚残ったのはポストカードで、自由の女神像の写真だった。それがフランスから贈られてアメリカのニューヨークに建っている、というのはローズも知っている。除幕式が行われたのはつい二年前だ。だが、その女神の顔には口髭が悪戯描きされていた。子供みたいだ。

ひっくり返すと、活字体でこの家の住所と『SIRENE』という名が書かれている。文面は同様の稚拙な文字で『I《アイ》 SHALL《シャル》 RETURN《リターン》』そして最後に『GILLES』。

（これ、なんだろう。『私は戻ってくる』って、なんの意味？……）

「それは、私のです」

突然すぐそばで、ミス・シレーヌの声がした。同時にローズの手から、そのカードがミス・シレーヌの手に移っていた。

「あっ、ごめんなさい。あたしったら、勝手に読んでしまって」

「いいえ、気にしないでください」

それだけいってミス・シレーヌは、スカートをさやさやと鳴らし歩いていってしまう。だから、聞くに聞けなかった。「ギルって男の人の名前?」なんてことは、たぶん彼女がそこにとどまっていても聞けはしなかっただろうけど。

その翌週、八月六日の月曜日は法定休日《バンク・ホリディ》だった。休み明けの七日、朝の七時、すでに使用人の一日は始まっている。今日はミセス・コッシュは来られない日なので、ローズもエスタとふたり午前中の掃除の日課をこなすことになっていて、出勤前のベッツィと三人、砂糖入りの紅茶を飲んでいたところに、勝手口のドアが叩かれて、あわただしい足取りで入ってきたのはビル・エドワーズとアバーライン警部だった。

「おはよー。なんか、珍しい組み合わせのふたり連れだね」

ベッツィがからかうのも耳に入っていないように、警部の顔は硬い。

「レディ・ヴィクトリアは、まだお休みだろうか」

「そりゃ、この時間じゃね」

「なにか急用ですか?」

リェンさんも厨房から顔を出して尋ねる。それに答えたのはビルで、

「あのな。以前この家に雇われてたメイドで、マーサ・タブラムって女がいたろう。覚えてるか？」

「マーサ？　ああ、思い出した。ローズと入れ違いに辞めて後で強盗連れてきた、ローズのことぶん殴ったあの女だ！」

「ええっ。お姉ちゃん、殴られたの？」

エスタが悲鳴を上げたと思えば、

「ベッツィ、朝っぱらからなに騒いでるんだよ」

「これは警部、なにごとでございますか？」

モーリスと、ミスタ・ディーンまで顔を出す。アバーライン警部はちょっとためらうように唇を噛んだが、

「ここで隠したってしょうがないだろ。しかしお嬢ちゃん、騒ぐのは無しだ。こいつは遊びや冗談とは違うんだからな」

「騒がないよ。あ、騒ぎ、ません」

「マーサ・タブラムが殺されたんだ。ホワイトチャペル・ロードとコマーシャル・ストリートの交差する角に建つビルの、階段の踊り場に倒れているのを、朝起きて市場に行く運搬人が見つけた。五時過ぎに」

「どうやって殺された？」

「刃物だ。まだ検屍《けんし》は済んでいないが、かなり刺されて出血していた。私はたまたま現場に行き合ってしまった。近くに知人がいて、そこに泊まったものだから」

なにか言い訳がましい警部のせりふに、横からビルがニヤニヤしながら肩を叩く。

「俺も同じ朝帰りでね、騒ぎを聞いて野次馬に駆けつけたところが、被害者は見覚えのある顔だったというわけだ」

「マーサって、ビル、あんたも顔知ってるくらい有名だったの？」

「人の顔を覚えるのは職業上の特技でね、ついでにいやあドックからホワイトチャペルあたりは俺のシマみたいなもんだ。あの女は道を歩けば何度でも顔を合わせたよ。ま、つまり身体を売っていたってことだ」

エスタは首を傾げて考えこんでいる。この後さぞかし質問攻めに遭わされて、なんと答えるべきか悩むことになるだろうと、ローズはそんなことを気にしていたが、

「それで警部、なぜここにいらしたのですか？」

ミスタ・ディーンが尋ね、モーリスも、

「そうだよな。マーサがここで働いていたのなんて、三年も前のことなのに」

「手っ取り早すぎるな、とは俺も思ったんだが、警部殿はどうしてもここに来る気だったらしくてな」

「これ以上のことは、レディ・ヴィクトリアにお話ししたい」

「おいおい、ここの家の連中が、他のところの使用人とは一緒にできないくらい、あんただって承知だろう?」

「そうだよ。気になって、アタシ出かけられないよ」

「——シレーヌは、彼女もまだ寝ているのか?」

「ミス・シレーヌの寝室は、奥様と同じ二階だから、アタシらはわかんないけど」

「それにミス・シレーヌは昨日、一日お休みで外出していたから」

「なんなんだよ、警部殿。思わせぶりは止めてくれよな」

周囲から責め立てられて、警部はしぶしぶ内ポケットから封筒を引き出した。

「拾ったんだ。マーサ・タブラムの、遺体の脇にこれが落ちていたのを」


「見せて」

上階の階段に通ずる緑の布張りのドアを開けて、下りてきたのはナイトドレスの上にキモノガウンを羽織《はお》り、髪はひとつに編んで左肩に垂らしたままの、レディ・ヴィクトリアだった。

「わたくしにそれを見せてください、アバーライン警部」

「お見せしますが、その前に。シレーヌはいますか?」

奥様は無雑作に彼の指から封筒を取り上げながら、

「いいえ」

と答える。

「シレーヌは、昨日の夜戻らなかったのかも知れない。でも、それがなに？」

奥様の指が摑んでいるのは、一枚の安っぽい絵はがきだった。写真は口髭を悪戯描きされた自由の女神。縁に血のしずくが飛んでいる。そして文面はローズには見覚えのある乱暴な活字体で『SIRENE, I HAVE RETURNED.　JILL』と。

「これがなんだというの」

奥様は荒々しく聞き返した。

「こんなもので、わたくしのシレーヌに罪を着せたりはさせない」

「レディ……」

「あなたがなにをいおうと、わたくしは決して信じないというのよ、フェリクス・アバーライン！」

無論ここに居合わせただれひとりとして、この後に続く事件を予想し得た者はいなかった。

イーストエンドの敷石を血に染めた連続殺人犯の名は『切り裂きジャック』。

しかしそれはまた、別の物語となる。

# あとがき

『レディ・ヴィクトリア』第五巻である。

まず、前巻あとがきでの予告と大きく異なる内容になってしまったことを、お詫びしなくてはならない。書きたいことがないわけではなく、あり過ぎる故《ゆえ》の煩悶《はんもん》の結果である。それぞれ長編になり得る話を敢えて枝葉を広げることなく、逆にぎゅっと凝縮して、中編三本にした。また、第一巻から第四巻まで、一八八五年春から一八八六年夏とゆっくりした時間経過できたものを、ここにきてスキップさせて一八八八年の夏とした。したがって、ヒロインのメイドのローズも十七歳の娘となっている。

もともとレディ・ヴィクトリアに仕える使用人たちの出身を、アメリカ南部、中国、インド、アイルランドと設定したのは、彼らの物語をたどることで、陽の沈まぬ大英帝国の陰の部分、国家の繁栄の贄《にえ》とされた部分を俎上《そじょう》に載せたいと思ったからだった。それはおのれの手に余る大望だったという気はしているが、中国にまつわるモチーフについては一応かたちにできた。それが第二章、第三章である。

もっとも自分が北京《ペキン》にあった皇帝の離宮、円明園《えんめいえん》に関心を持ったのは、十八世紀に国力盛んな大清《しん》帝国に渡り、時の皇帝に仕えながらキリスト教布教という目的は一切達成できなかったイエズス会士が、この庭に皇帝の求めに応じて、時計仕掛けの噴水や西洋楼などがある西洋庭園を設計したというところからで、だが話を中編にまとめたために、そのへんのことにはほとんど触れられなかった。

代わりに登場したのが、ロンドン在住の友人がプレゼントしてくれたティーカップから興味が湧いたウィロー・パターン、柳模様で、円明園の西洋楼が西から東へ移入されたものなら、こちらは想像力を通じての東の西への移植ということだ。建築探偵桜井京介《さくらいきょうすけ》シリーズでもこだわり続けたように、自分のツボは依然『折衷《せっちゅう》の美』という、いささか正統を逸脱したあたりに存在するものらしい。

なお作中に登場する写真家、フェリーチェ・ベアトは実在の人物で、清国兵士の死体が転がる戦場や略奪の状況を撮影したこと、それがヨーロッパで円明園の破壊に対する批判を巻き起こしたことは史実。この写真家はその後日本に長く滞在したので、彼の名は日本ではもっぱら幕末から明治最初期の写真撮影者として知られている。

次の第四章は、前巻で社会的引きこもりから、より能動的に世界と関わろうと決心したらしいレディ・ヴィクトリアが、それならどんなことをしているだろう、というので、過激には走らない実践的な婦人倶楽部、というのを想像してみた。

もっとも中編だとストーリーを運ぶことでいっぱいいっぱいで、そうした背景まではなかなか書き込めない。ただ当時の女子高等教育について調べてみたところ、門戸が開かれたのはようやく十九世紀も終わろうかという頃で、しかもオクスフォードやケンブリッジに女子のためのカレッジが開かれても、第一次大戦前までは「女が学問をしたら嫁に行けない」と当たり前のようにいわれていたというから、社会というものは容易には変わらない。でも、結局は変わるということもわかる。

最後の、サロメと王位継承問題に絡むお話も、思い切って刈りこんであるのでドタバタ感が出てしまったが、ラストのお賑《にぎ》やかしとしてはそれなりに楽しんでいただけるのではないだろうか。

入れたくて入れられなかった要素は「オスカー・ワイルド裁判」に「クリーヴランド・ストリート・スキャンダル」。「モーリスとインド」「ミスタ・ディーンとアイルランド」「ベッツィと黒人問題」といったあたりは、会話の中にそれぞれの背景をちら見せるだけで終わることとなった。

そしてエピローグだが、もともとこの一連の物語は、そうしてヴィクトリア朝英国のさまざまな側面を物語に織り込んだあげく、この国に落日の予感が漂い始める、その予兆として「切り裂きジャック事件」を置きたい構想があったので、第二巻に出てくる辞めさせられたメイドの名前をマーサ・タブラムとしたのもそのための伏線だった。

切り裂きジャックとはだれだったのか、という話題は、ときどき伏流水のように現れてはまた消えてしまいながら、忘れられない伝説と化している。信憑《しんぴょう》性などゼロだが、少なくとも意外性溢《あふ》れる犯人像を提供するつもりであったので、いつかなんらかの形で完成させて、お目に掛ける方途を探したい。

というわけで、ここまで付き合ってくださった読者の方、いろいろなご教示を送ってくださった方、担当編集者の方にも、厚くお礼を申し上げます。

これまでのブログに加え、昨年の二月からツイッターを始めました。篠田真由美《しのだまゆみ》で検索してください。日常茶飯事から趣味、仕事まで、適当に、散漫に、呟《つぶや》いておりますので、ご笑覧いただけましたら幸いです。特に仕事に関してはそれが最新情報となります。

篠田真由美

**公式サイト**　木工房風来舎&篠田真由美ｏｆｆｉｃｉａｌ
http://www.maroon.dti.ne.jp/furaisya/
**ブログ**　篠田真由美お仕事日誌
http://kama-wanu.jugem.jp/

## 参考文献（前巻までと重複するものは省いています）


赤毛のアン　スクラップブック　L・M・モンゴメリ作　E・R・エパリー編　川端有子編著・訳　河出書房新社
図説　ヴィクトリア朝の女性と暮らし　ワーキング・クラスの人びと　川端有子著　河出書房新社
柳模様の世界史　大英帝国と中国の幻影　東田雅博著　大修館書店
バーバリアン・レンズ　中国における西洋廃墟の写真史　レジーヌ・ティリエ著　中野美代子・鵜田潤訳　国書刊行会
アロー戦争と圓明園　矢野仁一著　中央公論社
清の官窯　陶磁大系46　杉村勇造著　平凡社
紋章学辞典　森護著　大修館書店
ヴィクトリア朝の女性たち　ファッションとレジャーの歴史　山村明子著　原書房
ヴィクトリア朝の性と結婚　度会好一著　中央公論社
オスカー・ワイルドの生涯　愛と美の殉教者　山田勝著　日本放送出版協会
ギュスターヴ・モロー展　サロメと宿命の女たち　図録
倒錯の偶像　世紀末幻想としての女性悪　ブラム・ダイクストラ著　富士川義之他訳　パピルス
決定版　切り裂きジャック　仁賀克雄著　筑摩書房

講談社
タイガ

〈著者紹介〉

篠田真由美（しのだ・まゆみ）

1953年、東京都本郷生まれ。早稲田大学第二文学部卒業。専攻は東洋文化。91年『琥珀の城の殺人』が第二回鮎川哲也賞の最終候補となり、翌年、東京創元社より刊行。「建築探偵桜井京介の事件簿」シリーズで人気を博する。「黎明の書」シリーズほか著作多数。

# レディ・ヴィクトリア

## ローズの秘密《ひみつ》のノートから


2020年2月21日　第1刷発行　　定価はカバーに表示してあります

著者…………篠田真由美《しのだまゆみ》


©MAYUMI SHINODA 2020, Printed in Japan


発行者…………渡瀬昌彦

発行所…………株式会社 講談社
〒112-8001 東京都文京区音羽2-12-21
編集03-5395-3506
販売03-5395-5817
業務03-5395-3615

本文データ制作…………講談社デジタル製作

印刷…………豊国印刷株式会社

製本…………株式会社国宝社

カバー印刷…………株式会社新藤慶昌堂

装丁フォーマット…………ムシカゴグラフィクス

本文フォーマット…………next door design


落丁本・乱丁本は購入書店名を明記のうえ、小社業務あてにお送りください。送料小社負担にてお取り替えいたします。
なお、この本についてのお問い合わせは文芸第三出版部あてにお願いいたします。
本書のコピー、スキャン、デジタル化等の無断複製は著作権法上での例外を除き禁じられています。本書を代行業者等の第三者に依頼してスキャンやデジタル化することはたとえ個人や家庭内の利用でも著作権法違反です。


ISBN978-4-06-518939-9　N.D.C.913　319p　15cm